AMIR HASSAN CHEHELTAN
Die Rose von Nischapur

AMIR HASSAN CHEHELTAN

Die Rose von Nischapur

Roman

Aus dem Persischen von
Jutta Himmelreich

C.H.BECK

Titel des persischen Originals: گل سرخ نشابور
© Amir Hassan Cheheltan 2022

Für die deutsche Ausgabe:
© Verlag C.H.Beck oHG, München 2024
Alle urheberrechtlichen Nutzungsrechte bleiben vorbehalten.
Der Verlag behält sich auch das Recht vor, Vervielfältigungen dieses
Werks zum Zwecke des Text and Data Mining vorzunehmen.
www.chbeck.de
Umschlaggestaltung: geviert.com, Nastassja Abel
Umschlagabbildung: © SERIFA
Satz: C.H.Beck.Media.Solutions, Nördlingen
Druck und Bindung: GGP Media GmbH, Pößneck
Printed in Germany
ISBN 978 3 406 82232 2

verantwortungsbewusst produziert
www.chbeck.de/nachhaltig

Hinweis:

Das Manuskript des Romans, den Sie auf den folgenden Seiten lesen werden, erreichte mich auf dem Postweg. Beigefügt war ihm eine ausführliche Anmerkung, die zwar das Wie und Warum der Geschichte erläuterte, mir den Namen ihres Verfassers aber vorenthielt. Es ist äußerst ermüdend, den Inhalt dieser zerknitterten Notiz wiederzugeben, doch die dringende Bitte, die sie enthielt, konnte ich, nach monatelangem Zaudern, nicht ablehnen. Wer sie verfasst hat, muss gewusst haben, dass ich mit Buchdruck und Verlagswesen vertraut bin, und hat mich deshalb gebeten, sein Manuskript umgehend in Druck zu geben. Der Text beschreibt die Entwicklung einer geheim gehaltenen Dreiecksbeziehung, weiter nichts.

Während die Liebe eines jungen Engländers zu einem bereits vor Jahrhunderten verstorbenen iranischen Dichter uns erneut die unvergleichliche Macht der Literatur vor Augen führte, gab mir, das muss ich gestehen, ein weiterer Aspekt zu denken und brachte mich zu einer grundsätzlichen Frage: Welchen Anteil hatten gegen den Strom schwimmende persischsprachige Dichter und Denker am Aufbau der iranischen Zivilisation? Wie wirkte sich dieser Beitrag auf das Verständnis dessen aus, was unsere Vorfahren dachten, und wie weit hatte er Einfluss auf die Zukunft?

Rasche Themenwechsel verrieten: Die Notiz war in aller Eile verfasst worden. Der Urheber selbst hatte erwähnt, sie auf der Post hastig hingekritzelt und dem Manuskript im Briefumschlag beigefügt zu haben. Die Handschrift ließ seine Anspannung erkennen, er war offenbar aufgewühlt. Auch hatte er dargelegt, dass er sich, nach Hause zurückgekehrt, das Leben nehmen werde, auf eher unübliche Art und Weise.

Er wollte eine beträchtliche Menge Opium in Whisky auflösen und das Gemisch schluckweise zu sich nehmen. So würde er im Tiefschlaf scheiden, Qualen vermeiden, den unerbittlichen Todesstoß nicht spüren. Auch ließ er mich wissen, dass er die Träume, die er kurz vor seinem Tod haben würde, niemandem werde schildern können, weshalb er Träume aus seiner Vergangenheit skizziert hatte. Unter ihnen ein ständig wiederkehrender Traum von einem hübschen Mädchen, das in einem stillen, ins rote Licht eines Sonnenuntergangs getauchten See ertrinkt. Er hatte angemerkt, dass es immer sein Wunsch gewesen sei, auf diese Weise zu sterben, an einem ruhigen Abend, in einem entlegenen See, allein. Von einem ruhmreichen Tod war in der Anmerkung ebenfalls zu lesen, vom Sterben im Bett, nicht im Kampf an der Front, nein, in weichen Kissen, Hand in Hand mit einem einzigen Freund, in einer Mondnacht.

Der Verfasser hatte die Bedeutung des Manuskripts unterstrichen: *Die hier geschilderten Ereignisse sind wahrscheinlich das, was, im Höchstmaß verdichtet, während meiner letzten Sekunden vor meinen Augen vorüberziehen wird, denn sie beschreiben mein Leben, das ich zu Papier gebracht habe, um es zu verewigen.* Und weiter hieß es: *Mein Leben fühlt sich leer an, ziel- und nutzlos. So voller Langeweile, Trübsinn, dass es sich nicht mehr lohnt, es fortzusetzen, obwohl es einst sinn- und bedeutungsvoll war. Es ist der Moment gekommen, das Fest des Lebens zu verlassen, weil dieses Fest für mich zu Ende ist ... Manche Menschen mögen meinen Schritt für eine kluge Entscheidung, sogar für glorreich, poetisch, romantisch halten, doch in Wahrheit ist er nichts von alledem. Ich muss einfach gehen. Und es ist, als wüsste ich um den genauen Zeitpunkt meines Todes ... Ich glaube nicht an Gott, habe nie an ihn geglaubt und zähle nicht zu den Menschen, die den Tod als die Fortsetzung des Lebens betrachten. Dennoch sehe ich ihm in Demut ent-*

gegen, wissend, dass er mein endgültiges Ende bedeutet ...
Selbstmord möchte ich mir nicht als etwas Erfreuliches vor-
stellen. Doch wir alle wissen, Selbstmord ist ein Privileg des
Menschen, Tieren ist er nicht vergönnt. Ich glaube an die
Schönheit des Menschen, meine Obsession, Verschmutzung,
Verunreinigung zu vermeiden, ist zu einer unheilbaren Krank-
heit geworden. Ich bin nicht unglücklich, denn ich verstehe
mich aufs Sterben ... auch als nicht gläubiger Mensch. Schon
in jungen Jahren war das Leben für mich nicht mehr als ein
Tag in einem Rasthof. Weshalb ich heute mühelos Abschied
nehmen kann. Ich bedaure die Menschen, die ihr Erdendasein
unter Qualen ertragen, nur weil sie den Tod fürchten. Von
alledem abgesehen, ist Selbstmord schön, und weshalb soll
ich, dem es in seinem ganzen Leben nicht vergönnt war, Schö-
nes zu schaffen, nun darauf verzichten? ... Bitte veröffent-
lichen Sie dieses Manuskript. Wobei mein Name nichts zur
Sache tut. Weder Sie noch eine potenzielle Leserschaft muss
ihn kennen. Es zählt die Geschichte, nicht ihr Erzähler. Und
vermutlich habe ich sie genau deshalb in der dritten Person
erzählt.

Offenbar hat er sich aus moralischen oder aus intellektuellen Beweggründen das Leben genommen. Wären materielle
Motive im Spiel gewesen, hätte er sie gewiss zur Sprache gebracht. Es wird zwar deutlich, dass ihm das Leben nicht zuwider ist, doch aus seinen Worten spricht eine Erschöpfung,
die seinen Selbstmord zu einem jener seltenen, edlen Phänomene macht, in denen man gemeinhin eine Auflehnung gegen
den Lauf der Zeit sieht. Nichts als schöne Worte, all das. Er
hat sich umgebracht, um sein eigener Herr zu bleiben, im
Wunsch nach Selbstbestimmung. Und es gab ein weiteres
Motiv: Er hat sich das Leben genommen, um unsterblich zu
sein!

In seiner Notiz hatte er mich gefragt: *Wissen Sie, dass*
Schwäne vor ihrem Tod, der Sage nach, mit wunderschöner

Stimme ihr letztes Lied anstimmen? Ein Schwan, der so singt,
möchte sterben und feiert seinen Tod. Das beigefügte Buch ist
mein Schwanengesang.

Die Anmerkung enthielt ein weiteres Geständnis. Er habe, so
bekannte er, kaum die Hälfte seines Buches geschrieben und
dann zu schreiben aufgehört, weil sein Kopf plötzlich gedan-
kenleer geworden sei. Zwei Jahre später habe ein Heiliger
ihm die zweite Hälfte seines Werks offenbart. Einer Legende
nach gab es in der Antike ein Buch über Bücher, die eines Tages für immer verschwunden sein würden, in Feuersbrünsten
etwa, die mitunter ganze Bibliotheken verschlingen, oder
auch durch Vernichtungsaktionen ungebildeter Menschen,
die Bücher für nutzlos hielten. Der Urheber dieses Werks
hatte zwar nicht vorausgesagt, wie die Bücher jeweils zerstört
würden, hatte aber jedes betroffene Werk namentlich aufge-
führt. Steht das Manuskript, das ich heute in Händen halte,
etwa auch auf diesem Index? Bat dessen Verfasser mich darum, es in Druck zu geben, weil er seinem Werk das bittere
Schicksal der Vernichtung ersparen wollte? Er behauptet, sein
Werk sei aufgrund falscher Zeugenaussagen auf diesem anti-
ken Index gelandet. Weshalb aber hatte er selbst nichts unternommen, um sein Buch drucken zu lassen?

Fand er, mit dem Abfassen des Werks sei seine Hauptpflicht
getan, er müsse keine weitere Verantwortung übernehmen
und könne sich stattdessen dem Projekt seines glorreichen
Todes widmen? Ich vermag es nicht zu sagen, möchte die ge-
neigte Leserschaft jedoch auf einen anderen Aspekt hinweisen, der hier nicht fehlen darf.

Die insbesondere in der zweiten Hälfte des Manuskripts
festgehaltenen Abenteuer kommen mir sehr bekannt vor. So
vertraut scheinen sie mir, dass ich das Gefühl habe, ich selbst
sei deren Verfasser. Einer meiner wiederkehrenden schweren
Träume handelt von einem Romanmanuskript, das ich vor

Jahren verfasst habe, zwischen vielen Stapeln Papier in meiner Schreibtischschublade aber nicht wiederfinde. Wie von Sinnen durchwühle ich alles, stelle die Schublade auf den Kopf und vergieße dabei Tränen. Ein verlorener Roman. Nach zwei, drei Jahren Mühsal und Qual! Die Schriftsteller unter Ihnen werden wissen, von welchem Albtraum ich hier rede. In vielen düsteren Nächten hat er mich heimgesucht.

Heißt die Tatsache, dass mich dieses Manuskript nun per Post erreicht hat, mein schwerer Traum ist wahr geworden? Bin tatsächlich ich der Urheber dieses Werks, und der es mir entwendet hat, hat sich mit dessen Rücksendung an mich einen derben Scherz erlaubt? Dass Autoren bisweilen davon absehen, ein Werk in Druck zu geben, kann unterschiedliche Gründe haben. Etwa den, dass der Autor in seinem Werk ein sehr intimes, lange gehütetes Geheimnis offenbart und dessen Enthüllung im Grunde fürchtet. Dabei tun wir Schriftsteller, meiner Ansicht nach, nichts anderes, als unsere Wünsche, Ideen, Geheimnisse den jeweiligen Charakteren zuzuschreiben, die wir erschaffen, was selbst den Wunsch einschließt, kriminelle Handlungen zu begehen! Dieses Manuskript beweist, ein Autor kann durchaus die Distanz zwischen Fakt, seinem Alltag, und Fiktion, dem literarischen Geschehen, deutlich reduzieren oder sie sogar ganz aufheben. Mir scheint es auch ein perfektes Beispiel, ein handfester Beweis dafür zu sein, dass, wie manche sagen, in fiktiven Schriften die verborgenen Wünsche ihrer Urheber Ausdruck finden.

Allmählich scheine ich der Tatsache ins Auge sehen zu müssen, dass ich der Urheber des Manuskripts bin. Anlass zu diesem sich zunehmend erhärtenden Verdacht gibt mir der Tatbestand, dass alle meine bisher unternommenen Versuche, den wahren Autor des Werks zu finden, fruchtlos geblieben sind. Ich wandte mich sogar an einen Gerichtsmediziner, um anhand des Poststempels herauszufinden, wer, außer dem

Verfasser, noch um die fragliche Zeit Suizid begangen hat. Doch meine Hoffnung, einige Fragen auf diesem Weg zu klären, wurde enttäuscht. Auch Todesanzeigen in Tageszeitungen, die ich heranzog, lieferten keine weiteren Anhaltspunkte. Ebenso gut könnte es sein, dass ich mich irre. Dass der Verfasser, seiner Ankündigung gemäß, nun im Reich der Toten weilte und es nun mir oblag, seinem Wunsch zu entsprechen, denn andernfalls würde ich keine Ruhe finden. Ich stand in der Schuld eines Toten. Sollte es tatsächlich ein Leben, eine Welt nach dem Tod geben, in der er mich beschuldigen würde, seiner Bitte nicht nachgekommen zu sein, was könnte ich zu meiner Verteidigung vorbringen?

Und zuallerletzt: Das Manuskript behandelt ein so heikles Thema, dass es, angesichts der strengen Zensurbedingungen, hierzulande gar keine Druckerlaubnis bekäme. Weshalb ich es, notgedrungen, einem ausländischen Verleger anzuvertrauen gedenke. Zuvor werde ich einige Sachverhalte detaillierter darstellen und dem Original Erläuterungen hinzufügen, die einer ausländischen Leserschaft das Verständnis bestimmter Textstellen erleichtern sollen.

1

2015 – Teheran

Eine Frau mittleren Alters, relativ groß, trug Davids Namen
in das voluminöse Gästebuch ein, das vor ihr lag, hob dann
den Blick, lächelte und nickte Nader bekräftigend zu. Dann
setzte sie ihre Brille ab, öffnete eine Schublade, entnahm ihr
einen großen Ring, an dem viele Schlüssel hingen, trennte
einen Schlüssel ab und legte den Bund zurück in die Lade.

Die Pension befand sich zwar im Norden der Stadt, war
vom Stadtzentrum aber nicht allzu weit entfernt. Sie stand am
Ende einer Nebenstraße, die in eine erst kürzlich angelegte
schöne Parkanlage mündete. Noch wuchsen hier zwar keine
großen Bäume, aber mit Rasenflächen, Wasserbecken und
Fontänen versehen, war sie ansprechend gestaltet, wenngleich zu dieser Jahreszeit nur spärlich besucht. In direkter
Nachbarschaft der Pension lag zur einen Seite ein Wohnheim
für Studierende, zur anderen ein gruseliges altes Gefängnis,
dessen Gelände man nach der Revolution im Jahr 1979 zu
einem Park gemacht hatte und das heute auch einen Obst-
und Gemüsemarkt beherbergt. Beide, Park und Markt, tragen den Namen der Haftanstalt.

Anders als man es vermuten mochte, besaß nicht Banu, die
stämmige Mittfünfzigerin, die Pension, sondern ihr betagter
Vater, der vormittags hier vorbeikam und Rezeptionsdienst
versah. Dort aß er auch kurz zu Mittag, rückte seinen Stuhl
dann an die Wand hinter sich, lehnte den Kopf zurück und
hielt ein Schläfchen und begab sich, sobald es Abend wurde,
ohne großes Aufhebens nach Hause. An manchen Tagen allerdings blieb er zwei, drei Stunden länger vor Ort und spielte
mit seinem Freund, dem Konditor von gegenüber, Backgam-

mon. Dann hallte das Foyer der Pension jedes Mal wider von ihren lebhaften Ausrufen und Kommentaren, die ihre Spielzüge begleiteten. Banus Vater nahm keinen Einfluss mehr auf die Geschäftsführung, die er vollständig in die Hände seiner Tochter gelegt hatte, weil ihm inzwischen die Kräfte dazu fehlten. Banu wohnte in der Pension und war rund um die Uhr vor Ort.

Nach ihren kurzen Hinweisen reichte sie David den Schlüssel zu seinem Zimmer und hieß ihn in gebrochenem Englisch willkommen. David lobte daraufhin in recht fließendem Persisch die angenehm entspannte Atmosphäre des Hauses. Was Nader erleichterte. Er entnahm dem kurzen Wortwechsel, dass David mit seiner, Naders, Wahl der Unterkunft zufrieden war. David gedachte, mindestens zwei Monate in der Pension zu bleiben.

Banu wies auf eine weitere Gepflogenheit des Hauses hin: «Ihr Zimmer wird einmal wöchentlich gereinigt, Sie können den Tag wählen. Frische Handtücher und Bettwäsche sind selbstverständlich jederzeit verfügbar.»

Sie wartete auf Davids Fragen zu ihren Hinweisen. Doch David lächelte nur.

«Darf ich Ihnen jetzt das Haus zeigen?»

David und Nader nickten zustimmend. Banu schob eine krause Haarsträhne unter ihr Kopftuch, zog den Knoten unterm Kinn fester und übernahm die Führung des Zuges. Der durchquerte das Foyer und betrat das Speisezimmer. In einer Ecke des Raums, auf einem hochbeinigen viereckigen Tisch, brodelte ein neusilberner Samowar vor sich hin, daneben ein Tablett mit Teegläsern und anderem Teezubehör. Ein elektrisch betriebener Kaffeeautomat stand ebenfalls dort.

Banu erläuterte: «Tee, Kaffee und warmes Wasser sind den ganzen Tag über verfügbar.»

Durch eine Flügeltür ging es weiter ins Esszimmer. Hier stand, außer zwei kleineren Vierertischen, am Fenster ein großer Tisch für acht Personen. Durch das Fenster schaute man hinaus in den Hof der Pension.

«Frühstück servieren wir morgens von sieben bis zehn Uhr, Gäste, die über Mittag in der Pension bleiben, versorgen sich selbst. Abends kommt eine Dame ins Haus, die für alle Gäste kocht und das Essen auch serviert. Um acht Uhr. Die Gäste nehmen das Abendessen meist gemeinsam ein, und nach vorheriger Vereinbarung bewirten wir gern auch jeweils zwei Freunde oder Bekannte unserer Gäste. Außer Ihnen sind das zurzeit vier weitere. Damit sind alle fünf Zimmer der Pension belegt, wir sind ausgebucht.»

Die Führung fortsetzend, ging Banu voraus, durchquerte den Raum und blieb jenseits, an der Schwelle zur Küche, stehen. «Hier ist unsere Küche, in der Sie natürlich nicht aktiv werden müssen.»

Eine schwarze Katze ging mit gerecktem Schwanz an Banu vorbei ins Esszimmer. «Ohne unsere Katze könnten wir die Mäuseplage in der Küche nicht bewältigen», erklärte Banu und führte Nader und David zurück ins Foyer, zu Davids Koffern. Es gab keinen Pagen, der das Gepäck der Gäste in die Zimmer bringen würde. Banu hob den kleineren der beiden Koffer mit der einen Hand hoch, schob mit der anderen erneut eine Haarlocke unter ihr Kopftuch und sagte: «Bitte folgen Sie mir.»

Bevor sie den Fuß auf die erste Treppenstufe setzte, erklärte sie: «Mein Zimmer ist auf der Seite», und deutete in die der Treppe gegenüberliegende Richtung. Dann stiegen die drei einige Stufen hinauf und betraten einen breiten Flur, in den durch ein gekipptes Fenster der gedämpfte Lärm der Straße drang. Banu stellte Davids Koffer vor dessen Zimmertür ab und erläuterte: «Alle Gästezimmer befinden sich auf dieser Etage. Dusche und WC sind am Ende des Gangs.»

Dann streckte sie die Hand aus, bat David um den Zimmerschlüssel und schloss die Tür auf. Sie trug Davids Koffer in die Zimmermitte und stellte ihn dort ab. Dann trat sie ans Fenster, zog den Vorhang auf und schaute nach draußen:

«Heute Morgen habe ich das Fenster ein, zwei Stunden offen gelassen, zum Lüften.»

Und an David gewandt, wollte sie wissen: «Gefällt Ihnen Ihr Zimmer?»

David nickte und ließ den Blick schweifen. Mitten im Zimmer, mit einem purpurfarbenen Überwurf bedeckt und etwa die Hälfte des Raums einnehmend, stand ein großes Bett. Daneben, auf einem Holztisch, eine Lampe mit farblich zum Überwurf passendem Schirm. An der Wand gegenüber hing ein großer Spiegel über einer Kommode mit drei Schubladen, und neben einem Sessel in einer Ecke war ein Schreibtisch platziert, davor stand ein einfacher Stuhl. Die gesamte Breite einer Seitenwand nahm ein großer Schrank ein, dessen Türen halb offen standen.

«Es ist alles bestens», sagte David.

Kurz ließ er den Blick auf dem farbigen Ölporträt einer jungen Dame ruhen, das neben dem Spiegel hing, ging dann ans Fenster und schaute in den kleinen Wintergarten der Pension: eine gemütliche Oase.

Banu trat neben David, als könne sie sein Urteil erst bestätigen, nachdem sie selbst in den Blick genommen hatte, was er sah: «Wie geschaffen für Menschen auf der Suche nach Ruhe und Abgeschiedenheit.»

Wer aufmerksam hinhörte, nahm den Lärm der Stadt gedämpft wahr. Und so relativierte Banu ihre positive Bewertung: «Das große Wohnheim für Studierende der Uni Teheran ist nicht weit von hier.»

Der Himmel hing voller marmorweißer Quellwolken. Dazwischen leuchtete er strahlend blau.

«Meine Studienzeit liegt noch nicht lange zurück.»

«Man sieht Ihnen an, dass Sie sehr jung sind.»

Beide entfernten sich vom Fenster. Banu sah David und Nader erwartungsvoll an: «Kann ich sonst noch etwas für Sie tun?»

David verneinte dankend: «Sie sagten, es gibt jederzeit Tee und Kaffee?»

Und ohne Banus Antwort abzuwarten, wandte er sich an Nader: «Wie wär's mit einem Schluck Tee?»

«Ich habe gerade frischen Tee gemacht», sagte Banu.

«Ich warte unten auf dich», sagte Nader.

«Ich brauche nur ein paar Minuten», sagte David.

«Du kannst ruhig auch duschen. Ich hab's nicht eilig.»

David deutete auf die Zeitung unter Naders Arm: «Ich weiß, dir wird nie langweilig.» Er schaute auf seine Uhr.

«Mach dir um mich keine Gedanken.»

Bevor Banu das Zimmer verließ, sagte sie: «Ich habe übrigens einen weiteren Gast aus Übersee. Eine junge Deutsche. Sie sind also nicht allein!»

Schalkhaft zwinkerte sie David zu. Der nickte lachend. Nader fand das verschwörerische Getue unangebracht.

Er hatte David vor rund drei Stunden vom internationalen Flughafen, dreißig Kilometer südlich von Teheran, abgeholt. Während der Fahrt hatte er eine erste Frage an David gerichtet.

«Hast du dich endlich auf das gefährliche Abenteuer Orientreise eingelassen?»

Und erläuternd hatte er hinzugesetzt: «Im 18. Jahrhundert hatte der dänische König eine sechsköpfige Delegation in den Nahen Osten entsandt, und nur einer der Sechs hat die Reise überlebt.»

David fand Naders Beobachtung irrelevant.

«Wir sind aber mittlerweile im 21. Jahrhundert.»

Nader ließ nicht locker: «Und in diesem 21. Jahrhundert

wimmelt es im gesamten Nahen Osten von muslimischen Extremisten.»

Nach einer halben Stunde Fahrt über eine durch trockene Einöde führende Autobahn und einer Unterhaltung, die mit Teherans Wetter begann und mit Roger Coopers Aufzeichnungen über seine Zeit in iranischer Haft endete, erreichten sie zunächst die Vororte und kurz darauf einen für den Privatverkehr gesperrten Stadtteil Teherans. An dessen Rand parkten sie Naders Wagen und stiegen in einen Schnellbus um, für den eine eigene Spur angelegt war. Nader fuhr gern Bus. Schon als Kind hatte er seine Großmutter mit Vergnügen zum Einkaufen begleitet. In doppelstöckigen Bussen ging die Fahrt damals von Schemirans Stadtrand aus in ihr Zentrum.

Im Bus sagte David: «Ich fühle mich hier wie zu Hause.»

Nader wandte ein: «Aber zwischen Teheran und London besteht ein Riesenunterschied.»

«Ich wollte sagen, dass ich mich hier sehr sicher fühle. Das lebhafte Gedränge stört mich gar nicht. In meinem Leben geht auch manches drunter und drüber.»

«Die Stadt als Spiegel des Lebens», murmelte Nader.

Mit seinem Leben hatte sie nichts gemein.

Am Tupkhaneh-Platz, einem der bedeutenden alten Plätze im Süden der Stadt, stiegen sie aus, schlenderten vorbei am Haupteingang des Volksparks, Bagh-e Melli, am Außenministerium, am ehemaligen Königsschloss Kakh-e Marmar, dem Marmorpalast, unweit vom Amtssitz des Präsidenten der Republik, und erreichten schließlich den großen Basar und das älteste Königsschloss der Hauptstadt, den Golestan-Palast. David, erstmals in einem Land des Ostens unterwegs, war beeindruckt. Nach einem etwa einstündigen Rundgang durch dieses Viertel bestiegen sie ein Taxi, um den belebtesten Teil der Stadt, über den Baharestan-Platz und am Parlament vorbei, nicht zu Fuß durchqueren zu müssen. Über die Eslambol-Kreuzung und die Naderi-Straße führte der Weg nun in den Teil der Stadt, der die diplomatischen Vertretungen wichtiger europäischer Staaten beherbergte. Die kurze Rundfahrt, auf Naders Vorschlag hin unternommen und von David begrüßt, hatte ihn nicht ins Herz Teherans, sondern ins Innere des Landes Iran geführt.

Nader und David waren einander erstmals vor vierzehn Monaten in London begegnet. Naders britischer Verleger hatte, anlässlich der Veröffentlichung von Naders jüngstem Roman, eine Lesereise organisiert, mit London als letzter Station. Die Veranstaltung fand in einem eigens dafür vorgesehenen Areal einer Buchhandlung vor knapp fünfzig interessierten Gästen statt. Am Ende der kurzen Schlange derer, die sich nach der Lesung ein Exemplar von Naders Werk signieren ließen, hatte ein gut aussehender junger Mann gewartet, der sich als David vorstellte, das von Nader signierte Buch entgegennahm und mit charmantem Akzent auf Persisch sagte:

«Die Geschichte, die Sie gelesen haben, hat mir sehr gut gefallen. Ich möchte nach Iran reisen, wissen Sie. Ich habe mich nämlich in die Verse Omar Khayyams verliebt.»

Dass einem seiner Zähne im Oberkiefer ein kleines Stück fehlte, wurde offenbar, wenn David lachte. Nader ließ ein wenig Zeit verstreichen, bevor er zustimmend nickte und David aufmunternd ansah, damit er seine Pläne erläuterte.

«Ich habe mich in die Kultur verliebt, die einen solchen Dichter hervorgebracht hat.»

Nader wandte leise ein: «Von dieser Kultur ist vermutlich nicht mehr allzu viel übrig. Nicht, dass Sie enttäuscht werden.»

David erwiderte voller Überzeugung: «Nichts geht verloren, zumindest nicht vollständig.»

Er glaubte an seine Worte. Nader schüttelte mehrmals den Kopf und lächelte kaum merklich. Der attraktive junge Mann beharrte auf seiner Ansicht: «Dessen bin ich mir sicher.»

In den zwanzig Jahren, in denen Nader nun als Romancier tätig war, waren ihm an vielen Orten der Welt viele freundliche Menschen begegnet, doch noch nie hatte jemand ihn gleich bei der ersten Begegnung so in seinen Bann geschlagen wie David. Kein Wunder, bei Davids attraktivem Äußeren und seinen schön geschwungenen Augen, aus denen Klugheit, Aufrichtigkeit und die Liebe zu Gleichgesinnten sprachen. Er zählte zu den Menschen, die, von Natur aus freundlich und liebenswürdig, in ihrem Gegenüber sofort Vertrauen erwecken. Er war nicht sehr groß gewachsen, offenbar bewusst lässig, aber durchaus hochwertig gekleidet. Der rote Schal um den Hals, das blaue Hemd und selbst die unter den Arm geklemmte Lederjacke waren brandneu und von hoher Qualität. Später erkannte Nader, David war nicht nur auf sein Äußeres bedacht, sondern auch ein Schöngeist. Sein reizender englischer Akzent, mit dem er Persisch sprach, oder seine leuchtenden Augen, was es auch sein mochte, Nader malte sich aus, dass eine Begegnung mit David angenehm verlaufen dürfte. Sein Rückflug nach Iran war zwar für den Mittag des nächsten Tages geplant, doch er lud den jungen Mann in sein Hotel ein, zum Frühstück vor seiner Rückreise. Seine Mutter pflegte zu sagen: «Die Augen sind der Spiegel der Seele», und der aufrichtige Blick dieses jungen Briten ließ auf ein reines, offenes Herz schließen. Am nächsten Morgen fiel Nader sofort auf, Davids Augen waren bei Tageslicht sogar noch klarer, noch ansprechender. Der Autor und sein interessierter Leser verbrachten eine gute Stunde zusammen. Genug Zeit, um das Gefühl entstehen zu lassen, sie würden sich bereits seit Jahren kennen und seien sogar seelenverwandt. Wobei David seinem Gegenüber großen Respekt erwies, was Nader, immerhin fünfzehn Jahre älter als er, sehr genoss.

Schönes Sonnenlicht fiel durch die großen Fenster in den Speiseraum und brachte Helligkeit und Wärme. In dieser angenehmen Atmosphäre nahmen der Autor und sein Gast das Frühstück ein, unterhielten sich dabei in kurzen, mitunter unvollständigen Sätzen über dies und das, hier und dort, das schlechte Wetter in London, den Smog in Teheran. Anfangs beantwortete der junge Brite nur Naders Fragen. Dann hielt er inne, trank mehrere Schlucke Tee, und es bot sich die Gelegenheit zu einem tiefsinnigeren Gespräch.

«Was findest du denn so außergewöhnlich an Khayyam?»

«Kein anderer Dichter konnte die Welt alles Heiligen so unverhohlen entweihen wie er. Zugleich hat er eine so wahnsinnig große Freude am Leben, die mir bei keinem anderen Dichter, keinem anderen Künstler begegnet ist. Khayyam hat die Welt vereinfacht, sie entzaubert und von der Träumerei befreit.»

«Aber manche Zeitgenossen warfen ihm vor, er stifte insbesondere Männer dazu an, all ihre Zeit dem Wein und den Frauen zu widmen.»

«Ja, für ihn lag der Sinn des Lebens im Streben nach Vergnügen und Genuss. Ohne sie, so seine Sicht, war die Welt bedeutungslos. Dass er sein gesamtes Leben deshalb in Ausschweifung und großer Sünde verbracht hat, stimmt einfach nicht. Ich weiß, weshalb er so starken Gegenwind bekam. Er hat Geheimnisse gelüftet, als deren alleinige Hüterin sich die Religion sah, die mit aller Kraft an ihnen festhält. Khayyam aber fordert die Menschen auf, gemeinsam dem Hedonismus zu frönen. Er wollte den Glauben an Gott durch den Glauben an die Freuden des Lebens ersetzen.»

Nader nickte zustimmend und ergänzte:

«Körperlichen Bedürfnissen sollte man nachgeben, davon war er zutiefst überzeugt.»

«Khayyam hat die Menschen an ihren Ursprung zurückgeführt, dorthin, wo keinerlei Erinnerung ist, kein Glaube, keine Ideologie, keine Philosophie. Dort lässt er den starren Blick schweifen und erkennt klar und kompromisslos: Indem er die zur Sinn- und Bedeutungssuche in der Welt befindlichen Werkzeuge und Mechanismen als sinnlos und als absoluten Unfug abtut und sie missachtet, offenbart er deren Hohlheit, die Leere, die er ihnen attestiert. Der Tod ist für ihn ein Bruch zwischen dem Leben und dem Nichts, zwischen Ein- und Ausatmen.»

Was tun, um der Vergeblichkeit der Welt zu entkommen? Es gibt nur einen Weg: Man muss die Freude suchen, nach Genuss streben. Die Freude entzieht den Menschen der Herrschaft der Zeit. Khayyam erkennt weder die Sünde noch deren Bestrafung an.

Ein Blick ins Europa des 11. Jahrhunderts, in die Epoche, in der Khayyam in Iran diese Phänomene bereits thematisierte, zeigt, dort war von solch ketzerischem Gedankengut noch gar keine Rede. Viel später erst, in der zweiten Hälfte des 19. Jahrhunderts, wird Khayyams Einfluss so groß, dass man mit seinem Namen sogar Theaterstücke, Ballettaufführungen, Seifen, Tabak und Kaffee bewirbt. Manche sahen Europa damals im Khayyam-Fieber.

Das Khayyam-Fieber! Es hielt sich, ansteckend und unheilbar, mindestens bis zur Mitte des nächsten Jahrhunderts. David und Nader setzten ihren Gedankenaustausch fort, über Khayyams neue Art des Umgangs mit Tod und Leben und über die Ähnlichkeit seiner Vierzeiler mit denen des Lukrez.

Nach dem einstündigen Treffen fühlte Nader sich, als habe man ihm das Tor zu einem üppigen Blumengarten aufgestoßen. War das ein Zufall, ein flüchtiges Ereignis?

Davids Liebe für Khayyam entstand zwar dank eines Zufalls, eine vorübergehende Laune aber war sie nicht. Sie dauerte bereits mehrere Jahre, denn ein Freund hatte ihm zum fünfundzwanzigsten Geburtstag einen Band mit Gedichten von Omar Khayyam geschenkt. David hatte damals weder des Dichters Namen noch den seines englischen Übersetzers je gehört. Nachdem sich, spätabends, alle Festgäste verabschiedet hatten und seine Wohnung wieder halbwegs aufgeräumt war, trat er, vor dem Zubettgehen, ans Fenster, weil er es schließen wollte, hielt aber inne, weil in dieser Sommernacht aus der tiefen Dunkelheit und der Stille der Straße ein lauer Wind zu ihm ins Zimmer wehte. Er schloss das Fenster nicht, nahm das Buchgeschenk und ging zu Bett. «Kaum hatte ich die ersten Verse gelesen, war ich so überwältigt, dass ich meine damalige Ergriffenheit bis heute spüre. Ich dachte, Omar Khayyam steht leibhaftig vor mir und spricht zu mir, nur zu mir. Ich allein schien seine Botschaft in ihrer ganzen Tiefe zu ermessen und hatte die Pflicht, sie anderen Menschen zu vermitteln. *Wir haben nur eine Welt*, so seine Worte. *Wer von einem Jenseits spricht, der fabuliert.*»

Khayyams offene Worte übermittelten Gedanken, die so einfach waren wie «Guten Morgen!» und so tiefgründig, wie der Himmel hoch war. David schloss das Buch und schaute zu, wie der Wind am Fenster mit der Gardine spielte. Er fühlte sich seiner Umgebung entrückt und war erstaunt, wie vertraut ihm dieses Gefühl vorkam. Weckte auch die Lektüre anderer morgenländischer Texte, wie etwa *Tausendundeine Nacht*, diese Empfindungen in ihm? Nein, Khayyams Lyrik wirkte intensiver, wie eine starke Droge, die ihm plötzlich die Tore zu seinen Gefühlen und zu seinem Verstand öffnete und ihn sogar zum Weinen brachte. Zugleich war ihm bewusst, hier brachte etwas Großes Distanz zwischen ihn und seine Vergangenheit. Damit war sein bisheriges Leben zu Ende. Er fiel in einen Traum, den er mit offenen Augen verfolgte. Naneh Khatun, die stolze, in der Kunst der Verführung der Menschheit bewanderte Jungfrau, reichte ihm einen kristallenen Kelch und ermunterte ihn, zu vergessen, sich von irdischen Fesseln und Zwängen zu lösen. War das der Weg zur Vereinfachung der Welt? Die Mythen über die Zeit nach dem Tod aus seinem Leben zu streichen? Zugleich sah er das Innere eines Basars vor sich, das Labyrinth der Gänge und Ladengeschäfte, das schräg durch Luken in den Kuppeldächern einfallende Licht, und er roch die unterschiedlichsten Gewürze, in weißen Plastiksäcken vor Geschäften feilgeboten. Er ging im Geist weiter, zur Töpferwerkstatt, wo frisch geformte Tonkrüge, auf einem großflächigen Podest aufgereiht, in der warmen Sonne des Orients trockneten.

David träumte bis in die frühen Morgenstunden. Als er schließlich wach wurde, setzte er sich, noch vor dem Duschen und bevor er Kaffee aufsetzte, und trotz seiner leichten, dem Alkoholkonsum vom Vorabend geschuldeten Kopfschmerzen, an seinen Schreibtisch, schaltete seinen Laptop ein und erhielt nach kurzer Suche schon etliche Hinweise auf den persischsprachigen Dichter aus dem 11. Jahrhundert. Gern hätte er sie alle gelesen, konnte sie der schieren Menge wegen jedoch nur überfliegen. Ihm schien von einem unsichtbaren Ort her, aus der Tiefe eines endlos langen Korridors vielleicht, ein Windhauch zu wehen und ihm Kraft zu spenden. Vor allem aber brachte er die mit Neuentdeckungen einhergehende Freude und Faszination. Zwei Stunden später stand er, den Kopf voller Namen und Orte, vom Schreibtisch auf, streckte sich wieder auf seinem Bett aus und kam nicht zur Ruhe, weil die Namen unbekannter Orte und fremder Menschen ihm in schwindelerregender Schnelligkeit durch den Sinn gingen, rätselhaft, spannend, berauschend.

In den folgenden Tagen dachte David über die Verkettung von Zufällen nach, die in der Stadt Nischapur, im Orient des 11. Jahrhunderts, ihren Anfang genommen, dann über ein Pastorenhaus und einen Korb mit preisreduzierten Büchern in einer Londoner Buchhandlung im 19. Jahrhundert gelandet war und schließlich in Form des einfachen Geburtstagsgeschenks seines Freunds in seinen Händen geendet hatte. Versprach diese seltsame Folge von Ereignissen ein in naher Zukunft zu lüftendes Geheimnis?

Wäre Edward Bayles Cowell als junger Neunzehnjähriger – der bereits im Alter von sechzehn Jahren als Autodidakt aus dem Persischen übersetzte Verse des großen iranischen Dichters Hafis in einer asiatischen Zeitschrift veröffentlicht hatte und der bald auch als Edward FitzGeralds Konkurrent um die Liebe einer Frau auf den Plan trat – ihm nicht im Hause eines Pastors begegnet, hätte FitzGerald, als Cowells Schüler, vielleicht nie erwogen, das Persische zu erlernen. Wobei der Spracherwerb allein nicht dazu führte, dass man auf Omar Khayyams Lyrik aufmerksam wurde. Auch andere Menschen aus der westlichen Welt lernten Persisch, interessierten sich für Khayyams Werke aber nicht im Geringsten. Sieben Jahre nach ihrer ersten Begegnung reiste FitzGerald im Jahr 1852 nach Oxford und besuchte Cowell und dessen Gattin. Über diese Begegnung schreibt Cowell: «An diesem regnerischen Sonntag schlug ich ihm vor, das Persische zu erlernen, und stellte ihm in Aussicht, ihn dessen Grammatik binnen eines Tages zu lehren.» Die Grammatik, verfasst von Sir William Jones, enthielt fast ausnahmslos den Werken des Hafis entnommene Beispiele. Auch mit Irans berühmten Dichtern Firdausi, Sa'adi und Dschami war Jones vertraut, übertrug sogar Dschamis Verserzählung *Salaman und Absal*, ein Werk über den mystischen Tod, ins Englische. Bald nach dieser Begegnung sollte sich etwas Großes ereignen. Kurz vor Beginn des Jahres 1856 bereiteten Cowell und seine Frau sich auf ihre Reise nach Indien vor, wo Cowell im damaligen Kalkutta von 1856 bis 1867 am Presidency College britische Geschichte lehrte. In jenen Tagen stieß er in der Bibliothek des Magdalen College in Oxford, wo er studierte und persische Manuskripte katalogisierte, auf eines in persischer Schönschrift, mit Purpurtinte auf Papyrus geschrieben und goldverziert.

Cowell sandte FitzGerald eine Teilabschrift dieses Manuskripts mit dem Titel ‹Die Vierzeiler des Omar Khayyam›. FitzGerald verbrachte die ersten beiden Juliwochen des Jahres 1856 bei Cowell und seiner Frau, deren Seereise nach Indien unmittelbar bevorstand. Er schrieb an einen Freund: «In diesen zwei Wochen habe ich die sehr ketzerischen, kurzweiligen Verse eines epikureischen Dichters aus dem 11. Jahrhundert gelesen, der dem Gedanken der Vorsehung sehr ablehnend gegenübersteht.» Damals wusste FitzGerald noch nicht, dass seine englische Übersetzung dieser Verse ihm eines Tages Weltruhm verschaffen würde.

Khayyams Blasphemie und sein Hedonismus beeindruckten FitzGerald. Er fand es beachtlich, dass Khayyam dem Konzept der Vorsehung nichts abgewann, der herrschenden Auffassung widersprach, dass göttlicher Wille über den Alltag hinaus bis in alle Ewigkeit zu gelten habe und dass er der Vergänglichkeit Bedeutung beimaß. Khayyam erkannte göttlichen Willen nicht an und sah auch in Leid und Schmerz nicht den Weg zur Erlösung.

FitzGerald, der bereits mit Werken von Hafis vertraut war, erkannte, dass aus dessen unbedingter Hingabe an den gnädigen Gott bei Khayyam Auflehnung gegen den Gedanken der Schöpfung sowie, zwingend, Pessimismus getreten waren. Hafis sah sich im Einklang mit Gottes traurigem Plan, gegen den er nie aufzubegehren suchte.

Im Juni 1857 wurde FitzGeralds kostbarer Schatz vollständig. Cowell ließ ihm eine weitere Teilabschrift des Manuskripts von Khayyams Versen zukommen, die damals in der 1784 vom britischen Philologen Sir William Jones gegründeten Bibliothek der *Asiatic Society of Bengal* aufbewahrt wurde. Ihr Zweck bestand vielleicht allein darin, Khayyam, durch FitzGeralds Vermittlung, in der Welt bekannt zu machen. Dieser Zweck erfüllte sich im Juni 1857. Danach verschwand die Abschrift.

Vierzehn Monate lang kommunizierten Nader und David, telefonisch, via Skype oder per E-Mail miteinander und erörterten Themen wie persische Lyrik, iranisches Alltagsleben, Orientromantik, offene oder verborgene Erotik im iranischen Denken, wobei Khayyam in ihrem Austausch den größten Raum einnahm. Die Bedeutung, die er Gegebenheiten wie Sexualität und Tod oder einem Seele und Körper gleichermaßen zerstörenden Materialismus einräumte, weckte in David große Fragen, die zu endlosen, tiefgreifenden Gesprächen führten. Wie konnte jemand bereits vor Jahrhunderten zu einer Geisteshaltung gelangen, die vom damaligen Zeitgeist nicht nur abwich, sondern ihm komplett zuwiderlief? Wählen Menschen ihre Art zu denken frei und selbstbestimmt, oder prägen die Bedingungen, unter denen sie leben, ihre Weltsicht und geben ihnen Denkräume vor?

Nader freute sich seinerseits über die Freude, mit der der junge Europäer Irans jahrhundertealte Zivilisation bis in jeden Winkel hinein zu ergründen suchte. Enthielten Khayyams Gedanken Elemente, die sich von der iranischen Kultur unterschieden oder ihr zuwiderliefen? Kristallisierte sich in seinen Ideen zuvor unterdrücktes Gedankengut, dem er endlich Ausdruck verlieh?

Jedenfalls gönnte man Omar Khayyam, als er 1131 starb, kein Begräbnis auf dem Friedhof für Muslime. Dem Leichnam des großen Dichters Firdausi war 1020 übrigens das gleiche Schicksal beschieden. So bestrafte eine Kultur diejenigen ihrer Kinder, die sich unverschämt über eng gesteckte Grenzen hinauswagten. Kurz kamen David und Nader auf aktuelle Tagesthemen zu sprechen – die Verfechter von Heuchelei und Falschheit ließen noch immer nicht ab vom iranischen Volk und setzten selbst im 21. Jahrhundert ihr Leben und Treiben fort wie eh und je –, um kurz darauf wieder bei Khayyam zu landen. Über die Stellung des Menschen auf Erden und die Position der Erde im Universum gab er sich keiner Täuschung hin. Das bewies, wie einzigartig er war. Ihm kam es nur darauf an, die ‹Jetzt-Zeit› zu erkennen, die Zeit, die über das Vergessen hinausgeht, Zukunft wird, und die einzige ‹Zeit› ist, über die wir verfügen dürfen, und deshalb versuchen müssen, sie zu verewigen. Laut und vernehmlich verkündete er: ‹Es gibt kein Zurück! Paradies und Hölle sind nichts als Hirngespinste.› Wenn er gewusst hätte, dass man eintausend Jahre später junge Männer locken, ihnen das Paradies versprechen und sie in Selbstmordkommandos in den Tod schicken würde ...

Nach dem Frühstück hatte David sich in der Lobby des alten Hotels mit den Worten «In einem Monat in Teheran!» von Nader verabschiedet.

Nicht in einem Monat, nein, sie trafen sich erst über ein Jahr später wieder. Warum, konnte Nader sich, zumindest anfangs, nicht erklären. Als Davids Reise so weit geplant war, dass er nur noch einen Flug hätte buchen müssen, erklärte er, er müsse den Abflug um ein paar Wochen verschieben. Nach ein paar Wochen war die Erkrankung seiner Mutter der Grund für einen weiteren Aufschub. Natürlich wäre es nicht richtig gewesen, wenn David seine schwer kranke Mutter allein gelassen hätte. Er war ihr einziges Kind. Zum Glück wurde die Mutter bald gesund. Doch David erklärte, es ginge ihm psychisch nicht gut. Was Nader nun wirklich nicht glauben mochte. Als sie einander eines Tages via Skype gegenübersaßen, sah Nader die unverkennbare Lebensfreude, die aus Davids Augen sprach, und so musste David Nader schließlich den wahren Grund für sein Zögern nennen. Er hatte die Berichte eines Briten gelesen, dessen Reise nach Iran unglücklich verlaufen war.

Hier und jetzt, da sie einander endlich zum zweiten Mal leibhaftig sahen, gab es buchstäblich nichts Neues mehr am jeweils anderen zu entdecken. Jeder kannte den anderen wie die Handflächen seiner eigenen Hände. Wenngleich Davids Kindlichkeit Nader immer neu für ihn einnahm.

Nader hing diesen Gedanken nach und hatte sich gerade

Tee aus seinem Kännchen eingegossen, als die junge Deutsche den kleinen Frühstücksraum der Pension betrat. Sie war auf dem Weg nach draußen, doch Banu geleitete sie zu Nader und sagte: «Der Gast, von dem ich kürzlich gesprochen hatte, ist angekommen. Der Herr hier ist ein Freund von ihm.»

Die junge Deutsche lächelte einnehmend, streckte Nader ihre Hand entgegen, stellte sich als Bettina vor und sah Nader freundlich an.

«Wenn Sie es nicht eilig haben, warten Sie doch kurz, David stößt in ein paar Minuten zu uns.»

Bettina war groß gewachsen und hübsch, sie hatte einen hellen, frischen Teint, und mit ihrem kurzen, unentwegt um ihr Gesicht wirbelnden roten Haar wirkte sie wie ein verspieltes Mädchen. Sie zählte zu den Menschen, an deren Gesichter man sich mit einem Schmunzeln erinnerte, und aus Gesprächen mit ihnen ging man nicht nur unbeschadet hervor, nein, man wertete sie sogar als seltene Schätze. Nader fand die junge Dame auf Anhieb sympathisch, er lud sie ein, Platz zu nehmen, ging zum Kaffeeautomaten und bereitete ihr eine Tasse Kaffee. Und er stellte ihr schon die erste Frage, kaum dass er ihr die Tasse gebracht hatte.

«Was führt Sie nach Teheran?»

Ihr tanzender Hals brachte selbst ihr kurzes Haar in Bewegung: «Ich suche nach meiner zweiten Hälfte!» Sie lachte laut auf: «Haha!»

«Wie gut! Das Schicksal hat einen sehr passenden Ort für diese Suche bestimmt.»

Die junge Dame wurde plötzlich ernst. Sie räusperte sich: «Offen gestanden, ich lerne hier Persisch.»

Nader gab sich erstaunt: «Ah, das ist der Grund für Ihre Reise hierher?»

«Anfangs wollte ich Iran vor allem als Touristin bereisen, aber dann habe ich meine Pläne geändert, weil mir etwas dazwischenkam.»

27

Sie lenkte das Gespräch auf Irans große Wüsten und sprach von den einzigartigen Landschaften, die sie in diesen Gegenden Irans gesehen hatte. Zum Schluss drückte sie ihr Bedauern darüber aus, dass sie in den sechs Monaten ihres Aufenthalts hier noch nicht viele Orte gesehen hatte. Und sie wollte wissen: «Wie wird in Iran Rosenwasser hergestellt?»

«Ich vermute, der Herstellungsprozess ist überall auf der Welt derselbe, es wird destilliert.»

«Nächstes Jahr reise ich sicher zur Rosenblüte nach Kaschan.»

«Bleiben Sie denn so lange in Iran?»

Die junge Dame nickte und kam dann auf Irans Völker und Nomaden zu sprechen, über deren Wanderungen zwischen Sommer- und Winterlagern sie einen Dokumentarfilm gesehen hatte, und sie bedauerte, dass man die Menschen mittlerweile sesshaft gemacht hatte. Sie sprach auch darüber, dass man einfache Lebensweisen erhalten müsse, und ging dann über zum Thema persische Sprache. Ganz so, als sei sie schon seit geraumer Zeit auf der Suche nach jemandem, mit dem sie sich austauschen konnte.

Die junge Dame schien den wahren Grund ihrer Reise nach Iran nicht nennen zu wollen. Und ihre Lebhaftigkeit kam Nader aufgesetzt vor. Hinter ihrem humorvollen Wesen und dem herzhaften Lachen schien sich ein seit Langem schwelender Seelenschmerz zu verbergen. Obwohl Nader bereits seit zehn Minuten mit ihr im Gespräch war und sie gleich zu Beginn gefragt hatte, was sie nach Teheran führte, hatte er den wahren Grund für ihren Aufenthalt hier noch nicht in Erfahrung bringen können. Die junge Dame verabschiedete sich nach ihrer wortreichen Plauderei und verließ die Pension genau in dem Augenblick, in dem David auftauchte.

«Ich habe Sie lange warten lassen.»

«Kein Problem, ich war nicht allein.»

David sah Nader fragend an.

«Die junge Deutsche, von der die Pensionsbesitzerin gesprochen hatte, hat mir Gesellschaft geleistet.»

Banu sorgte für frischen Tee im Speiseraum. Nader goss David ein Glas ein, beobachtete ihn unterdessen aus dem Augenwinkel.

David sah die Kaffeetasse auf dem Tisch und fragte:

«Wo ist sie jetzt?»

«Sie ist gegangen. Jetzt musst du dich bis spätestens morgen zum Frühstück gedulden.»

David rührte seinen Tee um: «Haben Sie sich gut unterhalten?»

«Könnte man so sagen.» Die Wintersonne erfüllte den gesamten kleinen Speiseraum. Nader leerte sein zweites Glas und erhob sich.

«Morgen möchte ich dir einen interessanten Ort zeigen.»

Sein Mobiltelefon klingelte. Er zog es aus seiner Hosentasche und schaute aufs Display. Ein Anruf von Nastaran.

«Hallo … ja, ich bin bei David im Hotel, aber ich mache mich jetzt auf den Heimweg. Gut. Bis heute Abend.»

David hätte gern mehr erfahren und sah Nader erwartungsvoll an.

«Ja, morgen Abend gehen wir zu einem besonderen Fest. Ein Teilnehmer aus meiner Literaturwerkstatt hat mich eingeladen.»

2

Auf dem Heimweg gingen Nader zahlreiche Bilder seines Vaters durch den Kopf. Erstmals überhaupt. Kurz nach Mittag betrat Nader seine Wohnung, legte sein Jackett ab und hängte es an die Garderobe hinter der Eingangstür. Er ging in sein Arbeitszimmer, nahm, erstmals seit Jahren, wieder das gerahmte Foto seines Vaters aus der Schreibtischschublade, entstaubte es und stellte es wieder auf den Schreibtisch. Was ihn so plötzlich dazu bewogen hatte, wusste er nicht. Dennoch hatte er dem drängenden Bedürfnis sofort nachgegeben, als er zu Hause war. Dann ging er in die Küche, goss sich einen Schluck Whisky ein, nahm das Glas mit ins Wohnzimmer und trat ans Fenster. Er schob eine Gardine beiseite und schaute auf den hohen Milad-Turm gegenüber, der mahnend aus dem Smog des Wintermittags aufragte. Dann ging er zum Telefontisch und hörte seinen Anrufbeantworter ab. Schläfrig, die Lider schwer, wollte er ins Schlafzimmer gehen, entschied sich jedoch um. Er zog sich aus, betrachtete seinen entblößten Oberkörper kurz im Badezimmerspiegel und ging unter die Dusche. Vielleicht hoffte er, so die vielen neuen, widersprüchlichen Gedanken, die ihm durch den Kopf schwirrten, vertreiben zu können. Schon vermisste er David. Warum hatte er ihn nicht mit hierhergebracht? ‹Mein Versäumnis trübt zwar meine Freude›, dachte er, ‹aber den Kopf sollte ich mir darüber nicht zerbrechen, so wichtig es ist es nun auch wieder nicht.› Er beschloss, an nichts zu denken und das warme Wasser auf seinem Körper zu genießen. Es gelang ihm nicht. Ob es am typischen Geräusch des auf die Holzlatten am Boden treffenden Wassers oder am Geruch seines neuen Shampoos lag, wusste er nicht zu sagen. Unverhofft fühlt er sich zurückversetzt in seine Zeit beim Militär und steht in der Gemeinschaftsdusche seiner Kaserne. Er sieht die lange Reihe türloser Duschkabinen an einer Wand des Raums und hört die Soldaten, von Dampfwolken umgeben, lachen und schlüpfrige Witze machen. Minuten später schaltet er das Wasser aus, verlässt das Bad, ein Handtuch um die Hüften, und geht bis zur großen Glastür im Wohnzimmer, die nach draußen führt. Dort steht, auf Backsteinboden, eine Holzbank, davor ein runder Metalltisch, darauf ein Aschenbecher aus Kristallglas. Er ist lange nicht mehr geleert worden. Nader wendet sich von der Tür ab, geht zur Stereoanlage ... Aus seiner CD-Sammlung wählte er ein ruhiges Stück von Chopin. Dann ging er in die Küche, nahm Eis aus dem Kühlschrank, goss sich einen weiteren Schluck Whisky ein, leerte das Glas in einem Zug. Er wurde ruhiger. Ja, den hatte er gebraucht. Er holte seinen Laptop aus dem Arbeitszimmer, ging ins Schlafzimmer und legte sich aufs Bett. Beim Lesen seiner E-Mails wurden ihm die Lider schwer.

Der Halbschlaf brachte ihm, einer Kristallkugel vergleichbar, oft Antworten auf ungeklärte Fragen oder unerklärliche Ereignisse in seinem Leben. Noch wusste er, dass er Nastaran liebte. Zumindest über diese Erkenntnis war er erleichtert. Verschwommen sah er nun seine Eltern vor sich. Hand in Hand gehen sie an Sommernachmittagen freitags auf der Pahlawi-Straße spazieren, machen oft kurz am Eissalon *Bahar* Station und kaufen ihm ein Eis im Waffelhörnchen. In Erinnerung geblieben war Nader die Jugendlichkeit seiner Mutter, in ihrem Sommerkleid mit dem Muster aus großen bunten Blumen. Diese Bilder munterten ihn auf, er lächelte und fiel dann, müde vom vergangenen Tag und vom Schlafmangel der letzten Nacht, in Tiefschlaf.

Als er zwei Stunden später wach wurde, war seine Müdigkeit jedoch nicht verflogen, nein, er fühlte sich müder als zuvor. Es schien ihm, als habe er geschlagene zwei Stunden lang von seinem gleichaltrigen Freund Khosrow geträumt, was selten vorkam. In diesem wirren Traum hatte Khosrow einen seiner üblichen Krampfanfälle, bei denen Nader nicht helfen konnte. Ein seltsamer Traum. Er hatte das Gefühl, mit Davids Ankunft tauchte auch seine, Naders, Vergangenheit wieder auf, nach und nach, keiner bestimmten Ordnung folgend, wie die verstreuten Perlen einer gerissenen Gebetskette. Und mit jeder einzelnen Perle sah Nader sich nun, in völlig willkürlicher Folge, konfrontiert.

Er stand auf, schaute kurz auf die Uhr, es war Zeit. Er musste sich fertig machen. Er war zum Abendessen bei Nastarans Mutter eingeladen. Seit ihrem Streit vor einigen Monaten hatten sie sich nicht mehr gesehen. Ein Versöhnungsessen, wie Nastaran es genannt hatte.

In den acht Jahren, die er und Nastaran zusammen waren, waren sie noch nie ernsthaft miteinander in Streit geraten. Man konnte sie zu den unkomplizierten Paaren zählen, die sich eine stabile, friedliche Freundschaft aufgebaut hatten. Seit ein, zwei Jahren aber fragte Mama Malli ständig: «Findet ihr nicht, dass es Zeit ist zu heiraten?»

Anfangs konnte man darüber noch hinweghören oder die Frage scherzhaft überspielen. Dann, nach kurzem Schweigen, das Gesprächsthema wechseln. Doch Mama Malli ließ nicht locker. Naders erste ernst gemeinte Reaktion war eine Gegenfrage: «Was ist denn falsch daran, wie's jetzt ist?»

Wenig später allerdings schloss Nastaran sich ihrer Mutter an. «Wollen wir nicht eines Tages Kinder haben?»

«Die Ehe ist was für Kleinbürger.»

Mit dieser intellektuellen Aussage hoffte er, die Gegenseite zu entwaffnen. Doch die Frage war, warum er den Vorschlag nicht einfach annahm. Jeder konnte es sich denken. Mama Malli sagte: «Er liebt dich nicht genug. Es stört ihn nicht, wenn du ihn verlässt.»

Ihn verlassen! Das hatte Nastaran tatsächlich noch nie erwogen, nicht zuletzt, weil der Gedanke ihr Angst machte. Davon abgesehen, überzeugte Naders Argument sie halbwegs. Er war der Auffassung, sie beide hatten ihr Lebensziel erreicht. Sie wollten zusammen sein. Eine Heirat hätte also keinen weiteren Fortschritt gebracht. Sie liebten einander, sagte er, und was wollte man mehr. Wich er dem Thema Ehe etwa aus, weil er Schriftsteller war? Fürchtete er, als Autor, der sich Traditionen, an die er nicht glaubte, nicht widersetzte, seine Schaffenskraft einzubüßen?

Bevor er sich, fest entschlossen, auf den Weg zum Versöhnungsessen machte, kaufte er einen großen Strauß Rosen, mit dem er Nastarans Mutter offenbar nach allen Regeln der Kunst für sich einzunehmen gedachte. Mama Malli war ihm sympathisch, er mochte sie, nicht Nastarans wegen, sondern um ihrer selbst willen. Sie war eine überaus herzliche Person. Nader war zwar, ihrer traditionellen Ansichten wegen, in vielen Dingen nicht einer Meinung mit ihr, doch er schätzte ihre Aufrichtigkeit.

Ihre Gefühle waren echt, keine Spur von Affektiertheit oder Geltungssucht. Nader bewunderte ihre dezente Unverblümtheit und ihre Zivilcourage. In jedem Gespräch mit ihr erkannte er, wie ehrlich, herzlich und zugleich vernünftig sie war.

Nastaran öffnete ihm. Sie trug eine kurzärmelige weiße Spitzenbluse und eine lange Halskette aus großen Kupferornamenten, die sehr gut zu ihrem langen schwarzen Haar passte. Auf Naders Lob reagierte sie mit einem Lächeln, nahm ihm den Strauß Rosen ab und gab ihm einen Kuss. «Die sind für Mama Malli», flüsterte Nader.

Nastaran schlug die Lider nieder. «Ich weiß.»

Und noch an der Haustür stehend, rief sie: «Mama, komm schnell, schau mal, was Nader dir mitgebracht hat!»

Mama Malli war in der Küche. Sie trocknete sich die Hände an ihrer Schürze ab und eilte an die Haustür. Als sie, unterwegs dorthin, den großen Strauß Rosen in Nastarans Arm bemerkte, leuchteten ihre Augen, und sie sah Nader wertschätzend an. Die beiden umarmten einander sekundenlang. Und so leise, dass nur Nader es hören konnte, gestand Mama Malli: «Mein Herz ist mir fast verkümmert, so sehr hab ich dich vermisst.»

Nader war klug genug, zu antworten: «Mir ging's genauso.»

Dann war die Reihe an Da'i Dschawad. Er war, am Gehstock, Mama Malli gefolgt, um Nader willkommen zu heißen, und wartete darauf, dass seine Schwester ihre Begrüßung beendete. Er zwickte Nader in ein Ohr und sagte: «Euch Kindern muss man einfach die Ohren lang ziehen, damit ihr zur Vernunft kommt.»

Zugleich küsste er Nader auf die Wangen, wobei er sie vielleicht auch leicht benetzte. Nader lachte nur. Er wusste, so drückte Onkel Dschawad seine Freude aus.

Seine siebenundsechzig Jahre sah man ihm nicht an. Er sah gut in Form aus und elegant. Nach eigenem Bekunden fühlte er sich nicht älter als fünfzig. Den Stock nutzte er nur, weil er fand, dass er ihm gut stand, er sah in ihm ein dekoratives Accessoire. Bis vor wenigen Jahren war er morgens noch täglich im nahe gelegenen Park laufen gegangen, dreißig Minuten lang, und tat das auch weiterhin, sofern der Hausarzt es ihm nicht untersagte. Jeden Abend trank er ein Glas Wein zum Essen und würde diese Gewohnheit wohl auch nie ablegen. Denn er stellte diesen schönen tiefroten Wein selbst her. Er kelterte jedes Jahr, wenn der Sommer zu Ende ging, und wurde nicht müde, jedes Detail der besonderen Arbeitsgänge, die das Keltern erforderte, akribisch zu erläutern. Er hatte in den USA Wirtschaftswissenschaften studiert und anschließend in der iranischen Nationalbank, Melli Bank, gearbeitet. Seit er vor Jahren in Pension gegangen war, verbrachte er seine Zeit mit Lesen und Spazierengehen.

Er war ein ruhiger Mensch, unkompliziert und überaus gutmütig. Und seine Schwester war der Ansicht, er könne es, belesen, wie er über all seine Tugenden hinaus war, mit jedem großen Gelehrten aufnehmen. Nastaran hielt es für klüger, sich mit Mitmenschen im privaten Bekanntenkreis zu messen. Er las hin und wieder Gedichte – was alle Iranerinnen und Iraner tun –, doch für Literatur im Allgemeinen interessierte er sich nicht sonderlich. Etwas mehr Interesse hatte er für Politik und Geschichte. Er übernahm alle Einkäufe für die Familie und schulterte so, gemeinsam mit Mama Malli, die Last der Haushaltsführung. Seit zehn Jahren lebte er bereits mit seiner Schwester und seiner Nichte zusammen. Ergeben hatte sich das, nachdem Nastarans Vater unerwartet verstorben und Da'i Dschawads Gattin in die USA gereist war, um ihren Sohn zu besuchen. Sie hatte ihre Rückreise jedoch wieder und wieder verschoben und eines Tages beschlossen, nicht wieder nach Iran zurückzukehren, Dschawad solle entweder in die USA kommen oder ihr die Scheidungspapiere schicken. Woraufhin Mama Malli zu ihrem Bruder gesagt hatte: «Was willst du hier allein zu Hause sitzen? Komm, zieh zu uns.»

Des Alleinseins müde, ließ Da'i Dschawad sich das nicht zweimal sagen, packte seine Koffer und zog zu seiner Schwester.

Nastaran ließ Naders Hand nicht los und wich ihm nicht von der Seite. Sie wollte ihm möglichst überzeugend klarmachen, wie froh sie war, dass er endlich, von des Teufels Esel abgestiegen, zur Vernunft gekommen war und Mama Mallis Einladung zum Abendessen angenommen hatte. Sie geleitete ihn zum Sofa im Wohnzimmer, als Mama Malli sagte: «Nein, nicht da, kommt bitte zu Tisch. Das Essen ist fertig.»

Jetzt ließ Nastaran Naders Hand los und ging in die Küche, um ihrer Mutter zur Hand zu gehen. Den Tisch hatten sie bereits vor Naders Eintreffen gedeckt. Da'i Dschawad bemerkte: «Wie ich höre, ist dein Gast endlich da.»

Nastaran ergänzte von der Küche aus: «Und das nach vierzehn Monaten Wartezeit!»

«Ein sehr interessanter junger Mann. Ihr lernt ihn sicher bald kennen.»

«Ja, lad ihn ein. In welchem Hotel wohnt er?»

«Nicht im Hotel. In einer Pension. Er hat sie selbst ausfindig gemacht.»

«Hat er gesagt, warum er seine Reise so oft verschoben hat?»

Nader nickte: «Er hatte ein Buch gelesen. Roger Coopers Erinnerungen an seine Gefangenschaft in Iran.»

«Haha!», lachte Da'i Dschawad lauthals. «Hingerichtet wurde er zwar nicht, aber er war zehn Jahre im Evin-Gefängnis.»

Als er sich wieder gefasst hatte, sagte er leise, in teilnahmsvollem Ton: «Damals war Evin ein grausamer Knast.»

Mama Malli stellte den Topf Reis auf den Tisch, machte eine abfällige Handbewegung, verzog das Gesicht und sagte: «Das ist es noch immer!»

Sie hatte ihre Schürze abgelegt. Ihr schwarzer Rock und die ärmellose violette Bluse mit U-Boot-Ausschnitt waren nun besser zu sehen. Am linken Arm trug sie ein mit Achaten und Türkisen besetztes Silberarmband. Sie schob Strähnen ihres dichten gefärbten Haars hinter die Ohren, reichte Nader die Schale mit den gebratenen Hühnerteilen und fragte: «Hat Cooper seine Erlebnisse in der Gefangenschaft denn veröffentlicht?»

«Vor Jahren schon. Und als David seinen Flug nach Teheran gebucht hatte, schenkte ein Freund ihm das Buch, als Reiselektüre für unterwegs.»

«Und damit hat er ganz schön was angerichtet.»

Nastaran brachte die Schüssel Suppe ins Wohnzimmer: «Man kann das auch optimistischer sehen. Vielleicht fand er einfach, David sollte wissen, was auf ihn zukommt, dass seine Reise nicht ganz ungefährlich ist.»

Da'i Dschawad sagte: «Aber er wartet nicht bis zum Antritt seiner Reise. Er fängt schon vorher an zu lesen. Was steht eigentlich drin in dem Buch?»

«Europäer sollten nicht nach Teheran reisen. Man könnte sie für Spione halten und verhaften.»

«Einfach so?», fragte Da'i Dschawad bestürzt.

«Natürlich nicht. Aber er hat es impliziert, und vermutlich hat David es so ausgelegt.»

«Mit seiner Reise nach Teheran hat er die Schlussfolgerung doch widerlegt.»

«Dass Nader ihn bekniet hat, hat sicher geholfen», warf Nastaran ein.

«Ich habe ihn nicht bekniet. Ich wollte ihm nur begreiflich machen, dass man das Risiko, als Europäer in Teheran in Haft zu geraten, vermutlich vernachlässigen kann. Tausende Touristen reisen jedes Jahr nach Iran, aus aller Welt.»

«Manche erwischt es dann allerdings doch», gab Da'i Dschawad zu bedenken.

«Ganz vereinzelt», relativierte Nader.

Da'i Dschawad widersprach und schüttelte so heftig den Kopf, dass die Haare zu beiden Seiten seines kahlen Haupts in Bewegung gerieten: «Ein einziger Vorfall dieser Art genügt, um Menschen von ihren Reiseplänen abzubringen.»

Nastaran schob ihren Stuhl zurück, nahm wieder Platz und wiederholte: «Aber Nader hat ihn bekniet.»

Nader brauste auf: «Sag bitte nicht noch mal, ich hätte ihn ‹bekniet›. Ich habe ihm lediglich klargemacht, wenn er es ernst meint mit seiner Iranreise, dann muss er seine Zweifel überwinden und ein minimales Risiko einfach in Kauf nehmen.»

Nastaran imitierte ein verschrecktes Kleinkind, kurz bevor es in Tränen ausbricht, gab Nader einen flüchtigen Kuss auf die Wange, sah ihn beschämt und reumütig an.

«Genug Streicheleinheiten», kicherte Mama Malli, «servier ihm lieber seine Suppe.»

Nastaran befolgte die Anweisung ihrer Mutter, hob den Deckel von der Schüssel und setzte appetitanregenden Dampf frei. Während Mama Malli alle Schüsseln und Schälchen in Reichweite des werten Gastes schob, sagte sie: «Ich kann verstehen, dass Leute Angst haben, hierherzukommen, die armen.»

Da'i Dschawad klopfte mit der Hand leise auf den Tisch und sagte: «Jeder Europäer, der Persisch kann oder zum Persischlernen hierherkommt, macht sich schon verdächtig.»

Mama Malli bekannte: «Ich kann mich noch gut an seine Geständnisse erinnern, damals, im Fernsehen.»

«Nach so vielen Jahren, Mama?», fragte Nastaran.

«Ja, natürlich. Geständnisse von jemandem, der wegen Spionage verhaftet wird, sind doch höchst sehenswert.»

Da'i Dschawad widersprach ihr: «Was diese Fernsehgeständnisse wert sind, ist doch hinlänglich bekannt. Niemand nimmt sie mehr ernst.»

Mama Malli wusste: «Das war doch auch damals schon so. Jedem war klar, den Gefangenen werden ihre Geständnisse diktiert.»

Da'i Dschawad sagte: «Angeblich sprach er fließend Persisch.»

«So schön wie eine Nachtigall, wie wir sagen. Genau wie David», lachte Nader.

«Dann sag ihm bitte, er soll sehr vorsichtig sein», mahnte Da'i Dschawad sofort und in ernstem Ton.

«Ich weiß gar nicht mehr, weshalb Cooper damals in Teheran war», sagte Mama Malli und sah Nader an.

«Er war Repräsentant eines US-amerikanischen Herstellers von Erdöltechnik. Mit dem wollte Iran ins Geschäft kommen.»

«Und?»

«Fünf Millionen Dollar Schmiergeld wollten sie von ihm.»

Was Mama Malli nicht verwunderte: «Wer mit uns Geschäfte machen will, muss doch wissen, auch das gehört zu den Spielregeln.»

Da'i Dschawad erklärte ihr spöttisch: «Nicht Schmiergeld, liebe Schwester, Trinkgeld heißt das, Geld für Tee.»

«Fünf Millionen Dollar für Tee!», rief Mama Malli schrill.

«Hohe Summen für hohe Tiere», befand Da'i Dschawad.

Mama Malli lenkte das Gespräch wieder in ernstere Bahnen: «Sag, Nader, hast du Coopers Buch gelesen?»

«Nein, aber auf der gesamten Fahrt vom Flughafen in die Stadt hat David über nichts anderes gesprochen.»

Da'i Dschawad sagte: «Immerhin hat er sich für die Reise entschieden. Wir müssen dafür sorgen, dass Roger Cooper ihm aus dem Kopf geht, sonst vergällt ihm das seine Zeit in Teheran noch.»

Mama Malli sagte: «Ich weiß, Westler, die hier Schwierigkeiten kriegen, werden später gegen iranische Gefangene ausgetauscht.»

Um eventuell aufkommende Zweifel zu zerstreuen, schob sie nach: «Das ist bei uns so Brauch.»

Doch niemand zweifelte an ihrer Feststellung, niemanden hatte sie verwundert. Nastaran sagte: «Helmut Hofer haben sie damals gegen einen ausgetauscht, der in den Anschlag auf das Berliner Restaurant Mykonos verwickelt war.»

«An den Fall erinnere ich mich gar nicht», gestand Mama Malli.

Nader half ihrem Gedächtnis auf die Sprünge: «Hofer, ein deutscher Geschäftsmann, der sollte gesteinigt werden.»

Ein Schreckensschrei, und Mama Malli ließ ihren Löffel in ihre Schüssel Suppe fallen.

Da'i Dschawad sagte: «Keine Angst! Nicht eine der verhängten Strafen wird vollstreckt.»

«Weshalb verhängen sie sie dann überhaupt?»

«Je härter die Strafen, desto besser die Deals, die man aushandeln kann.»

«Saß auch er wegen Spionage in Haft?»

«Nein», erklärte Nastaran, «wegen einer Affäre mit einer Muslima.»

Da'i Dschawad ergänzte: «Die Regierung zieht wirklich jedes Thema unter die Gürtellinie.»

Nader schob nach: «Die Frau war offenbar eine Schwalbe, ein Lockvogel. Sagt jedenfalls Helmut Hofer. Er wurde, da hat Nastaran recht, gegen einen iranischen Gefangenen ausgetauscht.»

Da'i Dschawad meinte: «Das kann man doch nicht als Austausch bezeichnen. Das muss man anders nennen.»

Nader sagte: «In Iran nehmen sie Leute aus dem Westen als Geiseln, damit sie sie gegen einen von ihren Gefangenen, der eigentlich meist ein Terrorist ist, austauschen können.»

Da'i Dschawad untermauerte diese Behauptung: «Ein Gefangenenaustausch, der diesen Namen verdient, verlief nach bestimmten Grundsätzen, einer schlüssigen Logik entsprechend. Ein himmelweiter Unterschied zu dem, was die Islamische Republik daraus gemacht hat.»

«Wie lange saß Cooper letztendlich in Haft?», wollte Mama Malli wissen.

Nader sagte: «Fünf oder sechs Jahre, soweit ich weiß.»

«Haben sie ihn auch gefoltert?»

«Jedenfalls hat er ordentlich Prügel bezogen, der Arme.»

«Wieso denn?»

«Ohne solche Prügel wäre er nicht bereit gewesen, vor laufenden iranischen TV-Kameras zuzugeben, dass er als Spion tätig war. Mit den Vernehmungsbeamten wurde immer vereinbart, die Verurteilten kommen nach ihrer Vernehmung frei. Im *Guardian* war allerdings auch von Folter zu lesen gewesen.»

Da'i Dschawad sagte: «Das ist doch klar. Legt ein wegen Spionage Verurteilter ein Geständnis ab, wenn man mit Engelszungen auf ihn einredet? Bekennt er sich freiwillig dazu?»

Mama Malli wandte ein: «Aber es wussten doch alle, an den Vorwürfen gegen ihn war nichts Wahres dran.»

«Im Gegensatz zu der Angst, die Ausländer hier im Land unseren Oberen einflößen», befand Da'i Dschawad. «Sag, Nader, gegen wen wurde Hofer schließlich ausgetauscht?»

Nader legte seinen Suppenlöffel aus der Hand, wischte sich den Mund mit einer Serviette ab und sagte dann grinsend: «Gegen den Pförtner der iranischen Botschaft in London.»

Ungläubig, erwartungsvoll sah die Runde ihn an. Nader sollte Details liefern.

«Er und ein Begleiter waren, ein Jahr nach der Revolution, zum Hyde Park gefahren, um dort eine Bombe in eine Versammlung von Volksmudschaheddin zu werfen. Aber die Bombe ging vorzeitig hoch, im Wagen der beiden Männer, wobei zwei weitere Menschen umkamen. Der arme Pförtner verlor ein Auge und einen Arm und wurde nach seiner Behandlung und Genesung zu zwölf Jahren Haft verurteilt. Er war damals erst achtzehn.»

Da'i Dschawad, der normalerweise die Rolle des Gesprächsleiters innehatte, nickte zufrieden. Auch das war typisch für ihn. Er übernahm in jeder Unterhaltung, an der er sich beteiligte, die Moderation und führte Diskussionen dann so, dass jeder zu Wort kam. Niemand wurde übergangen, und wenn jemand längere Zeit schwieg, sprach Da'i Dschawad ihn oder sie an und fragte: «Was sagen Sie, was sagst du dazu?» Auf diese Weise ließ sich auch Ruhe in ausufernde Diskussionen bringen, die alsbald fruchtbar weitergingen. Jetzt, da Nader mit am Tisch saß, war die Situation zwar ein wenig anders als sonst, aber Nader war darauf bedacht, Da'i Dschawad, belesen und umfassend informiert, nicht zu widersprechen und ihm die Gesprächsführung zu überlassen.

Mama Malli schlug mit der Faust laut auf den Tisch und verkündete: «So, jetzt ist Schluss mit der Diskussion über Cooper und Hofer! Nader, erzähl uns von dir. Was treibst du so in letzter Zeit? Hast du vielleicht sogar ein neues Projekt in Angriff genommen?»

«Ja, das kann man so sagen. Vielleicht habe ich mich damit übernommen.»

Da'i Dschawad widersprach sofort, voller Überzeugung. «Es gelingt dir bestimmt.»

Nastaran streichelte Naders auf die Tischkante gestützten nackten Unterarm. Sie war stolz auf ihn.

«Was meinst du genau?», hakte Mama Malli nach.

«Mein nächster Roman soll alles Lob umfassen, das ich für die klassische persische Literatur habe.»

«Oh …! Ein Mammutprojekt.»

Was mehr Anerkennung denn Ausdruck von Skepsis war. Da'i Dschawad schlürfte seine Suppe langsam von der Löffelspitze und bestätigte: «Das kriegt er hin.»

Mama Malli nickte beipflichtend und schob die Servierplatte mit den Hühnerteilen ein weiteres Mal Richtung Nader: «Selbstverständlich.»

Nastaran schenkte Wein nach, wo Gläser nur halb voll waren, und erhob ihr Glas: «Wir wünschen dir viel Erfolg, Nader.»

Da'i Dschawad und Mama Malli stimmten ein.

3

Abends wurde es in Teheran um diese Jahreszeit bitterkalt, und sobald man aus einem warmen, geschlossenen Raum hinaus ins Freie trat, spürte man die schneidende Kälte im Gesicht. Um sich dagegen zu schützen, zogen David und Nastaran, kaum aus dem Auto gestiegen, ihre Schals fester um die Hälse und folgten Nader, wortlos und mit großen Schritten. Fast vierzehn Monate lang hatten Nastaran und David lediglich voneinander gehört und sich erst vor wenigen Minuten persönlich kennengelernt. Da Nastaran wusste, wie wichtig David Nader war, hatte sie sich von Anfang an vorgenommen, David sympathisch zu finden, und stellte nun fest, dass ihr das ohne Mühe gelang.

Jung und groß gewachsen, wie er war, mit seinen recht breiten, an Bodybuilder erinnernden Schultern, dem braunen Haar und hellen Augen in einem schönen Gesicht, gab er ein stattliches Gesamtbild ab. So manches junge Mädchen würde ihn auf Anhieb attraktiv finden. Er war lässig gekleidet. Unter einem Jackett mit goldener Knopfleiste trug er, über der Hose, ein grün kariertes Flanellhemd. Darüber einen pistaziengrünen Anorak, den Reißverschluss nur bis zur Hälfte geschlossen.

Vor einem jener auf seltsame Art Ehrfurcht gebietenden Hochhäuser der Stadt angelangt, presste Nastaran, mit vor Kälte gefühllosen Händen, ihren Mantelkragen fester um ihren Hals und sagte: «So still und dunkel hier, das ist ja zum Fürchten!»

Brachte sie damit auch zum Ausdruck, dass ihr das, was ihnen bevorstand, nicht recht geheuer war? Nader und David sahen sie an, es schien wohl nicht nur ihr so zu gehen. Nader zückte sein Mobiltelefon, wählte eine Nummer und nannte der Person am anderen Ende der Leitung seinen Namen. Kurz darauf öffnete sich die Tür, und die drei Gäste traten ein. Ein kleiner halbdunkler Vorraum, zu beiden Seiten je eine geschlossene Tür sowie rechter Hand eine verhältnismäßig geräumige gläserne Pförtnerloge, unbesetzt. Ihr gegenüber ein Aufzug, durch dessen Scheiben schwaches Licht fiel. Man fühlte sich an die Eingangshalle eines Krankenhauses erinnert, nicht der Architektur wegen, sondern weil einem die kalte Atmosphäre bis in die Knochen kroch.

Nader hatte keine Zweifel mehr: Heute Abend betrat er einen Ort, der anders war als andere. Darauf hatte er Nastaran vorbereitet, doch David, der nicht wusste, was ihn erwartete, war deutlich anzusehen, dass er sich unsicher fühlte. Nastaran sah ihn aufmunternd an, woraufhin David sich etwas entspannte. Wortlos fuhren sie hinauf in den zweiten Stock, traten aus dem Aufzug und hörten sofort Musik hinter der geschlossenen Tür, vor der sie nun standen. Als habe man sie erwartet und durch den Türspion erkannt, öffnete sich die Tür. Die drei traten ein, im Dunkeln schloss eine Geisterhand die Tür hinter ihnen. Sie blieben stehen, warteten, bis ihre Augen sich an die Dunkelheit gewöhnt hatten. Vor ihnen lag ein lang gestreckter Korridor, den in unregelmäßigen Abständen von der niedrigen Decke hängende Glühbirnen in gedämpftes Rotlicht tauchten.

«Bei dem schummrigen Licht kommt man sich ja vor wie in einem Homosexuellen-Club», konstatierte David leise.

Ebenso leise reagierte Nastaran: «Warst du schon mal in einem?»

Ihre Stimme bebte leicht, vor Aufregung oder Unbehagen. David klärte sie auf: «Ich weiß das vom Hörensagen.»

Ungläubig schüttelte Nastaran mehrmals langsam den Kopf. Die drei gingen nun den Gang entlang, vorbei an vielen geschlossenen Türen zu beiden Seiten, bis an eine offene Doppelflügeltür. Von hier aus hatte man die in Grüppchen im großen Saal verteilten Gäste im Blick. Der Saal war kaum heller als der Korridor davor, von wenigen bunten Glühbirnen schwach erleuchtet und zum Teil auch ganz im Dunkeln liegend. Während das Gemurmel der zumeist in den Lichtkreisen stehenden Gäste die monotone Musik übertönte, steuerten Nader, Nastaran und David auf eine der fast dunklen Ecken des Raumes zu, von der aus sie die anderen Gäste ungestört in den Blick nehmen konnten. Sie wähnten sich in einem Wunderland. Die Veranstaltung – worin auch immer sie bestehen sollte – schien noch nicht begonnen zu haben. Als sich schließlich genügend Gäste eingefunden hatten, setzte die Musik aus, ein Mädchen und ein Junge, beide jeweils einen großen Goldkelch in Händen, betraten den Saal. Aus beiden Kelchen stieg sanfter Rauch auf, dessen angenehmer Duft sich im Saal verbreitete. Die beiden jungen Leute umkreisten den Raum, näherten sich Nader, Nastaran und David. Das Mädchen war ungewöhnlich geschminkt.

Die Augen zwei schwarze Sonnen, von denen fünf weiße Strahlen ausgingen: ein umgekehrtes Pentagramm.

«Hier sind wir bei den Teufelsanbetern gelandet», stellte David fest.

Nastaran verzog das Gesicht, sie bezweifelte Davids Worte.

«Ich bin mir sicher», bekräftigte David.

Das übrige Gesicht des Mädchens war hellblau geschminkt, die Lippen pechschwarz. Sie trug ein Bustier sowie einen Rock aus Glitzerfäden, die bei jeder Bewegung, weithin sichtbar, bunt schillerten. Auf dem entblößten Oberkörper des Jungen klebten zwei fünfzackige Silbersterne, unterhalb des Brustbeins war die Zahl 666 auf seine Haut tätowiert.

David sah sich bestätigt: «Seht ihr», sagte er, «das ist die Zahl des Teufels, die gruseligste aller Zahlen.»

In vorwurfsvollem Ton sagte Nastaran: «Du bist offenbar abergläubisch. Du parkst sicher auch dein Auto auf keinem Parkplatz mit dieser Nummer.»

David verteidigte sich: «Ich bin nicht abergläubisch, nein. Ich erläutere lediglich die Symbole, die wir hier sehen. Dass das Pentagramm das Zeichen der Teufelsanbeter ist, ist doch allgemein bekannt.»

Nastaran erwiderte: «Dieser Stern ist auch das Symbol für den Planeten Venus, den hellsten, größten Stern am Abendhimmel. Im alten Iran hieß er Anahita oder auch Naneh Khatun.»

David verzog das Gesicht zu einer nichtssagenden Grimasse: «Egal, von welchem Phänomen die Rede ist, jedes lässt sich auf iranische Wurzeln zurückführen.»

In ernstem Ton, scherzhaft gemeint, bekräftigte Nastaran: «Aber wirklich.»

«Allerdings symbolisiert der fünfzackige Stern auch die fünf heiligen Wunden Christi.»

«Zwei an den Händen, zwei an den Füßen und die fünfte wo?»

«Die hatte man ihm an der linken Seite beigebracht, unterhalb des Brustkorbs, mit einem heiligen Speer. Man wollte sichergehen, dass er wirklich tot war.»

Ein Junge, das Gesicht schwarz-weiß gestreift geschminkt, Lederarmbänder mit Metallspikes an den Handgelenken, ging an ihnen vorbei, doch Nastaran und David redeten weiter über die fünfte Wunde und ihre Bedeutung in der sakralen Musik und Kunst. «Was tuschelt ihr denn da?», fragte Nader.

Nastaran zog ihn am Ärmel zu sich heran und sagte: «Wir reden über das Pentagramm.»

David erklärte: «Die Augen des Mädchens waren so geschminkt, und auf der Brust des Jungen waren die Symbole auch.»

«Auch für die Anhänger der Bahai-Religion spielt das Pentagramm eine Rolle. Wobei die nach unten weisende Zacke etwas länger ist als die anderen vier.»

An David gewandt, sagte Nastaran: «Dass die Bahai-Religion in Iran ihren Ursprung hat, weißt du, ja?»

David nickte und sagte augenzwinkernd: «Hab ich doch gesagt, egal, über welches Phänomen man redet, immer stößt man auf Iran. In unserer Zeit steht das umgekehrte Pentagramm jedenfalls für den Teufel. Es ähnelt einem Ziegenbock, oben die beiden Hörner, links und rechts die Ohren, und der Ziegenbart zeigt nach unten. Das ist der geile Bock, der mit seinen Hörnern auf die Hölle losgeht.»

«Auch bei den Freimaurern spielt das Pentagramm eine Rolle», sagte Nader.

Und Nastaran ergänzte: «Wenn ich mich nicht täusche, sieht man das Symbol auch in den Nationalflaggen von ein, zwei Ländern.»

David blieb bei seiner Auslegung: «Was meine Vermutung in Richtung Satanisten auch ohne die Menge hier bestärkt, ist die Zahl 666. Sie gilt als Symbol des Teufels.»

Mitten im Raum bildeten nun etwa fünfzehn Anwesende einen Kreis. Ein Mädchen in einem hautengen, dekolletierten Kleid trat in die Kreismitte und sagte laut Worte, die wie Beschwörungsformeln oder Gebete klangen. Die Menschen im Kreis wiederholten sie. Die junge Dame gab weitere Worte vor, auch die wiederholten die Umstehenden im Chor. Dann wurde eine Kupferschale auf einen hochbeinigen Hocker gestellt, die getrockneten Zweige darin wurden angezündet. Eine nach Art zoroastrischer Priester ganz in Weiß gekleidete Frau, mit glattem, hüftlangem Haar und einem breiten schwarzen Stirnband um den Kopf, betrat die Arena und blieb zwei Schritte vor der Kupferschale stehen. Den daraus aufsteigenden Rauch im Blick, murmelte sie zunächst ein paar Worte, erhob die Stimme plötzlich und steigerte sie bis zu einem aus tiefster Kehle kommenden Schrei. Der Frau gegenüber saß eine Person, die eine donnergrollende große Trommel schlug, im Takt mit den Bewegungen und den Rufen der Frau, die den aus der Schale aufsteigenden Rauch nicht aus ihren weit geöffneten Augen ließ. «Sie scheint anhand der Rauchschwaden die Zukunft vorherzusagen», vermutete Nastaran.

«Das nennt sich Botanomancie», wusste David. «Und die trockenen Zweige sind wahrscheinlich entweder Echtes Eisenkraut oder Baumheide.»

«Du bist erstaunlich bewandert in Sachen Hexerei und Aberglauben.»

«Man nennt das auch Geschichte und Tradition.»

Nun zerstreuten sich die Menschen, die den Kreis gebildet hatten. Übrig blieben die beiden Tanzenden in der Mitte, die ihre Köpfe so schwindelerregend schnell bewegten, dass man sich an tanzende Derwische erinnert fühlte. Auslöser dieses rasenden Tanzes schien das gemeinsame Hersagen der Beschwörungsformeln gewesen zu sein.

Unablässig wurden rote Lichtblitze an die Saalwände projiziert. An jeder Ecke der Tanzfläche stand eine Feuerschale, in die ein schwarz geschminktes Mädchen, mit edelsteinbehängtem Turban nach Maharadscha-Art, regelmäßig Samenkörner gab, die Feuer fingen und Funkenbüschel sprühten. Aus Lautsprechern drang laute, ungewohnte Musik. Die schnellen Rhythmen, gepaart mit unverständlichen, oft durch ohrenbetäubende Schreie unterbrochenen Texten, fanden bei Nastaran keinen Anklang. «Ich glaube, mein Blut braucht Nachschub an Nikotin», sagte sie.

Durch eine Tür an einem Ende des Saals kamen und gingen vereinzelt Leute. Die Tür schien ins Freie zu führen. «Meins wohl auch», sagte David.

«Ich bleibe hier», sagte Nader. «Viel Spaß euch beiden.»

David und Nastaran gingen nach draußen. Nader hatte das Gefühl, der Lärm mache ihn durstig. Ein Glas Wasser täte jetzt gut. Doch er gab seinem Bedürfnis nicht nach. Er setzte sich auf eine nahe Bank und lehnte den Kopf an die Wand dahinter. Eine Hochterrasse! Die Stadt und ihre Lichter lagen unter ihnen. David und Nastaran standen an einem Metallzaun am Terrassenrand. Auf der gegenüberliegenden Seite lehnte das Liebespaar, das ihnen drinnen aufgefallen war, auch am Zaun, recht eng aneinandergeschmiegt, ebenfalls rauchend. Beide atmeten ihren Rauch möglichst rücksichtsvoll aus, um umstehende Nichtraucher nicht zu belästigen.

Hier im Freien war es sehr kalt. David schloss den Reißverschluss seines Anoraks. Nastaran knotete ihren Schal fester um den Hals, nahm eine Zigarette zwischen die Lippen und reichte David die Schachtel.

Der sagte: «Ich habe eigene dabei.»

«Das hier sind iranische. An die musst du dich gewöhnen.»

David nahm Nastarans Angebot dankend an und erklärte: «Offen gestanden bin ich gar kein richtiger Raucher. Ich rauche nur zum Zeitvertreib, eine, zwei Zigaretten am Tag.»

Er zückte ein Feuerzeug und zündete sich seine Zigarette an. Nach einem ersten Zug wandten beide sich wieder dem Panorama zu. Auf der großen Terrasse in Hufeisenform ließ sich ein kurzer Halbrundgang machen, der einen Blick auf einen großen Teil der Stadt gestattete. Nachts überwog, trotz Tausender Lichter, dort unten noch immer die Dunkelheit. Nastaran schaute geradeaus, ihr schien die Stadt im Dunkeln zu wachsen, größer und größer zu werden. Wie überwiegend nachts wuchernde Pflanzen. David stand wie angewurzelt da und starrte fasziniert in die Dunkelheit. «Siehst du etwas Interessantes oder etwas, das dir bekannt vorkommt?»

David erwiderte ein wenig melancholisch: «Als Kind habe ich oft von einem solchen Anblick geträumt. Heute spüre ich die tiefe Freude, die dieser Traum in mir auslöste.»

«Erstaunlich, dass du dich nach so vielen Jahren an diesen Traum erinnerst.»

«Erstaunlich, ja. Bis ins kleinste Detail. Ich weiß noch, dass ich auf einer Anhöhe stand, es ging ein kühler Wind, ich sah eine dunkle Weite, wie schwarzer Samt, und leuchtende Punkte wie Sterne überall, als sei der Himmel auf die Erde gestürzt, und ich wollte die Arme ausbreiten und dort hinfliegen.»

«Meine Mutter hat immer gesagt: Alles, was im Dunkeln leuchtet, sind die Augen des Teufels.»

«Ist doch seltsam, dass wir ausgerechnet hierherkommen, wo Menschen den Teufel beschworen haben, oder nicht?»

Nastaran zugewandt, sagte er: «Ich wüsste gern, wie viele schlafende Menschen dort unten in der Stadt überhaupt wissen, dass hier oben so eine Zeremonie stattgefunden hat.»

«Wie meinst du das, David?»

Wieder wandte er sich ihr zu und formulierte seine Verwunderung anders: «Man glaubt gar nicht, dass man hier solche Dinge erleben kann.»

«Es gibt alles unter dem nachtblauen Himmel dieser Stadt.»

«In unseren westlichen Klischeevorstellungen kommen diese Vielfalt und diese Lebendigkeit nicht vor.»

«Genau deshalb sind wir ja noch hier.»

«Trotzdem erwägen so viele wie noch nie, Iran den Rücken zu kehren und ins Exil zu gehen.»

«Sie wünschen sich ein besseres Leben. Weil sie hier das Gefühl haben, in einer Sackgasse zu stecken. Was diese Gesellschaft wirklich ausmacht, was sie im Einzelnen bewegt, kann man nur an dem Teil von ihr erkennen, der zum einen keine materiellen Sorgen, zum anderen ein ausgeprägtes kulturelles Bewusstsein hat.»

«Welchen Beruf übst du aus, Nastaran?»

«Ich bin Grafikdesignerin.»

«Ah, spannend. Ich mag Menschen, die sich mit Geometrie auskennen. Manche Leute vertreten die Auffassung, man versteht ein Kunstwerk erst dann richtig, wenn man seine Geometrie ergründet hat.»

Sehr selbstgewiss ergänzte Nastaran Davids Worte: «Keine

Zivilisation hätte zur Blüte gelangen können, wenn sie die Geometrie nicht erlebt und gründlich verstanden hätte.»

«Die Ordnung der Natur basiert auf der Geometrie.»

«Blumen können nicht sieben oder neun Blätter haben.»

Dann schwiegen beide für einen Moment, in dem David vielleicht über die Mysterien der Ordnung des Universums nachsann, dann aber unvermittelt sagte: «Ich sollte das vielleicht nicht fragen, aber es beschäftigt mich, seit ich dich gesehen habe. Weißt du, dass der Altersunterschied zwischen dir und Nader ziemlich groß ist?»

«Nur fünfzehn Jahre», präzisierte Nastaran, legte den Kopf zurück und lachte kurz auf.

«Wo habt ihr euch kennengelernt?»

«Ich war in einem seiner Workshops für kreatives Schreiben.»

«Das war der Anfang. Und wie ging's weiter?»

«Mit der Zeit haben wir entdeckt, dass wir außer Literatur noch andere gemeinsame Interessen haben, Musik, Filme, Theater. Dadurch haben wir uns immer häufiger getroffen.»

«Du schreibst also auch Kurzgeschichten?»

«Hin und wieder.»

«Hast du welche veröffentlicht?»

«Gelegentlich, in einer Literaturzeitschrift.»

«Eine anerkannte Zeitschrift?»

«Ziemlich, ja.»

«Weshalb machst du's nicht beruflich?»

«Das geht nicht. Ich stehe Nader sehr nah und vergleiche mich ständig mit ihm. Das entmutigt mich.»

«Hast du kein Selbstvertrauen?»

«Nicht, wenn's ums Kurzgeschichtenschreiben geht.»

David wechselte das Thema. «Seit wie viel Jahren seid ihr zusammen?»

Nastaran zögerte kurz, sagte dann: «Seit acht Jahren. Wir sind verlobt.»

«Muss man die Sache denn unbedingt benennen?»

«So, wie wir miteinander zusammen sind, ja. Wir sind allerdings schon ziemlich lange verlobt.»

«Wo ist das Problem? Ihr könntet auch weiterhin so zusammen sein.»

«Na ja, irgendwann möchte ich vielleicht gern Mutter werden.»

«Was hindert dich daran?»

«David! Wir leben hier in Iran. In unserer Gesellschaft ist das nach wie vor ein Tabu.»

«Ich weiß aber auch, dass es hierzulande immer Leute gibt, die Tabus brechen.»

«Ich kann die Konsequenzen nicht tragen. Die Strafe für Tabubruch ist hart.» Sie hob die Schultern: «Ich kann sie nicht bezahlen.»

Sie wandte sich kurz dem vom Gebirge her wehenden kalten Wind zu, schaute in die Dunkelheit. Davids Mitleid schien sie verstimmt zu haben. Die Wahrheit war, dass sie und Nader aufgrund ihrer gegensätzlichen Charaktere nicht nur beim Thema Ehe unterschiedlicher Meinung waren. Vielleicht zogen aber genau diese Gegensätze sie zueinander hin. Im Großen und Ganzen waren sie beide vernünftig, tanzten nicht aus der Reihe. Das hieß nicht, dass sie ihre körperlichen oder geistigen Bedürfnisse unterdrückten. Es kam durchaus vor, dass sie ihnen spontan nachgaben.

Um die Stimmung aufzulockern, wollte Nastaran auf Davids Traum zurückkommen, auf die dunkle, samtene, mit Lichtern gesprenkelte Weite. Sie wandte sich dem Ausblick zu: «Lass uns das Panorama noch ein bisschen genießen.»

Die Lichter dort unten in der Stadt, der Verkehr, Autos, die viel kleiner wirkten, als sie in Wirklichkeit waren, Häuser, Läden, Geschäfte, Straßen, Bäume, das alles war mysteriös und dabei doch sehr konkret. David hatte das Gefühl, sie seien realer als die Welt, die er kannte. Unvermittelt wandte er sich Nastaran zu: «Nastaran, wusstest du, dass du einen schönen Namen hast? Bedeutet er auch etwas?»

«Nastaran heißt eine Blume, eine Rosenart.»

«Eine rote Rose?»

«Sie duftet wie rote Rosen, ist aber nicht feuer-, sondern eher gedämpft rot.»

David nickte: «Wie die Rose von Nischapur», stellte er verblüfft fest. «Ich weiß, du kommst aus Nischapur, genau wie Khayyam.»

«Ich bin in Teheran geboren, aber meine Ursprünge reichen nach Nischapur zurück.»

«Weißt du, was es mit der Rose von Nischapur auf sich hat?»

Nastaran hob die Schultern und schüttelte den Kopf.

«Sie hat eine interessante Geschichte ... Gegen Ende des 19. Jahrhunderts lebte in England ein Mann, dessen Herz sehr für Omar Khayyam schlug. William Simpson stand an einem Herbsttag an Khayyams Grab in Nischapur und sah auch die Pflanzen, die die Grabstätte umgaben. Da die Rosen im Herbst nicht blühten, pflückte er eine Handvoll Hagebutten, die er Bernard Quaritch schickte, dem Verleger der von FitzGerald ins Englische übertragenen Vierzeiler Khayyams. Quaritch übergab die Samen den Kew Royal Botanic Gardens, dessen Gärtnern es tatsächlich gelang, zwei Pflanzen daraus zu züchten. Die Londoner Omar-Khayyam-Stiftung pflanzte sie auf Edward FitzGeralds Grab. In den Wirren des Ersten Weltkriegs vertrockneten die Pflanzen, weil niemand sich ihnen widmet. Erstaunlicherweise wuchsen sie erneut, vertrockneten ein zweites Mal und blühten trotzdem wieder. Und 1945, gegen Ende des Zweiten Weltkriegs, erfuhr Quaritschs Tochter aus einer Notiz in der Literaturbeilage der Londoner *Times* von den zwei vergessenen Pflanzen. Es gab also eine Zeit, in der diese beiden Rosenpflanzen die berühmtesten in ganz Großbritannien waren.»

Nastaran hatte aufmerksam zugehört. «Hier geht es nicht um Vernachlässigung. Manche Samen gedeihen einfach nicht überall.»

«Das Klima in Großbritannien ist nicht ganz unpassend für Rosen, auch wenn bei uns nicht oft die Sonne scheint.»

«Hier geht es nicht allein um klimatische Bedingungen, auch die Menschen, die in einem bestimmten Klima leben, haben Auswirkungen auf die Botanik.»

«Was meinst du damit?»

«Die Energie, die von Menschen ausgeht, wirkt sich auf manche Pflanzen nicht nur günstig aus.»

David kicherte. «Wie manifestiert sich eine solche Energie denn?»

«In den Blicken und im Atem der Menschen. Pass auf, dass du den Rosen nicht zu nahe kommst», warnte Nastaran und lachte kurz.

«Du bist ja wirklich abergläubisch», befand David.

«Mag schon sein, aber manche Dinge lassen sich einfach durch Erfahrung beweisen, nicht durch wissenschaftliche Analysen.»

Plötzlich öffnete jemand die Tür zur Hochterrasse: «Kommt rein, Leute, die Zeremonie hat angefangen!»

Manche Gäste folgten dem Aufruf, andere blieben draußen im Kalten. Das Liebespaar von gegenüber war inzwischen verschwunden. Nastaran und David traten ihre Kippen aus und gingen nach drinnen. Die Schlaginstrumente waren lauter zu hören, Nastaran und David gingen weiter, dann sahen sie einander plötzlich an. Es roch eigenartig.

«Bist du dir sicher?», fragte David und atmete tief ein.

Nastaran nickte voller Entschlossenheit.

David sagte: «Ein Halluzinogen, ich weiß, aber heute rieche ich's zum ersten Mal. Indigene Völker in Nord- und Südamerika nutzen die Pflanze, um in Trance zu gelangen. Wächst sie etwa auch hier?»

«So viel du willst. In der Gegend ums Kaspische Meer in rauen Mengen.»

«Soweit ich weiß, spüren die, die den Rauch einatmen, den starken Drang, sich zu entkleiden.»

«Ja, der Stechapfel hat eine aphrodisierende Wirkung. Aber ich sehe hier niemanden sich auszuziehen.»

David wandte sich um. Ein junger Mann mit entblößtem Oberkörper stand vor einer jungen Frau, die ebenfalls im Begriff war, sich zu entkleiden.

«Stechapfel wird auch Ahriman-Kraut genannt, Teufelskraut. Es gibt Priester, die, wenn sie sie konsumieren oder ihren Rauch einatmen, die Zukunft vorhersagen können.»

Auf dem großen Monitor im Hintergrund lief ein Film, in dem eine nackte Frau mit einer Kettensäge zerteilt wurde. Wieder tanzten zwei Personen in der Mitte, zwei junge Männer diesmal, beide Hände zum Satanistengruß erhoben. Der eine trug sein Haar in Form von rund um den Kopf abstehenden Spitzkegeln. Der Kopf des anderen war kahl rasiert. Beide hatten sich Fledermausschwingen auf die Schultern tätowieren lassen. Auf dem Monitor lief jetzt ein Film aus einer Hühnerfarm, man sah Küken reihenweise explodieren, und über ihren Köpfen stoben Federn durch die Luft. Ein Junge, einen Totenschädel ins Gesicht gezeichnet und statt mit T-Shirt, Pulli oder Oberhemd nur mit einer Lederweste bekleidet, betrat die Bühne und urinierte dort in hohem Bogen. Nastaran und David wechselten Blicke. Die Musik war mittlerweile so laut, dass David schreien musste: «Teufelsästhetik!»

«Ich halte das nicht länger aus. Wo ist Nader?»

Wie hysterisch rief sie nach ihm. Bei dem Lärm und Gewirr waren ihre Rufe keine zwei, drei Meter weit hörbar.

Erst als die drei wieder draußen auf der Straße waren, fiel ihnen ein, dass sie Luft holen mussten. In der trockenen, bis ins Mark brennenden Nachtkälte der Stadt gingen sie zurück zum Auto. Auch vorbei an einem Straßenköter, der an einem Baum am Rande eines Gehwegs lehnte und – ein Hinterbein gehoben – sein Revier markierte. Nastaran ließ die Szene im Geist Revue passieren: ein bei Eiseskälte urinierender Straßenköter und wabernde Dampfschwaden!

Nun saßen alle wieder im Wagen, schweigend. Still wie die Stadt, die ihre zahllosen Geheimnisse in kleinen und großen Kammern barg. Nastaran versank lieber in Gedanken an das kurze Leben der Rose in fernen Landen.

4

Nader lag kaum im Bett, schon hatte er, verschwommen, eine Art Winterlandschaft vor Augen, in der seine Großmutter ihn zu seiner Klavierlehrerin brachte. Der Weg war recht weit, sie gingen zu Fuß. Nader war müde, und der kaputte Aufzug machte die Sache heute nicht leichter. Die Lehrerin wohnte im vierten Stock eines heruntergekommenen Hauses.

«Ich bin müde. Ich schaff die Treppe nicht.»

«Es geht nicht anders. Der Aufzug ist kaputt.»

Nader schaute nach oben, sah den kopfstehenden, von einem Geländer umgebenen Brunnen über sich. «Hilfst du mir?», fragte er.

Die Großmutter kicherte. «Du weißt doch, dass mir seit Tagen der Rücken wehtut. Das Treppensteigen fällt mir allein schon schwer genug.»

Sie stiegen zwei Stockwerke hinauf. Klaviermusik war zu hören, vielleicht auch nur in Naders Einbildung. Die Großmutter überholte ihn, ging mehrere Stufen voraus. Nader blieb auf dem Treppenabsatz stehen.

«Nun komm schon. Sei nicht so faul.»

Der Junge nickte zwar, machte aber keinen Schritt vorwärts. Die Großmutter begann, ihn zu ködern: «Nachher lade ich dich zu Kuchen und Orangensaft ein, was sagst du dazu?»

Tage später fuhr er mit David von Velendschak aus mit der Gondelbahn zum Gipfel des Totschal. In dieser Höhe, umgeben von anderen schneebedeckten Gipfeln und niedrigeren Erhebungen weiter unten, konnte man glauben, man stünde auf dem Dach der Welt. Sie waren ohne Nastaran unterwegs, verbrachten angenehme, aufregende Stunden. In Davids Augen war ein deutliches Leuchten. Nader hatte ihn seit Tagen nicht mehr so gut aufgelegt gesehen.

Kaum verwunderlich, dass Nader, sonst eher wortkarg, der Gespräche mit David nicht müde wurde. Als habe er nach vielen Jahren einen alten Weggefährten wieder getroffen. Irgendwann ging ihnen, zumindest vorübergehend, der Gesprächsstoff aus. Sie setzten sich an ein Panoramafenster in einem Café und schauten stundenlang schweigend hinaus in die Schneelandschaft. Weiter unten versperrte zwar ein breites Nebelband die Sicht auf die Berge, doch Nader und David schauten unbeirrt in die Tiefe, wandten sich immer nur kurz von der Aussicht ab, da die Natur ihnen eine Offenbarung nach der anderen bescherte. Als David schließlich doch einen Satz sagte, kam das Gespräch wieder in Gang.

«‹Die Zerstörung der Seele geht einher mit der Zerstörung des Körpers.› Wie oft habe ich stundenlang über Khayyams Materialismus gegrübelt. Wenn's um Orientromantik geht, ist Khayyam im Grunde die größte Entdeckung des Westens.»

Nader wandte den Blick von der Landschaft ab. «Viel wichtiger ist doch das, was die Gesellschaft aus seiner Idee gemacht hat, vor allem heute, hier in Iran. Wo Khayyams Worte Akzeptanz fanden, konnten die Glaubensverkäufer, die selbst ernannten Mittler zwischen Diesseits und Jenseits, endgültig einpacken. Mittler, die in den Augen der Menschen, die Paradies und Hölle leugnen, ihre Bedeutung einbüßen. Mittler, deren Worten dann niemand mehr Glauben schenkt.»

Schamlose Glaubensverkäufer, die sich die Angst der Gläubigen vor Sünde und Hölle zunutze machten, erbosten Khayyam ungemein. Er wusste sehr genau, seine Verse bringen nichts anderes zum Ausdruck als aktiven Unglauben und blasphemischen Atheismus. Die Beschreibung der Hölle in der iranischen Kultur hat die Angst zu einem objektiven Thema gemacht. *Wiraf Ghadis* ist ein auf Mittelpersisch,

Pahlawi, verfasstes Werk aus vorislamischer Zeit über iranische Glaubensvorstellungen in der Antike und über das Jenseits. Der Bericht des zoroastrischen Priesters Mobad Wiraf von seiner Reise ins Paradies, ins Fegefeuer und in die Hölle schildert im Grunde seinen Aufstieg in den Himmel und hat viele Ähnlichkeiten mit Dantes *Göttlicher Komödie*. Manche Forscher vertreten die Auffassung, Dante habe sich für sein Werk von Übersetzungen des Werks *Wiraf Ghadis* inspirieren lassen. Diesem Buch zufolge führten der Angriff Alexanders des Großen auf Iranschahr und die Massentötung zoroastrischer Priester Faturs zu einer gewaltigen Schwächung der Religion, woraufhin viele Menschen misstrauisch wurden und dem Engelskult des Yasdanismus abschworen. Um dem abzuhelfen, versammelten sich sieben Priester im Asar Farnabagh, einem der vier großen Feuertempel Irans, und bauten darauf, dass der Frömmste unter ihnen, Wiraf Ghadis, ins Jenseits reisen und mit Informationen zurückkehren werde, die den Menschen deutlich machen, dass ihre guten und ihre schlechten Taten in der anderen Welt nicht unbeantwortet bleiben. Die Priester hüllten ihn, der in seinem achtzigjährigen Leben nicht eine Sünde begangen hatte, in ein weißes Gewand, betteten ihn auf ein weißes Lager am Feuer, gaben ihm heiligen Wein zu trinken, woraufhin er berauscht sieben Tage und sieben Nächte in tiefem Schlaf verbrachte. Sein Geist und seine Seele wurden nun im Paradies Zeugen der Freuden des Garten Eden und sahen in der Hölle, welche Qualen allen Sündern vorbehalten waren. Wieder erwacht, schilderte Wiraf Ghadis den um sein Lager versammelten Priestern, voller Verwunderung und höchst bewegt, was er auf seiner spirituellen Reise gesehen und erlebt hatte. ‹Sorusch Ghadis und Asar Yasd›, begann er, ‹die mich durchs Jenseits geleiteten, brachten mich zuerst an die Tschinwat-Brücke, die Verstorbene auf ihrem Weg ins Paradies oder in die Hölle überqueren müssen. Dort stand ein finster blickender Engel, hielt eine goldene

Waage in der Hand und wog die guten gegen die schlechten Taten der Toten ab. Meine Begleiter brachten mich ins Paradies. An den Ort, an dem Menschen Wasser und Feuer und Erde und wohltuende Pflanzen und Kühe und Schafe schätzen und in Ehren halten, schädliche Teufelstiere aber töten und Yazdan verehren. Das Paradies hatte mehrere Ebenen. Auf der Sternenebene leuchteten die Seelen derer wie Sterne, die Gutes taten, auf der Mondebene schienen sie wie der Mond, und auf der Sonnenebene strahlten sie der Sonne gleich. Die Seelen der Wohltätigen waren in Licht getaucht, und am Tor hießen ihre Taten im Diesseits sie wie das Antlitz einer hübschen, reizvollen Jungfrau willkommen. Dann führte man mich zur Hölle. Dort fiel mir auf, dass Übeltätern stinkende Winde vorausgingen. Eine böse, unansehnliche, schlecht riechende Frau erschien, und die Übeltäter fragten sie: ‹Wer bist du, hässlich, schlecht riechend, so jemand ist uns noch nie begegnet.› Worauf die Frau erwiderte: ‹Ich bin eure schlechten Taten, ihr Menschen, die ihr schlecht denkt, schlechten Charakters seid, schlecht redet und Schlechtes tut.› Die Finsternis war so dicht, man hätte sie mit Händen greifen können. Die Teufelstiere krallten sich der Sünder Seelen und zerquetschten sie, wie Hunde Knochen in Stücke brechen. Dort sah ich einen Mann, dessen Seele, einer Schlange gleich, durch seinen Anus in ihn eintrat und ihn durch seinen Mund wieder verließ. Einer anderen Seele gab man Eiter, Schmutz, Urin und Kot zu fressen und schlug mit Axt und Steinen auf sie ein. Dort sah ich Frauenseelen, an ihren Brüsten aufgehängt, während Teufelstiere sich in ihren Leibern verbissen. Die Seele einer Frau kochte und aß das Fleisch ihres Kindes. Ich sah Seelen, kopfüber aufgeknüpft, Erde und Asche essend, mit Schlangen statt mit Peitschen schlug man auf sie ein. Die Seele eines anderen riss sich das Fleisch von den Knochen, um es zu kauen. Eine andere hatte sich zur Schlange gewandelt, nur ihr Kopf war noch der eines Menschen. Ich sah die Seele eines Mannes, der in bitterer Kälte einen Berg schulterte. Die Seele einer Frau war dort, die einen Mühlstein auf dem Kopf trug und mit ihrer Brust Steine aus einem Berg schlug. Menschen sah ich, ihre Leiber von Würmern befallen. Die Seele eines Mannes, dem man die Augen ausgerissen, eine Eisenstange in die Zunge, eine zweite in den Kopf getrieben hatte, sein Körper von Skorpionen übersät, und in seinem Schädel hatte eine Giftschlange sich eingenistet. Die Seele einer Frau trank das Blut ihrer Menses, andere Frauen kackten und vertilgten ihre Ausscheidung, während winzige Würmer ihnen aus den Augen krochen. Ich sah Seelen an einem Bein kopfüber aufgehängt, bluttriefende Messer in den Bäuchen. Manche Seelen waren unter Stiere gestürzt, die sie auf die Hörner nahmen und ihnen die Bäuche aufschlitzten. Frauenseelen sah ich, so mager, dass ihre Bäuche ihnen am Rücken klebten, die Zungen hatte man ihnen aus den Mündern geschnitten, mit ihren Zähnen zerrissen sie sich die Brüste und in ihre Augäpfel waren Nägel getrieben.›»

David, offenbar inspiriert, vermutete: «Um solche Bilder zu vertreiben, sah er im Hedonismus Sinn und Lebenszweck.»
    Hier und jetzt lag das Leben vor ihnen, ganz weiß. Die aufgereihten Kabinen der von hohen Masten gestützten Seilbahn waren die einzigen dunklen Flecken in dieser schneebedeckten Weite.
    Nicht weit von ihnen aber spielte sich ein anderes Leben ab. Auf einem Gipfel war ein sehr junges Pärchen zu sehen, das, sich fast umarmend, am Geländer vor einem Felsabgrund lehnte und offenbar flüsternd ein Zwiegespräch hielt. Der Inbegriff von Zuneigung. Die beiden waren so gelassen und aufeinander eingestimmt, reagierten so harmonisch auf die Körperbewegungen des Partners, dass es aussah, als seien sie eins miteinander. Hier war eine Vertrautheit der anderen Art im Spiel. Sie so zu sehen, gab einem das Gefühl, alles

Leben, das gesamte Universum sei für sie erschaffen worden, und sie waren so von aller Welt entrückt, dass es allein sie beide gab und niemanden sonst, nirgendwo. Das Mädchen trug eine rote Mütze und einen roten Schal. Bisweilen neigte die junge Frau ihren Kopf mit unnachahmlicher Anmut, Würde und Gelassenheit und sah ihrem Partner tief in die Augen im Wissen um ein Geheimnis, das nur sie beide teilten und das ihre Verbindung beinahe übernatürlich wirken ließ.

Als der Abend dämmerte, kehrten David und Nader mit der letzten Bahn nach Velendschak zurück. Als sie ausstiegen, wehte ein leichter Wind, zur blauen Stunde war alles in blaues Licht getaucht, die Straßen unter ihnen hell erleuchtet. Die Fahrt zur Pension absolvierten sie schweigend. ‹Das›, dachte Nader, ‹ist der erste Winter, den ich nicht als traurig empfinde.› Vermutlich aber würde dieser ganz mit David verbrachte Tag ihm nicht über die zehn Tage hinweghelfen, die David nicht hier sein würde.

Am nächsten Morgen brach David zu einer zehntägigen Reise auf. Nader hätte ihn gern begleitet und hatte das David gegenüber auch angedeutet. Doch David wollte das nicht. Zumindest interpretierte Nader seine Ablehnung so. Nader hatte gesagt: «In einem fremden Land allein auf Reisen?»

Worauf David erwidert hatte: «Ich bin kein Kleinkind, Nader. Und wieso soll ich dir Umstände machen?»

Nader war überzeugt, dass David hier nur eine Ausrede nutzte, doch er insistierte nicht und brachte das Thema auch nicht mehr zur Sprache. David wollte allein sein, Nader respektierte Davids Wunsch, doch während der gesamten zehn Tage, in denen David nicht da war, fühlte er sich zerstreut und ruhelos. Hinter seiner Stirn schien ein lästiges kleines Nagetier, vielleicht eine Maus, an seinen grauen Zellen zu knabbern und seine Gedanken durcheinanderzubringen.

David reiste nach Kaschan, Isfahan, Yasd und Kerman und

sagte zu Nader bei seiner Rückkehr, er müsse diese Städte bei nächster Gelegenheit erneut bereisen. In Yasd hatten die Kuppeldächer, die Lehmhäuser und die Windfänge aus Backstein es ihm angetan. Er berichtete Nader fasziniert von einem Mädchen, das ihn dort aus dem einzigen Fenster eines Lehmhauses heraus lange angeschaut, dann, mit einem rätselhaften Lächeln als Zeichen eines nur vorläufigen Abschieds, das Fenster geschlossen hatte und weggegangen war. David hatte die folgende Nacht in Gedanken an das Lächeln und das dunkle Augenpaar wach gelegen und sich am nächsten Morgen in aller Frühe auf die Suche nach dem Mädchen und dem Fenster gemacht, doch in dem Viertel, in das das Mädchen gegangen war, fand er kein einziges Fenster.

Naders Antwort darauf war: «Da hattest du wohl eines dieser geheimnisvollen Erlebnisse aus *Tausendundeiner Nacht*, denn ihr Westler sucht ja im Orient nach Dingen, die es bei euch nicht ohne Weiteres gibt. Und weil ihr in Gedanken ständig darauf fixiert seid, werden sie irgendwann Wirklichkeit.»

«Aber ich habe dieses Fenster und diese Augen gesehen, das schwöre ich.»

In Kerman hörte er auf zu fantasieren. Hier fand er mit dem Prinzengarten ein lebendiges Beispiel für das, was er über iranische Gärten gelesen hatte. Wasserläufe, geometrisch konstruiert, symmetrisch angeordnet, speisten Sammelbecken, die weitere Wasserläufe speisten, sobald sie überliefen. Mächtige, Schatten spendende Kiefern, Springbrunnen, deren Fontänen immer neu erblühende Blumen aus Kristall hervorbrachten, Wasserfälle, Bassins. Isfahan verschlug ihm die Sprache, während er in Kaschan die kleine Ausführung Yazds gesehen hatte, mit dem Unterschied, dass Kaschan ihm einsam und verlassen vorgekommen war. In jeder dieser Städte, so hatte er gesagt, müsse er eine Weile leben, um ihre Atmosphäre verinnerlichen, ihrem Wesen nachspüren zu können. Seiner Ansicht nach war der Orient keine Erfindung des Okzidents. Er existierte als naturgegebene Tatsache, weshalb er für ihn empfängliche Menschen sehr für sich einnehmen konnte.

Später reiste David noch kurz nach Nischapur, wo er hoffte, Omar Khayyams ruhelosen Geist anzutreffen. Doch er suchte vergebens nach ihm, in einer Stadt, die ihm geist- und seelenlos vorkam. Der Schrein unweit von Khayyams Grab hatte sich, dank der fraglosen Berühmtheit des Dichters, mit Mühe seine eigenständige Haltung und Identität bewahrt, was David zumindest einen Grund zur Freude gab. Wenigstens auf einem begrenzten Gebiet hatte Khayyam sich behauptet.

Am Abend war David bei Mama Malli zu Gast, saß mit Da'i Dschawad, Nader und Nastaran an einem kleinen Tisch und trank Wein aus Da'i Dschawads Kelterei, wobei Lob und Wertschätzung zum Ausdruck kamen. David trank zum ersten Mal selbst gekelterten Wein, er kostete ihn fasziniert, prüfend, und war mit jedem Schluck begeisterter vom besonderen Wohlgeschmack des Ergebnisses. Mama Malli, unermüdlich zwischen Küche und Wohnzimmer unterwegs, erläuterte: «Dass hierzulande die Gesetze der Scharia herrschen, hat viele Menschen zu Kellermeistern gemacht.»

An David gewandt, zu dem er sehr schnell Vertrauen gefasst hatte, reagierte Da'i Dschawad auf Mama Mallis Bemerkung: «Dass die Scharia herrscht, ist ein Unglück, ja. Unser Glück aber ist, dass es hierzulande Trauben im Überfluss gibt.»

David sagte: «Um Wein selbst herzustellen, braucht man besonderes Wissen und Können. Das ist nicht jedermanns Sache.»

«Ich habe es von meiner Großmutter gelernt», sagte Da'i Dschawad.

Alle außer Mama Malli sahen ihn verblüfft an. Mama Malli sagte: «Sie war eine gläubige Frau, hat sich strikt an die Scharia gehalten. Wein trinken galt für sie als verboten.»

Was die Verwunderung der Runde nicht verringerte. Da'i Dschawad lieferte eine recht langatmige Erklärung: «Sie setzte jedes Jahr Essig an, aber manchmal machte sie unbeabsichtigt Fehler, und es kam Wein dabei heraus, den sie komplett wegschütten musste. Und ich versuche nun, die Fehler, die sie bei der Essigherstellung gemacht hat, umzusetzen.»

Die Runde lachte kurz auf. Nastaran sagte: «Es kommt natürlich auch vor, dass Leute Wein machen wollen, dann aber leider mit Essig vorliebnehmen müssen.»

Nader sagte: «Das ist genau wie mit der Iranischen Revolution. Wir wollten Wein machen, aber leider wurde Essig draus.»

Außer Mama Malli, die am anderen Ende des Zimmers den großen Tisch fürs Abendessen deckte, tranken alle im Laufe des Gesprächs über Wein und Essig noch das eine oder andere weitere Glas Wein, was für steigende Heiterkeit sorgte. David, vom außergewöhnlichen Geschmack des selbst gekelterten Weins nach wie vor fasziniert, befand: «Wenn Khayyam solchen Wein getrunken hat, dann sind seine Verse kein Wunder.»

Da'i Dschawad wusste: «Da gibt es kein Vertun. Die Wirkung seiner Gedichte ist nicht geringer als die des Weins, den wir hier trinken. Wenn der Weinkonsum uns leicht und sorglos macht, dann hat die Lektüre seiner Verse dieselbe Wirkung. Er hat es sich zur Aufgabe gemacht, alles durch die Scharia verbotene Vergnügen zu entkriminalisieren. Ihm war klar geworden, die ständige Angst der Menschen vor der Hölle machte ihnen das Leben buchstäblich zur Hölle. Seine Verse sagen uns: Macht euch frei von dieser Angst.»

David sagte: «Der Glaube an die Zerstörung der Seele nimmt den Menschen ihre Wertigkeit, macht sie zu niederen Lebewesen. Wichtiger noch, dass er die Angst vor dem Tod vertreibt, mit alten Bildern wie denen, die Wiraf Ghadis aus der Hölle mitgebracht hat.»

Worauf Nader erwiderte: «Ja, das stimmt wohl. Wenn man nicht mehr an die Hölle glaubt, kann man seine Angst vor dem Tod und vor der Strafe im Jenseits überwinden. Aber wohin mit der Einsamkeit?»

Da'i Dschawad erhob sein Glas, nahm einen Schluck und sagte: «Das Mittel gegen Einsamkeit? Vergessen!»

Mama Malli sah ihren Bruder an und murmelte: «Du weißt wirklich, was Einsamkeit heißt.»

Er hatte seine Frau und seinen einzigen Sohn jahrelang nicht gesehen. Im weiteren Verlauf des Gesprächs über die Einsamkeit und ihre unterschiedlichen Formen vertrat David die Auffassung, Einsamkeit sei ein mentales Phänomen und eine ganz persönliche Vorstellung. Nastaran pflichtete ihm bei: «Egal, von wie vielen Menschen jemand umgeben ist, ausschlaggebend ist, wie jemand seine Beziehung zu anderen erlebt. Sie muss herzlich sein, von Wärme geprägt. Die Qualität einer Beziehung spielt eine große Rolle.»

«Die tiefste Form der Einsamkeit ist die existenzielle Einsamkeit. Eine abgrundtiefe, unüberbrückbare Kluft zwischen einer Person und ihrem Umfeld. Man hat das Gefühl, völlig verloren und von der Welt getrennt zu sein.»

David sagte: «Der Mensch ist grundsätzlich ein einsames Wesen. Der US-Autor Mark Manson glaubt, niemand geht unverletzt durch den Korridor des Lebens.»

Da'i Dschawad sagte: «Die Frage ist, was tun, um dieser Einsamkeit abzuhelfen.»

«Die Lösung liegt in der einsamen Person selbst.»

Da'i Dschawad gab dem Gespräch eine Wendung. «Ich will euch alle etwas fragen: Was steckt in alten literarischen Texten, das uns immer wieder auf sie zurückgreifen lässt?»

Nastaran: «Der Rückgriff auf die Vergangenheit ist eine subtile Art, die Gegenwart zu leugnen.»

David sagte: «Jedenfalls zeigen uns diese Texte einen Teil des Wegs, den wir zurückgelegt haben. Sie zeigen uns, wie wir waren.»

Nader sagte: «Auf der Seite der Erde, auf der wir sind, hat die klassische Literatur ihre Aktualität noch nicht ganz verloren. Akzeptanz des Leids nach einem Freitod, die unbändige Sehnsucht nach dem Paradies, die Selbstmord-Attentate, die wir in den letzten Jahrzehnten im gesamten Nahen und Mittleren Osten erleben, sind sehr augenfällig. Khayyam sagt ausdrücklich: ‹Bringt euch nicht in Lebensgefahr. Es gibt kein Paradies.›»

«Hierin liegt das Enthüllungspotenzial der Literatur», sagte David.

Da'i Dschawad sagte: «Aber Omar Khayyam redet von etwas Unmöglichem, vom Streben nach Genuss und Euphorie. Mir scheint, Schopenhauer hatte recht. Der Mensch kann Not und Langeweile nicht entfliehen.»

Nader erhob sein Glas: «Aber wir kennen den Fluchtweg.»

Er leerte sein Glas in einem Zug. Nastaran klopfte Nader aufmunternd auf den Rücken und schenkte ihm Wein nach. Da'i Dschawad sagte: «Unser Wein, also der aus Nischapur, ist zwar nicht ganz so berühmt wie der aus Schiraz, auch wenn der Dichter ihn in seinen Gedichten erwähnt. Aber mit Weinsorten kannte Omar Khayyam sich gut aus, wie der *Nowruz-Nameh* ja zeigt. In diesem Werk spricht er ausdrücklich vom Nutzen des Weinkonsums.»

Mama Malli hatte bisher schweigend zugehört und sagte jetzt: «Ob er geahnt hat, dass man die Menschen hierzulande eines Tages auspeitschen würde, weil sie Wein trinken?»

Da'i Dschawad antwortete: «Nicht nur in der Islamischen Republik peitschen sie Leute aus, die Wein konsumieren. Das wurde zur Zeit der Safawiden auch gemacht. Insbesondere während der Zeit der letzten beiden Herrscher, in der das ganze Land in den Händen von Chaoten lag.»

Bei allem, was David über Omar Khayyam wusste, war ihm dieses Werk neu: «Vom *Nowruz-Nameh* höre ich zum ersten Mal.»

Da'i Dschawad sagte: «Abgesehen von seinen Vierzeilern ist das sein berühmtestes Werk in persischer Sprache. Dort hat er gesagt, dass für den menschlichen Körper nichts zuträglicher ist als Wein. Er sah im Wein das königlichste aller Getränke.»

Nader drehte sein Glas in einer Hand hin und her, erfreute sich an der schönen Farbe des Inhalts und sagte: «Da hat er wohl recht.»

«Ist das nicht ein untrügliches Zeichen für einen bekennenden Atheisten?», fragte Nastaran.

«Das Buch kam nach Khayyams Tod heraus. Zu seinen Lebzeiten wurden auch nicht alle seine Verse veröffentlicht. Natürlich ging das Gerücht um, er sei der Urheber von Versen solchen Inhalts. Seine engsten Freunde wussten selbstverständlich davon.»

David sagte: «Ich habe gelesen, als die Verse an die Öffentlichkeit kamen, bekam Khayyam es mit der Angst. Er beschloss, Gras über die Sache wachsen zu lassen, und ging für ein paar Jahre nach Mekka. Dass er nicht nur in der Dichtkunst, sondern in allen Wissenschaften seiner Zeit sehr bewandert war, hatte ihn in Nischapur so berühmt gemacht, dass niemand es wagte, ihn einen Atheisten zu nennen. Trotzdem hat man ihm ein Begräbnis auf dem muslimischen Friedhof verwehrt.»

Nastaran sagte: «Seinem Schüler Ain al-Qadat, dem prominenten Mystiker aus Hamadan, ist es anders ergangen.»

Nader ergänzte: «Wie viele kluge Köpfe wurden in diesem Land nicht schon wegen Unglaubens und Gotteslästerung geopfert.»

An David richtete er die Frage: «Hast du schon von al-Halladsch gehört?»

«Ich weiß, dass der französische Orientalist Louis Massignon ein Buch über ihn geschrieben hat. Aber gelesen habe ich es nicht.»

«Im 10. Jahrhundert christlicher Zeitrechnung wurde er wegen Apostasie gehängt. Den Kopf haben sie ihm auch abgeschnitten.»

Nastaran ergänzte: «Ausgepeitscht haben sie ihn, bevor sie ihn aufgehängt haben.»

David sagte: «Genau wie die Römer. Die haben ihre zum Tode Verurteilten auch erst ausgepeitscht.»

Nader sagte: «Der Baum, an dem sie Ain al-Qadat aufgehängt hatten, musste Jahre später gefällt werden, weil er vertrocknet war. An der Schnittstelle konnte man die Spur des eingewachsenen Galgenstricks erkennen.»

Nastaran fügte hinzu: «Ihn zu erhängen hat seinen Gegnern offenbar nicht gereicht. Anschließend haben sie ihn zerstückelt. Arme, Beine, Kopf haben sie ihm abgeschnitten und die Leichenteile dann verbrannt. Seine Asche haben sie in den Tigris gekippt.»

«Das Gleiche ist dem böhmischen Priester Jan Hus passiert, einem christlichen Reformator, im 15. Jahrhundert christlicher Zeitrechnung. Er wurde verbrannt, seine Asche endete im Rhein», erzählte David.

Mama Malli sagte: «Heute ist die Welt voll von Al-Qadats und Halladschs, spurlos verschwunden, namenlos, vergessen. Auch die Islamisten werfen den Menschen, denen sie die Köpfe abschneiden, Gottlosigkeit vor.»

Die angeregte Runde kam von Ain al-Qadat auf Halladsch und von Halladsch auf Ain al-Qadat zu sprechen. Nader fügte ein neues Detail hinzu und sagte: «Einer der Orientalisten, die auf unserer Seite der Welt als Verräter gelten, ist Louis Massignon. Nachdem er Islamwissenschaften studiert und Arabisch gelernt hatte, hat der französische Militärgouverneur ihn in Marokko eingesetzt. In Irak erregt er, trotz seines arabischen Aufzugs, den Verdacht der osmanischen Polizei, wird festgenommen, kommt in Haft, kann aber fliehen.»

David sagte: «Das Misstrauen bestand auf beiden Seiten. In England waren Kaffeetrinker in gewissen Kreisen lange Zeit verdächtig, mit dem Islam zu sympathisieren.»

Mama Malli blieb vor Erstaunen der Mund offen stehen. Nastaran kam ihr zu Hilfe. «Der Kaffee kam durch die muslimischen Mameluken nach Europa.»

Da'i Dschawad sagte: «Ganz gleich, ob Massignon nun als Spion unterwegs war oder nicht, er führte ein recht bewegtes Leben. Auf der Überfahrt von Marseille nach Alexandria trifft er einen blaublütigen homosexuellen Spanier namens Luis. Der war zum Islam konvertiert und versuchte, Massignon das Wesen dieser Religion näherzubringen.»

Nader wusste: «Luis' Selbstmord war ein schwerer Schlag für Massignon.»

«War Massignon denn auch homosexuell?», wollte Nastaran wissen.

David sagte: «Die beiden haben eine Zeit lang in Alexandria und Kairo zusammengelebt.»

Nach kurzer Stille kam die Runde erneut auf Omar Khayyam zu sprechen. Da'i Dschawad sagte: «Er war ein sehr umsichtiger Mensch. Andernfalls hätte es ihm ergehen können wie Halladsch.»

«Ja, das sehe ich auch so», sagte David, «schließlich hat der literarische Reichtum seiner Verse mich bezaubert. Aber es stimmt auch, dass man, was deren Inhalt angeht, in ganz Europa damals und auch in den folgenden Jahrhunderten kein einziges Buch fand, das nicht nur religiöse Überzeugungen wie den Islam, sondern moralische Überzeugungen überhaupt mit so viel Spott und Sarkasmus und vor allem so nachdrücklich abgelehnt hätte.»

Nader sagte: «Wäre vor hundertfünfzig Jahren nicht ein

Mr FitzGerald von Khayyams Versen fasziniert gewesen, hätte wohl kaum jemand von ihnen erfahren.»

Nastaran wandte sich an David: «Du warst ja damals noch nicht in Teheran», sagte sie humorvoll.

Sie erhob ihr Glas in Davids Richtung. David stieß mit ihr an: «Ich bin mir sicher, seine Kreativität hätte nicht ewig verborgen bleiben können. Eines Tages wäre ein anderer großer Entdecker aufgetaucht. Jedenfalls suchen FitzGeralds Übertragungen der Verse ihresgleichen.»

Da'i Dschawad sagte: «Viel weiß ich nicht über ihn. Was für ein Mensch war er?»

David ließ den Blick kurz auf dem Glas in seiner Hand ruhen, dann hob er den Kopf. «Ein enttäuschter Homosexueller, der die Liebe in der Literatur zu finden hoffte.»

Mama Malli sagte, ohne jemanden direkt anzusprechen: «Schon seltsam, egal, über was wir heute Abend reden, immer taucht plötzlich irgendwo ein Homosexueller auf.»

«Sie sind ja auch überall», sagte Nastaran, «wir müssen uns an sie gewöhnen.»

«Er hat am Ende ja auch gefunden, wonach er gesucht hat, oder nicht?», fragte Nader.

«Sozusagen, ja», sagte David. «Aber er litt auch an seiner Einsamkeit. Nachdem er seinen Partner durch einen Sturz vom Pferd verloren hatte, schrieb er an einen Freund: ‹Ich gehe abends oft am Strand spazieren auf der Suche nach einem Mann, der sich mir nähern würde, hoffend, er möge die Leere, die mein Freund in meinem Herzen hinterlassen hat, ausfüllen.›»

Da'i Dschawad sagte: «Vielleicht ist seine homosexuelle Neigung ja auch nur eines der Gerüchte, die sich um berühmte Menschen ranken. Auch über Marcel Proust kursierten solche Gerüchte.»

Nastaran widersprach durch sanftes Kopfschütteln. «Bei FitzGerald ist es ganz und gar kein Gerücht.»

David sagte: «Über FitzGeralds Leben gibt es mehrere Berichte. Alle Autoren sind sich einig, was seine Homosexualität und sein Interesse an jungen Männern betrifft. Ohne die wäre er von Cowell nicht so fasziniert gewesen.»

Und weil er Details zu Cowell für hilfreich hielt, ergänzte er: «Cowell hat FitzGerald dazu gebracht, Persisch zu lernen. Und er hat ihm Khayyam vorgestellt. FitzGerald war rund doppelt so alt wie Cowell. Der war erst neunzehn. Und hat damals ein junges Mädchen geheiratet, das FitzGerald zur Frau zu nehmen gedachte.»

Mama Malli, die den Tisch deckte und das angeregte Gespräch mitverfolgte, warf ein: «Bis eben war doch die Rede davon, dass er sich zu Männern hingezogen fühlte.»

David erklärte: «Die Sache ist etwas kompliziert. FitzGerald war sogar einmal verheiratet.»

«Dann kann es mit seiner Homosexualität ja nicht so ernst gewesen sein», fand Da'i Dschawad.

«Die Ehe hielt nur sechs Monate. Der Grund für die Heirat war der, dass der Vater der jungen Dame, ein enger Freund FitzGeralds, ihm geraten hatte, Lucy nicht allein zu lassen.»

«Ein folgsamer Mann», sagte Nastaran.

«Seinen Biografen zufolge war er ihr weder körperlich noch emotional zugetan.»

Da'i Dschawad fragte: «Wer weiß denn so genau über das Bescheid, was sich bei Leuten im Bett abspielt?»

Mama Malli, verblüfft über die Offenheit ihres Bruders, sagte: «Man merkt, dass er ein, zwei Gläser über den Durst getrunken hat.»

«Nein! Ich bin noch ganz klar im Kopf. Ein Mann, der eine Frau geliebt und später eine andere Frau geheiratet hat, ist doch nicht unbedingt homosexuell, oder?»

Er hatte sein «Nein!» mit allem Nachdruck ausgesprochen. Nader wollte vermitteln. «Homosexualität ist ein kompliziertes Thema.»

Mama Malli widersprach: «Überhaupt nicht. Entweder so oder so.»

Nastaran sagte: «Für manche ist es aber so und so.»

David sagte: «Man muss natürlich die damaligen Bedingungen mitberücksichtigen. Wir reden hier von der Zeit vor circa zweihundert Jahren. Damals sprach niemand offen und ehrlich über das Thema.»

Da'i Dschawad warf ein: «Das Thema Homosexualität ist so alt wie die Menschheit. Schon im Koran ist im Zusammenhang mit dem Volke Lots die Rede davon.»

Nastaran sagte: «Zu Zeiten FitzGeralds galt sie als moralische Verfehlung.»

Nader bemühte sich, nicht emotional zu klingen: «Das tut sie auch heute noch.»

Mama Malli sagte: «David, du weißt so viel über FitzGerald, dass man glauben könnte, er fasziniert dich noch stärker als Khayyam.»

Da'i Dschawad sagte: «Jorge Luis Borges meint sogar, dass es sich hier um eine Person handelt, nicht zwei. Oder in Wahrheit zwei Dichter, die eine poetische Einheit bilden.»

«‹Das Rätsel um die Existenz Edward FitzGeralds›, eine tolle Geschichte!»

«Wie alle seine anderen Werke», sagte Nastaran.

Da'i Dschawad sagte: «Könnt ihr uns aufklären. Wovon handelt die Geschichte denn?»

Nastaran half ihm weiter: «Er hat geschrieben, dass Omar Khayyams Seele Jahrhunderte nach dessen Ableben in England auferstanden ist. Borges hat sich Isaac Luria angeschlossen, dem Rabbiner und Begründer der neuzeitlichen Kabbala, der bewiesen hat, dass die Seele eines toten Mannes im Körper eines anderen Mannes auferstehen kann.»

Nader ergänzte: «Er sagt, FitzGerald hat den iranischen Dichter neu erschaffen.»

Der Tisch war gedeckt. Mama Malli trank ihr Glas leer, bat

alle zu Tisch, und während sie reihum Essen servierte, sagte sie zu David: «Jetzt hast du schon ein paar Tage in Iran verbracht und siehst, deine Angst vor der Reise hierher war unbegründet.»

David hob zögernd die Schultern und lächelte.

Nader sagte: «Ich freue mich jedenfalls sehr, dass er jetzt hier ist. Immerhin war es sein sehr großer Wunsch.»

«Ich bin auch total froh darüber», pflichtete David ihm bei, «aber ehrlich gesagt, ganz verschwunden ist meine Angst noch nicht.»

Da'i Dschawad sagte: «Ein gutes Zeichen. Sie macht dich noch vorsichtiger.»

Erstaunt fragte Mama Malli: «Welche Vorsicht denn? Was wollte er denn anstellen?»

Kurz darauf waren alle Flaschen des hausgemachten Weins geleert, doch die Gespräche gingen lebhaft weiter. Am späten Abend schließlich setzten Nader und Nastaran David bei seiner Pension ab, und sie verabredeten sich für den nächsten Tag zu einem Theaterbesuch.

5

In derselben Nacht hatte Nastaran einen Albtraum. David, als Riesenvogel, griff sich Nader, das kleine Kind, das an einem Berghang spielte, und trug ihn gen Gipfel davon. Der Vogel war gewiss der sagenhafte Simorgh und der Berg zweifellos Irans höchster Berg Damawand. In einer berühmten Erzählung aus *Schah-Nameh*, dem Buch der Könige, fliegt der Simorgh den Prinzen Zal, weißhaarig zur Welt gekommen und von seinen Eltern verstoßen, zum Damawand, wo man ihm Milch gibt und ihn großzieht.

Am nächsten Morgen stand Nastaran noch ganz unter dem Eindruck dieses Albtraums und war tief besorgt und bekümmert. Als sie die Vorhänge aufzog und den bewölkten Himmel sah, hob das ihre Stimmung zwar nicht, doch sie setzte sich an ihren Schreibtisch und konzentrierte sich auf ihre Arbeit. Nachmittags regnete es etwa eine Stunde lang, und der bedeckte Himmel wurde wieder klar. Die Wintersonne schien an diesem Winternachmittag kurz, aber kräftig auf die nassen Häuser und Straßen, die wie in Goldfolie gewickelt schimmerten oder wie Glasscherben funkelten. Nastaran schaute aus ihrem Fenster und hatte das Gefühl, der Regen, der auf die Stadt gefallen war, hatte auch die Reste ihres gestrigen Albtraums weggewaschen. Trotzdem machte sie sich Gedanken, bevor sie aus dem Haus ging. Sie rief sich das gestrige Gespräch mit ihrer Mutter in Erinnerung, das eher einem Wortgefecht geglichen hatte. Es ging darum, dass Nader und sie heiraten sollten. Das Gespräch hatte in weniger herzlicher Atmosphäre stattgefunden als sonst. Der Ton unterschwellig ironisch, nicht feindselig gemeint, die Argumente gefasst vorgebracht, hatten weder die beiderseitige Verärgerung noch die Tiefe der bestehenden Krise verbergen können. Nastaran fragte sich erstmals, ob sie weiterhin geduldig bleiben und sich, wider besseres Wissen, auf die Seite ihrer Mutter schlagen solle. Sie gemahnte Nastaran unablässig an die gesellschaftliche Resonanz, war ständig auf das bedacht, was andere sagen könnten. In Wahrheit war Nastaran die gesellschaftliche Resonanz egal, und dem Urteil anderer maß sie keine Bedeutung bei. Sie war überzeugt, dass jeder Mensch nach eigenem Gutdünken leben und das Leben genießen sollte. Im Grunde schätzte sie Naders Ablehnung der Ehe, verteidigte diese Haltung ihrer Mutter gegenüber aber nur halbherzig.

Als sie kurz vor Einbruch der Dunkelheit aus dem Haus ging, brachte der Kälteschub ihr Gedankenkarussell zum Stehen, und da sie etwas früher als verabredet in der Pension ankam, setzte sie sich in den kleinen Speisesaal und bemühte sich nach Kräften, nicht wieder ins Grübeln zu geraten. Mit vor Kälte steifen Fingern blätterte sie in der Zeitschrift, die sie unterwegs gekauft hatte, konnte sich jedoch auf das, was sie vor Augen hatte, nicht konzentrieren. An einem Tisch neben der halb offen stehenden Tür zur Küche saßen ein Mann mittleren Alters und eine ältere, ehrwürdige Dame, die ihr silbergraues Haar aufwendig hochgesteckt hatte. Nastaran hatte sich bei ihrer Ankunft auf ein kurzes «Guten Abend!» beschränkt. Soweit sie Gesprächsfetzen entnehmen konnte, unterhielten die beiden sich über das rasche Wachstum der Lotosblume bei Vollmond und über den dadurch verursachten Selbstmord-Trieb von Vögeln. Nastaran hörte auf, in ihrer Zeitschrift zu blättern. Sie hielt den Kopf gesenkt, gab vor, weiterhin zu lesen, konzentrierte sich aber auf das Gespräch der beiden Gäste.

Jetzt sagte der Mann etwas über die Kraft des Wortes. Die ehrwürdige Frau führte eine Erzählung nordamerikanischer Ureinwohner als Gegenargument an. In dieser Erzählung maß man der Kraft des Wortes keine Bedeutung bei, weil der in Menschen und Tieren gleichermaßen vorhandene Instinkt beider Verhalten vorrangig bestimmt. Er ergänzte das um eine Bemerkung zum ausgezeichneten Instinkt der Tiere. Dann kam man zurück auf das Thema Lotosblume, Lotosblumenteiche, wobei die ehrwürdige Dame erklärte, dass älter werdende Enten auf den Grund dieser Teiche sinken, um dort zu sterben.

«Ach, da bist du ja.»

Nastaran hob den Kopf. David stand vor ihr. Er hielt einen Kaffeebecher in der Hand.

«Ja, ich war eine Viertelstunde zu früh hier.»

«Wieso hast du nicht Bescheid gesagt?»

«Ich wollte dich nicht stören, wir waren für fünf Uhr verabredet.»

«Dann trinke ich meinen Kaffee mit dir. Was trinkst du? Auch Kaffee?»

«Ja, Kaffee, gern.»

Das lebhafte Gespräch am Nebentisch ging weiter. Und nun konnte auch David nicht anders, als mitzuhören. Er wurde neugierig.

«Entscheide du, David, wer von uns hat recht? Ich finde, logisch gesehen ist es unmöglich, dass Tiere Suizid begehen.»

David sagte: «Die Art zu sterben grenzt bei manchen Tierarten an Suizid. Soweit ich weiß, verlassen manche Katzen, wenn sie älter werden, ihre Besitzer und verkriechen sich zum Sterben irgendwohin.»

Er sah Nastaran an: «Komm, ich stelle euch einander vor. Nastaran, die Verlobte meines Freundes Nader, den sie noch nicht kennengelernt haben, Madame Galustian, Herr Asarkhosch, meine beiden netten Nachbarn in der Pension.»

Alle drei bekundeten ihre Freude darüber, miteinander bekannt gemacht worden zu sein. Dann wollte Herr Asarkhosch von Nastaran wissen: «Teilen Sie unsere Ansichten zu diesem Thema?»

Nastaran hob die Schultern und verneinte: «Mir war dieser Tatbestand völlig neu.»

Herr Asarkhosch sah sie dankbar an, besann sich dann anders und richtete seinen triumphierenden Blick auf die ehrenwerte Madame Galustian.

Madame Galustian und Herr Asarkhosch verabschiedeten sich kurz nacheinander von David und Nastaran und gingen ihrer Wege.

David bereitete einen Becher Kaffee und brachte ihn an den Tisch.

«Du hast ja nette Nachbarn hier in der Pension.»

«Die Armenierin ist allein hier und legt in ihrem Zimmer immer Karten. Sie verlässt das Haus fast nur Mittwochnachmittags. Dann geht sie mit zwei anderen Armenierinnen hier in der Nähe Kaffee trinken, am Ferdowsi-Platz. Herr Asarkhosch hat Krebs. Er ist zur Chemotherapie nach Teheran gekommen. Außerdem wohnt hier noch ein Student aus einem Dorf, den hast du noch nicht kennengelernt.»

Er setzte sich zu ihr an den Tisch, prüfte die Kurzmitteilungen auf seinem Mobiltelefon, entschuldigte sich dafür bei Nastaran und steckte das Telefon zurück in seine Tasche.

«Und sonst?»

«Heute war ich den ganzen Tag beschäftigt. Ich habe einen neuen Auftrag angenommen.»

«Der worin besteht?»

«Ein Poster für ein lokales Theaterfest.»

«Man merkt, dass du dich sehr fürs Theater interessierst.»

«Ja, das stimmt, aber das wussten die, die das Poster in Auftrag gegeben haben, vermutlich nicht.»

«Der Vorteil ist, dass du zu Hause arbeiten kannst und nicht zu einer bestimmten Zeit in irgendeinem Büro sein musst.»

«Büroarbeit ist nichts für mich.»

«Auch Nader braucht zur Arbeit nicht aus dem Haus zu

gehen. Ihr könnt also beide zu Hause arbeiten, Seite an Seite. Das ist doch toll, oder nicht?»

Nastarans Gesichtsausdruck drückte Zweifel aus. «Nader ist lieber allein.»

«Du störst ihn bei seiner Arbeit doch gar nicht.»

«Ich glaube nicht, nein. Wenn ich bei Nader bin, setze ich mich mit meinem Laptop in ein Eckchen im Wohnzimmer oder in der Küche und arbeite ..., aber ich atme ja in seiner Wohnung.»

«Es ist doch schön, wenn jemand dir Gesellschaft leistet und in deiner Nähe atmet.»

«Das sehen nicht alle Menschen so.»

«Und Nader?»

«Seine Arbeit ist ihm total wichtig. Aber er lässt sich auch sehr leicht ablenken. Ich kann verstehen, dass er lieber allein ist, wenn er arbeitet.»

Nastaran schaute auf die Uhr: «Ich glaube, ich muss gehen.»

Und plötzlich tauchte eine junge Deutsche auf. Sie küsste David zur Begrüßung auf die Wangen.

«Darf ich vorstellen: Bettina, meine nette Nachbarin hier in der Pension.»

Das Mädchen trug einen grauen Rollkragenpulli und eine kurze schwarze Hose, darüber, offen, ein lilafarbenes Latzkleid. Und sie war geschminkt. Nastaran und Bettina schüttelten einander die Hand.

«Ich bin Nastaran.»

David lieferte ein Detail zu Nastaran: «Sie ist die Verlobte von Nader, den du kürzlich schon kennengelernt hast.»

«Ein schöner Name, und er klingt auch schön. Was bedeutet er denn?»

David antwortete anstelle von Nastaran: «Eine Rose, nicht feuerrot, aber wunderbar duftend.»

Bettina wiederholte erstaunt: «Eine Rosenart ... das ist ja ein toller Name.»

David zögerte kurz, zog dann einen Vergleich: «Die Rose ist wie ein Kelch Rotwein, aber hierzulande ist das Weintrinken ja verboten.»

Bettina sagte: «In der persischen Lyrik kommt das Wort Wein so häufig vor, dass man sieht, Wein wurde in dieser Kultur durchaus konsumiert.»

Nastaran untermauerte das Argument: «Wein trank man in Gesellschaft. In einer alten Schrift ist vermerkt, dass eines Tages ein König bei einer armen Frau auf dem Land haltmachte, die ihn mit nichts als einem Kanten Brot und einem Krug Wein bewirten konnte.»

David schaute auf seine Armbanduhr und sagte: «Wir gehen heute Abend ins Theater. Es wäre schön, wenn du mitkommen würdest.»

Bettina bedankte sich und fragte mit gespielter Enttäuschung: «Kommt dein Vorschlag nicht ein bisschen spät?»

David fasste ihr versöhnlich an die Schulter: «Entschuldige, dass ich nicht früher dran gedacht habe.»

Nastaran sagte: «Ich glaube kaum, dass es so kurz vor Beginn der Vorstellung noch Karten gibt.»

Bettina erwiderte: «Meine Frage war nicht ernst gemeint. Heute Abend habe ich ohnehin keine Zeit.»

«Dann ein andermal», sagte David.

Bettina nickte: «Ein andermal.»

David ging in sein Zimmer, um seinen Anorak zu holen, und überließ die beiden jungen Damen im Speiseraum der Pension Khayyam sich selbst.

Bettina! Stupsnase und kurze, glatte tanzende Haare. Das waren die zwei Merkmale, die einem beim ersten Blick an ihr auffielen. Dann der schön geformte Mund. Ihre dünne Gesichtshaut verlieh ihr einen bläulich schimmernden Teint, und ihre Augen strahlten vor Lebensfreude.

«Gefällt Ihnen Teheran?»

Bejahend senkte Bettina kurz ihre kleinen, lebhaften Augen

und nickte zugleich: «Sehr! Ich glaube, hier gibt es viel zu sehen.»

Nastaran, nicht ganz so begeistert, wollte ihren Enthusiasmus dämpfen: «Machen der Verkehr, die schmutzige Luft und der viele Lärm Ihnen gar nichts aus?»

Bettina drehte Kopf und Oberkörper leicht seitwärts: «Ich fühle mich wohl, wenn viel los ist! Stille und Einsamkeit machen mich müde.»

Nastaran nickte, nahm Bettinas Worte zur Kenntnis: «Hier in der Pension wohnen offenbar interessante Leute.»

Bettina nickte: «Tolle Leute, ja, alle. Vor allem David. Auch wenn er einen kleinen Fehler hat.»

Nastaran sah Bettina an, sie hoffte auf weitere Details. Bettina bemerkte das und schob nach: «Man sieht ihn zu selten.»

«Na ja, wer als Tourist hier in der Stadt ist, von der Sie selbst gesagt haben, sie hat vieles zu bieten, der darf sich eben auch nichts entgehen lassen.»

Bettina zögerte kurz, sagte dann mit einem Augenzwinkern: «Eines Tages muss ich mich ihm an die Fersen heften und rausfinden, wo er jeden Abend hingeht.»

Nastaran bestätigte sie: «Da stimme ich Ihnen zu.»

David kam aus seinem Zimmer zurück: «Gehen wir ..., oh, entschuldigt, ich habe euch unterbrochen!»

«Wir haben auf dich gewartet.»

«Viel Spaß!», wünschte Bettina den beiden zum Abschied.

David und Nastaran brachen auf. Nastaran hatte in einer schmalen Sackgasse in der Nähe geparkt. Sie stiegen in den Wagen.

«Lauter interessante Leute.»

David wollte mehr erfahren, das sagte sein Blick. «Ich meine deine Nachbarn», erklärte Nastaran.

«Tolle Leute, ja.»

«Kennt die Armenierin wirklich niemanden in Teheran?»

«Ihr Mann ist vor Jahren gestorben, und ihre Tochter und

ihr Sohn leben in den USA. Die Pension vertreibt ihre Einsamkeit. Wir sind dort fast wie eine Familie.»

«Herr Asarkhosch war gut aufgelegt.»

«Er hat keine Angst vor dem Tod. Seine Hauptsorge besteht darin, dass er nach seinem Tod seine Kinder nicht mehr sehen kann.»

«Ach, wie bitter.»

Als sie an der Ampel der ersten Kreuzung anhielten, lief ein Junge, zehn, elf Jahre alt, mit einer Schirmmütze auf dem Kopf und Rosen und Nelken im Arm, von Auto zu Auto und bot seine Blumen feil. Nastaran kurbelte ihre Scheibe herunter und rief den Jungen zu sich. Der Junge, der blaugrüne Augen hatte und einen Leberfleck auf seiner kleinen Nase, kam ans Auto. Nastaran kaufte einen Strauß weißer Nelken, tippte dem Jungen mit dem Zeigefinger an die Nase, und bevor sie ihr Wechselgeld entgegennehmen konnte, wurde die Ampel grün, und sie fuhr los. «Warten Sie!», sagte der Junge und lief ein paar Schritte hinter dem Auto her.

«Sind die für Nader?», fragte David.

«Für uns beide. Vielleicht auch für uns alle drei.»

Dann seufzte sie: «Wie gern ich diesen Kindern helfen würde!»

«Man merkt, dass du Kinder magst.»

«Es gibt nichts Schöneres auf der Welt.»

«Warum macht ihr euch dann nicht ans Werk?»

«Die Gesetze der Regierung sind mir relativ egal, aber unsere Gesellschaft akzeptiert nicht, dass man unverheiratet Kinder hat.»

«Dann heiratet doch. Acht Jahre verlobt sein reicht doch.»

«Das ist ja genau das Problem. Meine Mutter und Nader geraten genau deswegen immer aneinander.»

«Was ist Naders Problem?»

«Er sagt: ‹Warum können wir nicht einfach so weiterleben wie bisher?›»

«Vielleicht denkt er, er ist zu alt für Kinder. Viele Menschen denken, man bekommt Kinder am besten, bevor man vierzig ist.»

«Für Frauen gilt das sogar noch früher. Wenn ich nicht in ein, zwei Jahren Mutter werde ... Ehrlich gesagt, ich denke oft über das Thema nach. Manchmal geht mir Nader mit seiner Einstellung total auf die Nerven.»

Sie bekam einen Kloß im Hals und sprach mit erstickter Stimme weiter, bereute, was sie zuletzt gesagt hatte. Wie lange kannte sie David? Sie hatte das Gefühl, zu viel von sich preisgegeben zu haben, und ärgerte sich über ihre Schwäche. «Ach, entschuldige, manchmal rede ich wirklich dumm daher.»

«Du weißt, dass immer die Möglichkeit besteht, ein Kind zu adoptieren. Dafür ist es nie zu spät. Im Westen ist das durchaus üblich.»

«Ich möchte mein Kind aber selbst stillen, will Schwangerschaft und Geburt erleben, das Kind soll ein Teil von mir sein.»

Dann schwiegen beide.

Aus der Ferne betrachtet, waren Nader und Nastaran ein sorgloses, glückliches Paar. Beide jung – Nader relativ jung –, aus gutem Hause, beide beruflich erfolgreich, von Freunden und Bekannten sehr geschätzt. Doch wer wusste schon, was in einem Menschen vorging? Sie verstanden sich sehr gut, gerieten nicht in Streit. Wobei Nastaran sich in letzter Zeit bedrückt fühlte. Lag das daran, dass ihre Mutter ihr ständig drängend in den Ohren lag, weil sie der Ansicht war, eine ewige Verlobung führe nirgendwo hin, sie und Nader sollten endlich heiraten und Kinder kriegen?

Während Nastaran darüber grübelte, parkte sie ihr Auto in einer Seitenstraße hinterm Stadttheater. Sie stiegen aus und erreichten den Eingang des Theaters über einen breiten Gehweg. Im Gedränge umringten Straßenverkäufer ihre potenzielle Kundschaft, animierten sie zum Kauf ihres Warenangebots, das von Küchenutensilien bis hin zu Winterkleidung reichte. Andere boten auf großen Tabletts auf vier Rädern unter fahlgelb flackerndem Gaslaternenlicht dampfend warme Rote Bete oder Bohnen an, während die Passanten vorbeieilten. David erfreute sich an diesem lebhaften Gedränge wie ein Kind. Die frühe Abendszenerie in einer eiskalten Großstadt erinnerte ihn an Camille Pissarros 1897 entstandenes Gemälde *Boulevard Montmartre bei Nacht* und an den britischen Maler Lowry und seine Streichholzmännchen. Jede Menschenmenge erinnerte David an Lowrys berühmtes Gemälde *Going to Work*, auf dem sehr schmale Männer und Frauen in alle Richtungen unterwegs zur Arbeit sind. Unterdessen hatten Nastaran und er das Theater erreicht, wo Nader sie bereits erwartete.

Das Stück *Königsmord* des berühmten iranischen Autors Bahram Beizai handelt vom Tod Yasdegerds III. 632 bis 651, des letzten Großkönigs Persiens, aus dem Hause der Sassaniden – der Dynastie, deren Herrschaft durch den Einfall der muslimischen Araber ihr Ende fand und das Land mit seiner langen Geschichte in seine größte historische Krise stürzte.

Sie verließen das Theatergebäude nach der Vorstellung, gingen schweigend eine Weile in der Umgebung spazieren und schauten streunenden Katzen zu, die im Nachtdunkel Abfallsäcke aufrissen und einander an schmalen Mauerkanten entlang verfolgten. Noch war den drei Theaterbesuchern warm von der Aufregung, die das Stück ihnen beschert hatte, weshalb sie die Nachtkälte nicht spürten. Der König oder der Müller? Wer war nun der Haupttäter? Nach dem Einfall der Araber in den Iran gelangte der von seinen Kämpfern getrennte König an eine Mühle, deren Müller sich seiner königlichen Gewänder, seiner Kampfausrüstung und der Juwelen bemächtigt. Als die Priester, Generäle und Reiter eintreffen, zerren der Müller, seine Frau und seine Tochter den König, der sich von seinem Volk abgewendet und die Flucht vorgezogen hatte, in einer dramatischen Aktion vor Gericht, so dass der Priester und der General, dort erschienen, um den König anzuklagen, den leblosen, blutüberströmten Körper des Königs, den sie für den in üppige Königsgewänder gehüllten Müller halten, schließlich aufhängen.

Bibbernd vor Kälte stiegen die drei Theaterbesucher in einer dunklen Gasse schließlich die schmale Treppe zum Restaurant *Schahrzads Nächte* hinab, um dort zu Abend zu essen. Im Lokal war es zwar angenehm warm, aber weder sonderlich gemütlich, noch gab es den passenden Rahmen für ein Abendessen nach einem Theaterbesuch ab. Doch da Nader, Nastaran und David drei aufregende Stunden hinter sich hatten, sehr müde und hungrig waren, maßen sie diesen Details kaum Bedeutung bei.

Sobald sie Platz genommen hatten, bestellte Nader Seven-Up für alle und gab Wodka aus seinem mitgebrachten Flachmann dazu. Seit mehr als fünfunddreißig Jahren schenkte man in iranischen Restaurants keinen Alkohol mehr aus. Seit einigen Jahren aber waren manche Kunden mutig genug, Alkohol mit ins Restaurant zu bringen.

«Kann man in der langen Geschichte Irans den Königsmord als Tradition betrachten?»

«Nicht wirklich, auch wenn in Irans neuerer Geschichte zwei Könige ermordet wurden.»

Beim Abendessen waren wieder das soeben gesehene Stück und die Invasion der Araber in Iran Gesprächsthema.

«Wie die Invasion der muslimischen Araber zum Zusammenbruch des großen Reichs Iran führen konnte, ist mir nach wie vor ein Rätsel.»

Dieser Sachverhalt bedurfte dringender Klärung. Nader begann mit der Schwäche der Iraner nach zwanzig Jahren Krieg gegen die Römer, der die Menschen sehr viel gekostet und die Grundlagen der Gesellschaft komplett zerstört hatte. Diese Kriege verletzten im Übrigen auch die religiösen Gefühle der

Christen, denn im Jahr 614 hatten die iranischen Soldaten zur Unterstützung und zur Anleitung der Juden die heilige Stadt Jerusalem erobert, hatten zahlreiche Kirchen niedergebrannt und das heilige Kreuz, an dem, wie die Christen glauben, Jesus den Opfertod starb, von Jerusalem nach Iran gebracht. Doch der acht Jahre später ausbrechende Krieg ging nicht mehr zugunsten der Iraner aus. Herakleios, der oströmische Kaiser, eroberte Aserbaidschan und zerstörte, in Vergeltung für die Zerstörung der heiligen Stadt Jerusalem und den Raub des heiligen Kreuzes, den Feuertempel Asar Gaschasb.

Nach der Zerstörung des Tempels durch Herakleios wurde die Stätte zu einer der berühmtesten Pilgerstätten in ganz Iranschahr und zum Feuertempel des iranischen Herrschers. Die Iraner glaubten, Ahura Mazda habe das in diesem Tempel brennende Feuer vom Himmel gesandt, zur Bewachung des Herrschers und seiner Krieger. Die Zerstörung des Tempels und das Erlöschen des Feuers entmutigten des Herrschers Krieger so sehr, dass sie sich von ihm abwandten. Vermutlich ahnten sie, dass ihrer bisherigen Lebensweise das Ende drohte.

Die militärische Überlegenheit der Römer hielt bis zum Tode von Khosrow Parvis im Jahr 627 christlicher Zeitrechnung an. Bis ein Jahr später Herakleios Tisophon angriff, das heilige Kreuz eroberte und es in einem glanzvollen Ritual nach Jerusalem zurückbrachte. Die Unruhen waren so weitreichend und so tiefgreifend, dass in den vier Jahren nach dem Tod des Khosrow Parvis, bevor der letzte Großkönig der Sassaniden, Yasdegerd, den Thron bestieg, zehn andere auf diesem Thron gesessen hatten. Viele Anzeichen für eine dunkle Zukunft.

In dieser angespannten Lage zogen die Araber, nach zahlreichen Grenzscharmützeln und im Anschluss an die Schlacht von al-Qadisia, in der ihnen die legendäre Standarte der Sassaniden-Herrscher, Derafsche Kaviani, in die Hände fiel, endlich von der Insel – die die prachtvolle Hauptstadt des Sassanidenreichs von ihrem Bein-al-Nahrin, Zweistromland, genanntem Territorium trennte –, gen Hauptstadt und belagerten diese. Sämtliche Zu- und Abfahrtswege wurden blockiert. Es war ein historischer Zufall, dass der erste ernsthafte Angriff der Araber gegen Mesopotamien gerichtet war, die Gegend, die als die Wiege alter Zivilisationen galt und wo auch die Schrift erfunden wurde.

Durch die Belagerung Tisophons kam es bald zu einer Hungersnot, die die Menschen in ihrem Elend irgendwann dazu brachte, Hunde- und Katzenfleisch zu essen. Aus Angst vor den Arabern verließ der König die Hauptstadt, befahl seinen Soldaten zuvor aber, noch eine Schlacht gegen die Araber zu schlagen. Er verließ die Stadt, kämpfte gegen die Araber, die ihm eine empfindliche Niederlage bescherten und die Stadt übernahmen.

Tisophon hatte zahlreiche historische Monumente, mächtige Bauwerke und viel Geld. Es war eine reiche Stadt, in deren Süden der Abyaz-Palast lag, und im Innern der Stadt befand sich der Innenhof eines von Schahpour I. erbauten Schlosses. Nun waren die Paläste aus vier Jahrhunderten Sassaniden-Dynastie Arabern in die Hände gefallen, die, wovon die Geschichte zeugte, Salz nicht von Kampfer und Silber nicht von Gold zu unterscheiden wussten.

Man kam auch auf die Bücherverbrennungen der Eroberer zu sprechen. Die Wahrheit ist, dass außer den religiösen Schriften, die die indischen Perser vor dem Zugriff der Eroberer gerettet hatten, keine anderen Manuskripte aus der iranischen Antike übrig geblieben sind. Sie sind spurlos verschwunden. Während im Westen oft Fluten, klimatische Bedingungen oder Bücherwürmer ganze Bibliotheken vernichteten, fielen Bücher im Osten meist den Invasionen fanatischer, unwissender Truppen zum Opfer, die deren Wert nicht zu schätzen wussten.

Dann kam ein Vergleich ins Spiel: Als der römische Feldherr Lucius Aemilius Paullus Macedonicus Griechenland eroberte, behielt er die wertvollste Kriegsbeute, nämlich die Bücher, für sich und seine Kinder, sandte sie nach Rom, in seine Bibliothek. Er erkannte den Wert dieser Werke und den der Kultur, die sie hervorbrachte. Er war sehr darauf bedacht, sich zu bilden. Der arabische Eroberer hatte keine Bibliothek. Vermutlich gab es auf der gesamten arabischen Halbinsel keine Bücher, weshalb es für die arabischen Eroberer das Beste war, sich aller Bücher auf einen Schlag zu entledigen. Es hieß, nach der Eroberung Tisophons, der legendären Hauptstadt Irans, sei der Feldherr der Eroberer nach der Plünderung aller Schätze des Königs an das Magazin einer großen Bibliothek gelangt und habe, ratlos, beim Kalifen Omar in Medina angefragt, was damit anzufangen sei. Der antwortete umgehend: «Ins Wasser damit.» Dieses simple Argument stützte ein weiteres: Auch wenn diese Bücher uns zu einem besseren Leben geführt haben, brauchen wir sie nicht, weil alles im Koran noch vollständiger steht. Und wenn sie Irreführendes enthalten, ist es umso besser, dass sie im Feuer oder im Wasser enden.

In einem ähnlichen Fall erreichten Eroberer nach dem Einmarsch in Alexandria ebenfalls die Bibliothek, und auch sie fragten den Kalifen Omar um Rat. Was tun mit den Büchern? Sie erhielten dieselbe Antwort: «Vernichten!»

Die Eroberer verteilten Schriftrollen aus Papyrus, Manuskripte auf Tierhäuten, Bücher auf öffentliche Hammams, wo sie verfeuert wurden, um warmes Wasser zu liefern. Es ist überliefert, dass die Bücher den Brennstoffverbrauch der Bäder für sechs Monate gedeckt haben. Bücher sind nur mit auf Städte konzentrierter Sesshaftigkeit vereinbar – die die Araber nicht kannten.

Vielleicht dachte der Kalif, sein wichtigster Auftrag bestünde darin, die Welt gottesfürchtig zu machen. Und dabei waren Schwerter hilfreich, nicht Bücher. Derselbe Kalif hatte in seiner Amtszeit befohlen, ein sechs Handbreit langes Seil vorzubereiten und jeden Iraner, dessen Körpergröße die Seillänge überschritt, zu enthaupten. Dieses Vorgehen wurde als ‹Omars Politik› bekannt und ein Maßstab für das harte Los der Iraner. Nach Ansicht der Araber ließen die Iraner sich allein durch ‹Omars Politik› bändigen.

Im Alten Testament ist die Geschichte einer weiteren Bücherverbrennung nachzulesen. Sie ereignete sich im Jahr 213 christlicher Zeitrechnung. In jenem Jahr befahl der erste Kaiser Chinas, Qin Shihuangdi, zur Verringerung der durch unterschiedliche Auslegungen altertümlicher Texte verursachten Verwirrung, sie alle zu verbrennen. Allerdings hatte er sich zuvor jeweils ein Exemplar dieser Texte für seine Privatbibliothek gesichert.

Danach kamen die drei auf Bücher zu sprechen, die manche Menschen unter Einsatz ihres Lebens aus Gefahrenzonen brachten, und auf die vielen noch immer verschollenen Bücher, die vielleicht eines Tages in den Archiven von Bibliotheken in Mailand, Barcelona, London oder Paris auftauchen. Vom Verlust vieler verbrannter Werke ganz zu schweigen. Die Kellner bereiteten das Restaurant schon für den nächsten Tag vor, als die einzigen drei Gäste es schließlich verließen. Weil auch nach der angeregten Diskussion im Restaurant frische Luft guttat, gingen sie ein paar Schritte. Die Sterne am dunkelblauen Himmel funkelten wie Eiskristalle, und aus den Nebelschwaden der kalten Atemluft ließen sich Tröpfchen wie Silberlinge auf Oberlippen und Kinn nieder.

Die Kälte ließ alle zwar gedanklich zur Ruhe kommen, blieb jedoch nicht weniger spürbar. Und während die drei durch die Stille in pechschwarzer Dunkelheit Richtung Auto gingen, hatte Nader den Eindruck, ein unsichtbarer Vorhang tue sich plötzlich vor seinem inneren Auge auf und beschere ihm ein Déjà-vu. An einem dunklen Winterabend war er früher schon einmal hier entlanggegangen. Die dunklen Straßen, die stillen Häuser, beides kam ihm bekannt vor. Dann erinnerte er sich daran, dass er das alles damals geträumt hatte. In seinem Traum hatte sich plötzlich die Tür eines der Häuser hier geöffnet, und eine Frau hatte ihn mit einem heißen Glas Tee ins Haus gebeten. Nader war sich sicher, die dunkle, kalte Nacht hatte diesen aus der Tiefe seiner Erinnerung kommenden Traum wachgerufen.

Nun trafen sie, an einer Straßenkreuzung, auf einen Mann mit Pudelmütze vor einer Blechtonne, in der ein Feuer brannte. Als sei diese Winternacht mit Verstand ausgestattet, hatte sie auf die unausgesprochenen Wünsche der drei frierenden Nachtschwärmer reagiert. Mit einem warmen Lachen, das eine Nebelschwade aus seinem Mund freisetzte, lud der Mann sie zu heißem Tee ein. Sie ließen sich nicht zweimal bitten. Der Mann hob seine Teekanne von einem Häuflein Asche neben der Feuertonne und füllte drei leere Gläser. Im Schein der roten Flammen wirkte sein Blick so kämpferisch wie der aller armen Schlucker, die in ihrem Leben noch nie wirklich Grund zur Freude hatten. Hals und Schultern hatte er in einen breiten dunkelroten Schal gehüllt, an einem Finger trug er einen Ring mit einem großen gelben Achat. David, erstaunt über die plötzliche Erscheinung dieses Mannes hier in der stillen Dunkelheit, fragte ihn: «Was machst du denn hier, nachts, bei der Kälte?»

«Ich verkaufe Nachtschwärmern heißen Tee.»

Seine raue Stimme klang matt und melancholisch. «Hier ist aber doch niemand», wandte Nastaran ein.

Als antworte er einem Kind, fragte der Mann zurück: «Niemand hier?»

Die drei folgten seinem Blick, hin zum hellen Ende der Straße, von wo aus zwei vielleicht angetrunkene Personen auf sie zu torkelten wie zwei wandelnde Gespenster.

David, Nader und Nastaran setzten ihren Weg durch

Nebenstraßen und Gassen fort, an deren Ende sie stets auf Nebel stießen. Die Stille schien in der Kälte stärker spürbar, Schritte waren lauter hörbar als sonst. Als die Wolkendecke aufriss, sah man die Sterne, ihr bläuliches Schimmern schien die Kälte noch zu verstärken. Nastaran hatte den Eindruck, die Zeit stünde still. Kälte, Stille, der mit Sternen übersäte Samthimmel, die Schattenrisse von Häusern und Bäumen, alles stand in seltsamem Kontrast zueinander.

Die drei Nachtschwärmer stiegen in Nastarans Auto und waren, nach einer kurzen Fahrt durch die leeren, halbdunklen Straßen der Hauptstadt, bei Davids Pension angelangt. Unterwegs hatten alle geschwiegen, vielleicht in Gedanken an den Mann mit der Feuertonne, an seinen heißen, hochwillkommenen Tee, der nach Rauch gerochen hatte.

«Das war ein schöner Abend. Vielleicht der schönste Abend, den ich bisher in Teheran verbracht habe.»

David stieg aus dem Wagen, winkte zum Abschied und ging in Richtung der Pension mit ihrem Namenszug aus Neonröhren.

Nader kam plötzlich ein Gedanke: «Ist es dir recht, dass wir David die Blumen schenken?», fragte er Nastaran.

Sie stimmte sofort zu. Nader hupte, David wandte sich um, Nader winkte ihn zu sich, kurbelte die Autoscheibe hinunter und reichte David den Strauß weißer Nelken. Er nahm ihn entgegen und drückte mit einer angedeuteten Verbeugung seinen Dank aus. Dann hielt er den Strauß von sich weg, betrachtete ihn wie ein kritischer Käufer, lächelte, beugte sich tief genug, um gut ins Auto hineinschauen zu können, und sagte, an Nastaran gewandt: «Danke!»

6

Spätabends saßen beide beim Fernsehen. Ein kräftiger Mann lief keuchend eine Anhöhe hinauf. Er hatte einen großen Sack geschultert, in dem sich etwas bewegte. Ein Tier vielleicht. Plötzlich schrie eine Frau auf und kam in dem Sack zu sich. Der Mann setzte den Sack ab, die Frau entstieg ihm. Jetzt fiel Nastaran ein, sie kannte den Film bereits.

«So ein Blödsinn!», sagte sie laut und stöhnte auf.

Und während sie sich erhob, erläuterte sie: «Die Frau hat ihre Periode bekommen. Jetzt wird sie in irgendeine Hölle gebracht und weggesperrt.»

Das Drehbuch bestand aus zwei Parallelgeschichten. Im anderen Erzählstrang ging es um einen Staatsstreich. Militärputschisten verfolgten einen Mann, um ihn festzunehmen. Kurz bevor sie ihn erreicht hatten, schoss der Verfolgte sich in den Mund und setzte seinem Leben ein Ende.

In der Sekunde, in der der Mann abdrückte, sprang Nader von seinem Stuhl auf, ging einen Schritt auf den Fernseher zu und bestätigte Nastarans Urteil: «Du hast völlig recht, das ist Blödsinn.»

Er wandte sich vom Fernseher ab, sagte «Gute Nacht!» und verließ den Raum. Nastaran schaltete den Fernseher aus und ging in die Küche. Sie wärmte sich in der Mikrowelle ein Glas Milch auf und trank es leer. Sie löschte die Lichter und begab sich ins Schlafzimmer. Nader stellte sich schlafend und schlug sich mit seinem Geheimnis herum. Das er Nastaran bisher nicht offenbart hatte.

Ja, vor über fünfunddreißig Jahren hatte sein Vater, um der Bestrafung durch die Justiz der noch jungen Regierung zu entgehen, sich erschossen. Das Foto seines Vaters als Major in Militäruniform stand jetzt wieder auf seinem Schreibtisch. Jedes Mal, wenn sein Blick auf das Foto fiel, kam ihm das schreckliche Wort Revolution in den Sinn. Als die Revolutionäre ins Haus gestürmt waren, um seinen Vater festzunehmen, war Nader gerade zehn Jahre jung und die Revolution erst wenige Wochen alt gewesen. Damals lebte seine Großmutter bei ihm und seinem Vater. Eine Frau mittleren Alters, die den Überfall der Revolutionäre vorhergesehen und alle Fotos ihres Sohnes aus dem Familienalbum entfernt und vernichtet hatte.

Nader wusste damals nicht, weshalb sich all das ereignete, doch er spürte die daraus resultierende Anspannung sehr wohl. Mit Beginn der Hinrichtungswelle zog die Großmutter zu ihnen. Damals schaute sie ständig durchs Küchenfenster nach draußen auf die Straße. Das Fenster befand sich direkt neben der Haustür. Jedes Mal, wenn ein Auto bremste, horchte sie auf und bat alle anderen um Ruhe. Lange musste sie nicht warten. Eines Tages klingelte es an der Haustür, gleich nachdem draußen wieder ein Wagen zum Stehen gekommen war.

Es geschah eines Morgens, und plötzlich herrschte helle Aufregung. Die Revolutionäre trugen weite graue Hemden über ihren Hosen, sie trugen Vollbärte, Gewehre und waren plötzlich überall, im ganzen Haus. Mit diesen Bildern hatte die Revolution sich in Naders Gedächtnis geprägt. Die Großmutter hatte sich schützend vor ihn gestellt.

Der junge Major war aus seinem Zimmer im Obergeschoss nicht herausgetreten. Als er Stiefelschritte die Treppe heraufkommen hörte, schoss er sich mit dem Colt, den er immer zu Hause aufbewahrte, in den Kopf, und gleichzeitig gellte ein Schrei durchs ganze Haus. Nader konnte nicht sagen, ob er sich aus der Kehle seiner Mutter oder aus der seiner Großmutter gelöst hatte.

Dem jungen Major war es nicht vergönnt, auf der Stelle zu

sterben. Die Revolutionäre riefen einen Krankenwagen und ließen ihn, mit bluttriefender Schläfe, ins Krankenhaus bringen. Sie glaubten, wer Selbstmord begangen hatte, verfüge über wertvolle Informationen, die er den Revolutionären um jeden Preis vorenthalten wolle. Zweiundsiebzig Tage lang rang er, zum Erstaunen des Ärzteteams, mit dem Tod. Sein Überlebenskampf dauerte vielleicht auch deshalb so lang, weil er bereute, was er angerichtet hatte. Am Ende des zweiundsiebzigsten Tages war allen klar, dass er vergebens um sein Leben gekämpft hatte. Es blieb nur, sich dem Tod zu überlassen, und diesen Weg schlug er dann auch ein.

Am Tag nach dem Tod des Vaters nahm Naders Mutter ihn mit nach draußen, nicht, um ins Krankenhaus zu gehen, wie während der vergangenen zweiundsiebzig Tage, nein, sie wollte mit ihm Schuhe kaufen gehen. Das hatte man ihm versprochen, jedoch in der Hoffnung aufgeschoben, dass der Vater sich erholen und aus dem Krankenhaus entlassen würde. Und nun schien das Ereignis vom Vortag dem Schuhkauf eine unaufschiebbare Dringlichkeit verliehen zu haben. War sein Vater etwa gestorben, damit sein zehnjähriger Sohn, der die in einem weit von zu Hause entfernten Schuhgeschäft ausgestellten Schuhe liebend gern haben wollte, nicht länger warten müsste? Sie klapperten die Einkaufszeile der Schuhverkäufer in Teheran ab, es wurde Abend, nach und nach gingen in den Läden die Lichter an. Es war kein trauriger Abend, man konnte sogar sagen, dass Nader sich rundum wohlfühlte und ganz auf die bunten Neonlichter und Leuchtreklamen konzentriert war, die man leise summen hören konnte, wenn man ihnen nahe genug kam. Die Schuhe schienen, vom flackernden Licht berührt, zu zittern. Der Junge war so vertieft in die Lichtreflexe auf dem gewachsten, glänzenden Leder, dass er darüber den Verlust des Vaters vergaß.

Sie fanden das betreffende Geschäft recht schnell. Der Verkäufer war freundlich, der Schuhkauf wurde mühelos abgewickelt. Nader hatte die Schuhe Monate zuvor hier im Schaufenster gesehen, und sofort hing sein Herz an ihnen. Braune Sandalen mit glänzenden Metallschnallen. Jetzt, da die Schuhe gekauft waren, hatte er wenig Lust, gleich wieder nach Hause zu fahren. Er bat seine Mutter, die Einkaufszeile nun in umgekehrter Richtung entlangzugehen. Nader trug den Karton mit seinen Sandalen unterm Arm, er trug ihn sogar bis nach Hause, während er sich unterwegs ständig fragte, was der Vater wohl zu seinen neuen Sandalen sagen würde, wenn er denn wach wäre. Kaum zu Hause angekommen, nahm er die Schuhe aus dem Karton und zog sie an. Er ging ein paar Schritte, setzte sich dann aufs Sofa, schlug die Beine übereinander, schaukelte mit den Beinen, doch plötzlich kamen ihm die Tränen. Er konnte nicht sagen, ob er vor Freude über die neuen Schuhe weinte oder weil sein Vater sich nach dem Überfall der bärtigen Revolutionäre in den Kopf geschossen hatte. Genau jetzt schien ihm bewusst zu werden, in welch schwerer Lage sein Vater sich befand. Er ging zu seiner Mutter. Geduldig trocknete sie dem Zehnjährigen die Tränen mit ihren Fingern. In späteren Jahren erinnerte Nader sich an keinen Moment seines Lebens, in dem er trauriger gewesen wäre als in jenem Augenblick. Er bat seine Mutter: «Bring mich ins Krankenhaus. Ich will meinem Vater die Schuhe zeigen.»

Seine Mutter sah ihn ratlos an. Dann fiel Nader plötzlich ein, dass sein Vater in tiefem Schlaf lag und niemand sagen konnte, ob man ihn würde aufwecken können. Das hatte man ihm erklärt.

Das Tragen der neuen Schuhe wurde auf den Tag verschoben, an dem der Vater aus seinem Tiefschlaf aufwachen würde, doch dieser Tag kam nie. Es war zwar eigenartig, aber dieses Paar brauner Sandalen mit den Metallschnallen war fortan mit der Erinnerung an einen Vater verknüpft, der mit einer Kugel im Kopf im Tiefschlaf lag. Die Sandalen tauchten in Träumen auf und wurden zu einem Hauptbestandteil der

Erinnerungen an die Zeit der Revolution. Das Hallen, als ein Mann in Stiefeln die Treppe hinaufstieg, dann der Knall, als der Schuss fiel. Die Großmutter hatte in der Eingangshalle gestanden, hatte Naders Gesicht an ihren runden Bauch gepresst, hatte plötzlich gezittert und dann einen unterdrückten, aber doch vernehmbaren Schrei ausgestoßen.

Auch als Erwachsener erinnerte Nader sich immer wieder an diese Vorkommnisse, die ihn verwirrten, weil er deren verborgene Botschaft nicht ergründen konnte. Die Erinnerung an den Tag, an dem er mit seiner Mutter auf der Suche nach einem Paar brauner Schuhe mit Metallschnallen Teherans Schuhgeschäfte abgeklappert hatte, während tags zuvor ein einsamer Major in einem Krankenhausbett in Tiefschlaf gefallen war. Nader spürte die Erinnerung an diese Zeit wie Fieber in jeder Faser seines Wesens brennen.

Anfangs durfte er seine Mutter und seine Großmutter nicht begleiten, wenn sie den Vater im Krankenhaus besuchten. Das machte ihn ungemein unruhig, aufsässig, reizbar, aggressiv. Vierundzwanzig Stunden lang weigerte er sich sogar zu essen. Und hatte schließlich Erfolg. Endlich durfte er mit ins Krankenhaus. Er blieb am Krankenbett sitzen und rührte sich nicht von der Stelle. Er fixierte die geschlossenen Augen des Vaters und sprach ihn wieder und wieder an. Er ließ sich nur dazu bewegen, das Krankenhaus zu verlassen, wenn man ihm versprach, dass er auch den folgenden Tag am Bett des Vaters verbringen dürfe.

Nun besuchte er den Vater täglich, zusammen mit seiner Mutter oder mit der Großmutter. Am Krankenbett wurde ihm jedes Mal bang, und immer hoffte er, der Vater möge die Augen aufschlagen. Doch jedes Mal hörte er: «Dein Vater ist müde, sehr müde.»

Und er magerte ab, von Tag zu Tag stärker. Seine Hände schauten unter der Bettdecke hervor, und man sah die Adern auf den Handflächen so stark hervortreten, dass es aussah, als wollten sie die Haut sprengen, unter der sie verliefen. Der Vater atmete ruhig, hielt die Augen geschlossen, sein Gesicht war ausdrucksleer. An seinem Bett stand nichts, nicht einmal die kleinste Flasche Wasser. Der Vater konnte weder Nahrung noch Flüssigkeit zu sich nehmen. Er schlief nur. Er konnte die Augen nicht öffnen. Er konnte nicht aufstehen, keinen Schritt gehen, nicht sprechen. Nicht einmal sterben konnte er.

Zu Hause achteten Mutter und Großmutter darauf, in Naders Anwesenheit die Fassung zu wahren, doch er sah sie in stillen Ecken ständig miteinander flüstern oder im Verborgenen weinen. Vormittags war es eigenartig still im Haus, doch nachmittags wurde es lebhaft, weil alle sich auf den nächsten Besuch im Krankenhaus vorbereiteten.

Ein bewaffneter Revolutionär stand am Krankenbett des Vaters und bewachte ihn rund um die Uhr. Die Wachen wurden täglich ausgetauscht, sie flößten Nader Angst ein. Doch einer der Männer war anders, er schaute Nader immer freundlich an. Hatte er als Kind vielleicht auch seinen Vater bei einem Unfall verloren? Einmal gab er Nader sogar seine Schusswaffe und erlaubte ihm, auf einen draußen vorm Fenster in einem Baum sitzenden Vogel zu zielen. Naders Mutter trat zu ihrem Sohn hin und bat ihn, die Waffe sofort wieder ihrem Besitzer auszuhändigen. Der junge Revolutionär flüsterte: «Sie ist nicht geladen.»

«Er soll nie eine Waffe tragen», sagte Naders Mutter.

«Sie ist nicht geladen», wiederholte der junge Revolutionär.

Die Pistole des Hauptmanns aber war immer geladen, zumindest seit der Zeit, als das Militär übers Radio landesweit seine Neutralität erklärt hatte. Der Hauptmann war in sein Zimmer gegangen und hatte die Pistole geladen. Seine Frau war ihm rasch gefolgt, und er hatte zu ihr gesagt: «Das könnte der letzte Weg sein.» Das hatte seine Mutter ihm später berichtet.

Sie zogen die Vorhänge zu, schalteten seltener Lichter an und ließen das Radio Tag und Nacht leise laufen. Nader wusste nicht, weshalb das geschah, doch er sah die Angst, die den Hausbewohnern seit Neuestem im Gesicht stand. Damals bekamen Fenster im Haus eine neue Bedeutung. Immer wieder trat der Hauptmann, seine Frau oder seine Mutter an eines der Fenster zur Straße hin, zog den geschlossenen Vorhang ein Stückchen zurück und schaute nach draußen. Damals trieb selbst das kleinste Geräusch alle im Haus an die Fenster.

Wann würde er endlich aufwachen? Niemand wusste es. Anfangs sagten die Ärzte: «Haben Sie Geduld.» Später sagten sie: «Haben Sie noch etwas mehr Geduld.» Und noch später sagten sie nichts mehr. Doch mit Nader hatte diese Hoffnungslosigkeit nichts zu tun. Ihm sagten sie, es könne sein, dass der Vater plötzlich die Augen aufschlagen und ihn in den Arm nehmen würde. Aber der Vater wachte nicht auf. Nicht am nächsten Tag, nicht am übernächsten, auch am überübernächsten Tag nicht. Dieses sehnlich erwartete Ereignis verschob sich fortwährend auf den nächsten Tag. Die Ärzte sagten, das hieße nicht, dass er nie wieder aufwacht. Und wieder war die Hoffnung nicht ganz zunichte.

Obwohl niemand es ihm gesagt hatte, wusste Nader, der Vater stirbt, wenn er nicht mehr aufwacht. Es vergingen mehrere Wochen. Der Vater starb nicht. Der zweite Monat ging zu Ende. Vielleicht sollte er im dritten Monat sterben. Das dachte Nader bei sich, und es stellte sich heraus, dass er richtig vermutet hatte. Er starb am zweiundsiebzigsten Tag nach dem Schuss.

Eines Morgens, einem Morgen wie jedem anderen, war das Spiel vorbei. Nach einem Anruf erfuhr er, dass sein Vater die Augen nie wieder öffnen würde und in ewigen Tiefschlaf verfallen sei.

Also war die medizinische Betreuung nicht ganz vergeblich gewesen. Er hatte schließlich die Kraft aufgebracht zu sterben. Doch war das ein Tod? Vielleicht war es nur ein Verlust. Der Tod ging normalerweise mit Trauer und Tränen einher.

So wie nach dem Tod seines Onkels, dem Bruder seiner Mutter. Der bei einem Verkehrsunfall ums Leben gekommen war.

Lange danach noch hatten beide – Naders Mutter und seine Großmutter – rot geweinte Augen. Sie bewegten sich schleppend, sprachen leise und hörbar traurig. Sie gingen hin, gingen her, rückten Gegenstände hierhin, dorthin, wuschen Wäsche, kochten Essen. Das zur Hälfte in den Töpfen verblieb. Als sie weniger kochten, blieb auch die Hälfte dessen übrig.

Es dauerte geraume Zeit, bis ihre Augen nicht mehr rot geweint waren und langsam wieder ihre normale Farbe annahmen. Ihre Stimmen wurden wieder lebhafter und konnten bald mit der gewohnten Strenge nach ihm rufen. Alles wurde allmählich wieder normal, selbst die lange Abwesenheit des Vaters wurde zur Normalität.

Als sein Sold ausblieb, lag der Vater noch im Koma. Zum Glück wurde das Haus, der einzige Besitz der Familie, nicht beschlagnahmt. Nach dem Tod des Vaters verkauften sie die Villa und kauften zwei Wohnungen. In die eine zogen sie ein, die andere vermieteten sie, um von den Mieteinnahmen zu leben. In der neuen Wohnung verstaute die Mutter ihre Nähmaschine nicht mehr im Abstellraum, sondern baute sie in ihrem Schlafzimmer auf, um die in jungen Jahren erworbenen Nähkünste zu reaktivieren, doch allzu viel Kundschaft bescherte ihr das nicht. Und die wenigen, die Kleidungsstücke in Auftrag gaben, machten der aus der Übung gekommenen Schneiderin die Arbeit recht schwer. Damals traf die Großmutter eine vernünftige Entscheidung. Sie vermietete ihre Wohnung und zog zu ihrer Schwiegertochter und ihrem Enkel, um ihnen in der vor ihnen liegenden schweren Zeit beizustehen. Und da sie auch ihre Witwenrente beisteuerte, konnte es vorangehen im Leben zu dritt.

Sie wollten Nader weiterhin auf die besten Schulen der Hauptstadt schicken, Privatlehrer für Schwimmunterricht,

Privatlehrer für Klavierunterricht, alles, was er wollte oder tatsächlich brauchte. Sie konnten es sich finanziell leisten.

Naders Großmutter war eine starke Frau. Morgens in der Frühe stand sie auf, flocht ihr silbergraues Haar zu einem Zopf, den sie um ihren Kopf wand, und widmete sich den diversen Aufgaben im Haushalt. Mit großen Schritten durchmaß sie die Wohnung und war überall gleichzeitig.

Das neue Reich hatte drei Schlafzimmer, eines für jeden von ihnen. Im Wohnzimmer standen ein Fernsehgerät und eine Sitzgarnitur. Wenn es vorkam, dass die Mutter ein Stück Stoff mit der Hand zu nähen hatte, nahm sie es mit ins Wohnzimmer, breitete es auf ihrem Schoß aus und arbeitete daran, nickte dann allerdings meist sehr früh über dieser Arbeit ein.

Nachmittags, an freien Tagen, nahm die Mutter ihn an der Hand und ging mit ihm in den nahe gelegenen neuen Park mit dem großen Teich in der Mitte. Trotz der geringen Entfernung fuhren sie mit dem Bus dorthin, einem Doppeldecker, in dem es im oberen Stock während der Fahrt bewegter zuging als unten, in dem die breite Fensterscheibe die Sicht auf die Äste der hohen Kastanienbäume in der Pahlawi-Allee, auf die Wohnungen in den ersten Etagen der vorbeiziehenden Häuser und zwischendurch auf den Himmel freigab. Sie gingen an den Teich, zerkleinerten Brot für die Enten. Nader war nie nach Spielen zumute, er wich seiner Mutter nicht von der Seite. Sie kaufte ihm Eis von den fliegenden Händlern mit ihren Handwagen auf vier Rädern, und er, dicht an seine Mutter gedrängt, genoss die Süßigkeit. Wenn der Abend anbrach, fuhren sie nach Hause, in den Doppeldeckern, in denen sie hergekommen waren. Vom leckeren Erdbeereis abgesehen, waren die kurzen Busfahrten das Erfreulichste an diesen Nachmittagsausflügen.

Auf dem Heimweg ging die Mutter einkaufen und klagte darüber, dass alles von Tag zu Tag teurer wurde. Spürbar schlimmer wurde die Lage erst, als eines Tages mit dem Angriff von Saddam Hussein der Krieg losbrach. Lebensmittel wurden rationiert, man musste stundenlang Schlange stehen, um sich zu versorgen, und schon bald setzten die Raketenangriffe auf Teheran ein.

Und doch änderte der Kriegsbeginn nichts an ihren freien Nachmittagen im Park. Eines Tages lernten sie dort einen Mann kennen, der manchmal nachmittags dort mit seiner Tochter spazieren ging. Sie war in Naders Alter, musste aber, aufgrund der neuen Gesetze der islamischen Regierung, ein Kopftuch tragen, das sie beim Spielen abnahm und in ihrer Tasche verstaute. Strähnen ihres glatten, kurzen Haars fielen ihr bei jeder Bewegung in die Stirn und vor die Augen, und sie streifte sie sich unablässig aus dem Gesicht. Die täglichen Begegnungen im Park führten schließlich dazu, dass Naders Mutter und der Mann heirateten. Sie hatte ihren dreizehnjährigen Sohn zuvor natürlich gefragt, ob ihm das recht sei.

Manche Menschen sehen so normal und unauffällig aus, dass sie keinerlei positive Gefühle in einem wecken, wenn man ihnen zum ersten Mal begegnet. Nach und nach aber senden sie angenehme Wellen aus, man fühlt sich wohl in ihrer Gegenwart, und sie vermitteln einem bei jedem Abschied die Vorfreude auf das nächste Wiedersehen. Zu diesen Menschen zählte der Mann im Park. Vermutlich stimmte Nader der Hochzeit deshalb sofort zu. Der Mann, der den Platz seines Vaters einnahm, war ihm willkommen.

Seine Mutter zog in ein neues Haus um. Nader und seine Großmutter blieben in der alten Wohnung. Naders Mutter war ein Mensch, der sich seinem Schicksal überließ.

Vier Jahre später verlor Nader seine Großmutter, den einzigen Menschen, der ihm geblieben war. Er war damals erst siebzehn und brauchte noch jemanden, der ihm das Gefühl gab, eine Familie zu haben. Die Großmutter war unablässig beschäftigt und führte rührig den Haushalt. Dass sie da war, gab Nader Sicherheit, sie vertrieb böse Gedanken und wilde

Albträume. Am erstaunlichsten aber war, dass sie den Zeit-punkt ihres Todes selbst bestimmte. An einem Herbstnach-mittag, nachdem sie – ganz die fleißige Ameise – vom frühen Morgen an Hausarbeit verrichtet, die Wohnung gefegt, die Treppe geputzt, Geschirr und Wäsche gewaschen und das Abendessen gerichtet hatte, sagte sie zu Nader: «Ich bin müde, ich möchte schlafen und nicht mehr aufwachen.»

Und dann war sie gestorben. Nader besuchte damals das letzte Schuljahr im Gymnasium.

Im Jahr davor hatte die Großmutter damit begonnen, ihr Leichentuch zu nähen, aus schöner türkisfarbener Rohseide, mit Silberfäden durchzogen. Und wenn sie in der Sonne saß, den Stoff auf ihren Knien ausgebreitet, Säume nähend, dann regnete es plötzlich Sterne. Sie nähte ihr Leichentuch mit einer Nadel aus dem Holz eines besonderen Baums, hart und beständig, und brachte einige Monate mit der Näharbeit zu. Nader lernte, ein Leichentuch dürfe nicht mit einer Metall-nadel genäht werden. Als es schließlich fertig war, verbrachte die Großmutter viele Tage und Nächte damit, es mit Mäan-dermustern aus Tinte zu verzieren, was am Tag ihrer Beerdi-gung für Verwirrung sorgte. Der Leichenwäscher fragte Na-der mit Blick auf die Verzierungen, welchen Glaubens seine Großmutter gewesen sei. Wenn sie keine Muslimin gewesen sei, könne man ihre Beerdigung auf dem muslimischen Fried-hof nicht gestatten. Nader wusste die Frage nicht zu beant-worten, denn seine Großmutter hatte über dieses Thema nie mit ihm gesprochen. Er erkundigte sich bei seiner Mutter. Auch die war überfragt. Um die Angelegenheit nicht unnötig zu verkomplizieren, sagte Nader, sie sei Muslima gewesen. Da auch der Leichenwäscher kein Freund von Komplikatio-nen war, akzeptierte er Naders Angaben fraglos.

Seit dem Tod seines Vaters war Naders Leben wie im Nebel verlaufen. Mit Beginn der Pubertät aber änderte sich sein Ver-ständnis vom Lauf der Welt. Über seine körperlichen Gefühle war er sich noch nicht im Klaren. Später lernte er, dass die Tatsache seiner geschlechtlichen Mehrdeutigkeit den Menschen zu einer Minderheit machte. Instinktiv wusste er, nur die Zugehörigkeit zur Mehrheit brachte Sorglosigkeit und Seelenfrieden. Damals fühlte er sich von den Ereignissen jedenfalls so getrieben, dass die Erinnerung daran ihm noch heute den Kopf schwirren ließ. Er wurde erwachsen und erfüllte die Forderungen, die das Leben an ihn stellte, der Reihe nach. Schulabschluss, Militärdienst in Kriegswirren, flüchtige sexuelle Erfahrungen, Aufnahme eines Studiums, die Literatur, die ihn wie ein roter Faden rettend durchs Leben begleitete und vor dem Absturz bewahrte, halbherzige Liebesbeziehungen und schließlich der Tod der Mutter, zu einer Zeit, als er sich innerlich bereits vollständig von ihr gelöst hatte.

Im Winter heizten sie mit einem Ölofen. Auf dem brodelte ein Kessel mit Wasser. Der aus dem Kessel aufsteigende Dampf bedeckte die Fensterscheiben und trübte den Blick hinaus in den verschneiten Hof. Um ihr zu entfliehen, konnte Nader, das hatte er mittlerweile gelernt, die Vergangenheit durch eine beschlagene Scheibe betrachten. Weshalb aber war diese Vergangenheit plötzlich so transparent wie nie zuvor? Menschen, Dinge, Straßen, Gassen, Häuser und Läden, alles war klar und deutlich erkennbar. Alles schien sich am Vortag dazu verschworen zu haben, seine Wahrnehmung zu täuschen, so neu kam es ihm vor. So viele Jahre lang hatte er versucht, vor seiner Vergangenheit davonzulaufen, und nun wurde er unweigerlich in sie hineingestoßen. Hatte Davids Reise nach Teheran daran etwa Anteil? Wenn Nader tief in diese Vergangenheit eintauchen würde, könnte er sich plötzlich einem Bild gegenübersehen, das ihn auf der Stelle erstarren ließe. Hin und wieder hörte er ein Geräusch, hatte einen Ton im Hinterkopf, ein Wort, womöglich weniger rätselhaft, als er dachte, einen Namen vielleicht, beständig wiederholt. Woher kam das alles und weshalb?

7

David verließ die Pension meist morgens gegen zehn Uhr. Er ging die Amirabad-Straße entlang, vorbei am Teppich-Museum, und machte vor dem Museum für Zeitgenössische Künste kurz halt. Er hatte auf der für ihren Skulpturengarten berühmten Freifläche nördlich des Museums eine Skulptur des englischen Bildhauers Henry Moore entdeckt, an der er sich nicht sattsehen konnte. *Three Piece Sculpture: Vertebrae.* Auch die Skulpturen von Giacometti, René Magritte, Parviz Tanavoli und anderen Bildhauern waren eindrucksvoll, doch in Moores Werk sah David etwas Besonderes, etwas, das weit über seine bisherigen Erlebnisse mit Kunstwerken hinausging, das er noch bei keinem anderen Kunstwerk empfunden hatte. Die Skulptur stellte voneinander getrennte Körperteile dar, die entspannt in der Sonne liegen. Doch die Sonne schien nicht, da war keine vollkommene Gestalt. Ihre Ruhe war durch Brüche zunichtegemacht, und fast warnend aktivierte die Melancholie des Betrachters das Werk. Mit geometrisch geformten Beinen, der geometrischen Büste, mit asymmetrischen Armen und einem Kopf, der im Grunde nichts war als die Fortsetzung des Halses, sämtlich an der verstörenden Grenze zwischen Wirklichkeit und Traum, stellte das Werk eine aus den Fugen geratene Welt dar, in deren Zentrum der Mensch mit seinem zerstückelten Körper stand. So sah David die Skulptur.

Er setzte seinen Weg fort, am Laleh-Park vorbei und weiter, bis zur Kreuzung mit dem Keschavarz-Boulevard, wo die Gehwege betriebsamer wurden, weil fliegende Händler ihre Waren feilboten, während andere ihr Sortiment am Boden und bis zur Mitte der Gehwege ausbreiteten. Hinzu kam die potenzielle Kundschaft, die, bereits schwer bepackt und mit vollen Händen, zwischen Gewürzständen, Kartons mit Trockenobst, Körben mit Salz- oder Safrannüssen weiterhin unschlüssig umherstreiften. Dann stieß David auf den Revolutionsplatz, Hast und Gedränge an den U-Bahn-Ein- und -Ausgängen und wieder fliegende Händler. Er wechselte auf die andere Straßenseite und blieb in der Geschäftszeile, die nur aus Buchläden bestand, gelegentlich stehen, betrachtete eine Darstellung auf einem Bucheinband, las den Titel des Werks, den Namen des Autors oder der Autorin. Wenn er müde wurde, ging er in den Park an der Uni, in dem der schöne Rundbau des Stadttheaters stand, der mit Ornamenten aus Ziegeln und Fliesen auf sich aufmerksam machte. Auf der Freifläche des Theaters stand eine weitere Skulptur, die David, auf einem Podest ihr gegenübersitzend, gern betrachtete. Die Skulptur *Denkmal für Farhad, den Steinhauer* war das Werk des berühmten iranischen Bildhauers Parviz Tanavoli. Vier der sieben einst im Uni-Park ausgestellten Skulpturen Tanavolis wurden binnen kurzer Zeit entwendet.

Auch davor hatten sich solche Kunstdiebstähle bereits ereignet. Vor Jahren verschwanden in Teheran mehrere Skulpturen aus dem öffentlichen Raum, aus Stadtparks, von Plätzen, aus Kulturzentren, sogar aus Museen. Das Phänomen wurde als Serienraub von Teheraner Skulpturen bekannt. Die Nachricht machte als eine der Seltsamkeiten der Hauptstadt die Runde. Oft handelte es sich um Büsten zeitgenössischer Prominenter, woraufhin die Hypothese aufkam, die Diebe würden von einer Gruppe von Leuten animiert, die die politischen Überzeugungen dieser Prominenten ablehnten. Doch als vor der Tiermedizinischen Hochschule der Hauptstadt die Skulptur eines Kälbchens verschwand, erwies sich die Hypothese als falsch.

Regierungsvertreter bezeichneten das Verschwinden als Diebstahl, während Vertreter der Stadtverwaltung sich widersprüchlich äußerten. Als die Diebstähle begannen, dementierte der Direktor des Teheraner Amts für Stadtverschönerung sie zunächst, musste schon wenig später allerdings öffentlich erklären, die Werke seien zwecks Restaurierung eingezogen worden. Tags darauf erklärte der Sprecher der Hauptstadtverwaltung diese Darstellung für nicht den Tatsachen entsprechend und verurteilte dieses «Spiel mit der öffentlichen Meinung», wie er es nannte. Manche hielten die Angelegenheit vielmehr für das von offizieller Seite gebilligte Vorgehen religiöser Extremisten. Das war die überzeugendste Variante. Eine Sondereinheit der Geheimpolizei wurde mit der Bearbeitung der Sache betraut. Aber man kam den Räubern nie auf die Spur. Die islamische Scharia verbietet das Fertigen vollständiger Abbildungen von Menschen oder Tieren. Als Filmaufnahmen eines Skulpturendiebstahls zeigten, dass ein Kran zum Einsatz gekommen war, ließ der Polizeichef verlauten: «Profitgier war hier nicht mit im Spiel. Die Diebstähle fanden mit der Zustimmung einiger einflussreicher Behörden statt.» Damals erregte die Aussage eines führenden Experten für kulturelles Erbe große Aufmerksamkeit. Er behauptete: «Bei den Seriendiebstählen der Skulpturen aus Teheran haben vermutlich Engländer ihre Hände im Spiel.» Er begründete seine Aussage mit Aufzeichnungen Englands im Zusammenhang mit dem Raub historischer Werke und wertvoller Kulturgüter anderer Nationen.

Für David waren seine Reisen zum einen Zeichen dafür, wie viel Glück er hatte, sich seine Wünsche erfüllen zu können, zum andern waren sie touristischer Zeitvertreib. Zum einen verschaffte ihm das Spazierengehen körperliche Betätigung, zum anderen lernte er auf diese Weise viele Winkel der Stadt kennen, kam mit Menschen ins Gespräch und besserte seine Persischkenntnisse auf. Wobei Teheran eine Phase der Isolierung erlebte, von der nicht klar war, wie lange sie andauern würde. Die nicht abreißende Welle der Sanktionen des

Westens, im Inland Gesetze wie das des Schleierzwangs sowie der Extremismus der herrschenden Mullahs hatten fast alle ausländischen Touristen aus der Hauptstadt vergrault. Während der letzten drei Dekaden rangierten in den Nachrichten Hinrichtungen, «Tod Amerika!»-Rufe, verbrannte US-Flaggen, veruntreute Milliarden, das Auspeitschen von Menschen wegen Alkoholkonsums, die Erstürmung von Häusern mit Satelliten-Antennen und ähnliche Phänomene an erster Stelle. Menschen flohen aus der Stadt, aus dem ganzen Land, massenweise. Für David aber hatte Teheran auch ein anderes Gesicht. Eine spannende, aufregende, einem Bienenstock gleichende Metropole, in der es umtriebig und sehr lebendig zuging. Die Straßen waren voller junger Menschen, die nicht recht in ihre enge Umgebung passten, weshalb niemand gegen den Wunsch nach Auswanderung gefeit war.

Wie viele junge Leute hatten David, sobald sie erfahren hatten, dass er Engländer war, gefragt, wie man nach England auswandern könne. Das Gefühl, in einer Sackgasse zu stecken, in dieser Gesellschaft nicht voranzukommen, politische Gewalt, ein korruptes Wirtschaftssystem trieben alle in die Flucht. David kam gern mit Menschen vor Ort ins Gespräch. Eine Frau mittleren Alters hatte ihn einmal gefragt: «Wie denken Sie, wie denken die Europäer über uns?» Über die Frage erstaunt, hatte David nicht direkt geantwortet, sondern eine Gegenfrage gestellt: «Weshalb interessiert Sie das? Ist das für Sie nicht unerheblich?»

Ungemein selbstbewusst gab sie zurück: «Wenn eine solche Frage für unsere Regierenden von Interesse wäre, würden sie sich uns gegenüber ganz anders verhalten.»

Auf seinen täglichen Rundgängen durch die Straßen der Stadt hatte David sich mit einem Vogelhändler angefreundet. Der trug einen dichten Vollbart, einen langen Stoffschal um den Hals, mit dessen Enden er sich immer wieder den Schweiß von der Stirn wischte. David stattete ihm täglich einen Besuch ab. Der Händler bot ihm einen Hocker an, deutete auf einen Käfig in der Ladenecke und sagte: «Der ist meine Liebe, mein Atem, mein Alles und mein Ende.»

Ein schöner Vogel, mit einem roten Schnabel und türkisfarbenem Federkleid. Seine Knopfaugen umgab ein grüner Ring, und das Tierchen sang mit der angenehmsten Stimme der Welt. Der Vogelhändler sagte: «Der Vogel kommt aus Afrika. Es gibt nur zwei dieser Art, einer ist hier, der andere im Schlafzimmer des Emirs von Katar.»

Manchmal lud der Händler David auf ein Gläschen Kräutertee ein, grün und kräftig im Geschmack. Er sagte: «Das sind Bergkräuter. Die pflücke ich an den Hängen in meinem Heimatdorf, wenn ich sommers dort bin.» Dann kam er auf eine alte Liebe zu sprechen. Eine Frau, die nicht mehr jung war, vor Jahren geheiratet und sieben Kinder hatte. Dann seufzte er und trocknete sich die Tränen mit seinem Halstuch.

Es schien, als erfüllte das Schlendern durch die vollen Straßen und das Betrachten von geschmacklos dekorierten Schaufenstern alle Erwartungen, die David an diese Stadt hatte. Eine Stadt, deren Rätsel und Geheimnisse zu entdecken Davids Ziel war. Er hatte sich binnen kurzer Zeit in die Menschenmengen und den raschen Puls des Stadtalltags verliebt und berichtete Nader oft sehr angeregt von seinen Spaziergängen.

Insbesondere an Tagen, an denen ein sanfter Wind die schmutzige Luft aus der Stadt vertrieb, wurden Davids sonnige Wintertage zu schönen Erlebnissen. Meist kehrte er gegen dreizehn Uhr in die Pension zurück. Er aß zu Mittag, machte einen Mittagsschlaf und vertiefte sich anschließend für ein, zwei Stunden in Bücher. Dann nahm er seine Erlebnisse des Tages mit zu Nader nach Hause. Bei ihren täglichen Begegnungen unterhielten sie sich über Gott und die Welt, kamen vom Hundertsten ins Tausendste, und manchmal, mitten in einem angeregten Gespräch, verließen sie die Wohnung am frühen Abend und suchten ein Café in der Nähe auf. David fand die täglichen Treffen faszinierend. Er genoss die enge Freundschaft in einer ihm fremden Stadt. Auch Nader bereiteten die Begegnungen große Freude. Er hatte sogar das Gefühl, den Menschen gefunden zu haben, nach dem er sein Leben lang gesucht hatte, und fand das erstaunlich. Er hatte das Auf und Ab, das Warm und Kalt des Schicksals so häufig erlebt, dass er heute über ausgeprägte Selbstkontrolle verfügte, Gefühlsaufwallungen zu beherrschen wusste und sich seine Freude nicht anmerken ließ. Tatsächlich aber ging es ihm mittlerweile so, dass er an den Tagen, an denen er David nicht sah, das Gefühl hatte, es fehle ihm etwas. Jetzt verbrachte er fast seine gesamte Freizeit mit ihm.

In jenen Tagen zeigte der Kalender an, dass die kalte Jahreszeit überwunden war, dass die Erde bald wieder aufatmen und Bäume und Sträucher in wenigen Wochen wieder blühen würden. Nun aber war, über Russland aus Sibirien kommend, eine Kaltfront nach Iran gelangt und hatte, in Verbindung mit einem Tiefdruckgebiet, zu einer Wolkenmasse geführt, welche die Teheran vom Kaspischen Meer trennende Gebirgskette des Alborz überwunden hatte, woraufhin in der Stadt eine ganze Nacht lang Schnee gefallen war. Morgens wachten die Menschen auf und trauten ihren Augen kaum, als Bäume, Straßen, Dächer, alles ringsum unter einer weißen Schneedecke lag. In den nördlichen Stadtteilen hatte es heftiger geschneit, mitten am Tag boten die Straßen einen seltenen Anblick, getrübt durch die Tatsache, dass vorbeifahrende Pkw Schneematsch in alle Richtungen verspritzten, der die Kleidung der Passanten auf den Gehwegen mit unschönen Flecken versah. Über Nacht sorgten Kälte und ein bitterkalter Wind dafür, dass der Schneematsch auf Straßen und Gehwegen zu Eis gefror. Am nächsten Morgen schimmerte der gefrorene Schnee unter der Sonne des klaren Himmels wie Diamanten, die David – von Schnee und Sonne zu einem Spaziergang motiviert –, zusammen mit den bunten Schals derer, die an jenem Morgen im Gedränge des Stadtzentrums unterwegs waren, schön anzusehen fand.

An diesem Tag stand Nader, einen Becher Kaffee in der Hand, am Fenster, schaute minutenlang hinaus in die urbane Schneelandschaft, ließ sich, nachdem der Meteorologe im Fernsehen seine Wettervorhersage beendet und Nader das Gerät ausgeschaltet hatte, an seinem Schreibtisch nieder und schaltete seinen Laptop ein. Noch bevor er die Datei seines Romans geöffnet hatte, klingelte sein Telefon. David war am Apparat. Er klang traurig und beunruhigt. «Es tut mir leid, dass ich dich störe. Ich bin gestürzt.»

Nader traute seinen Ohren nicht ganz, obwohl er Davids Worte deutlich gehört hatte: «Was?»

David wiederholte, was er soeben gesagt hatte.

Nader ahnte, dass hier Unangenehmes bevorstand, ließ sich jedoch nichts anmerken: «Na, dann steh auf, klopf dir den Dreck von den Kleidern und geh weiter.»

David sagte nichts. Woraufhin Nader sich zu fragen gezwungen sah: «Wo bist du gerade?»

«Im Krankenhaus.»

«Was ist denn passiert?»

«Mein linkes Bein ist wohl schwer angeschlagen. Ich habe ziemlich laut aufgeschrien vor Schmerz, muss ich sagen. Und leider ist auch mein rechtes Handgelenk betroffen.»

«Und was machen sie jetzt mit dir?»

«Mein Handgelenk wird eingegipst. Und mein Bein, sagen sie, heilt mit der Zeit von allein.»

«Wo ist das Krankenhaus? Ich komme dich abholen.»

«Nader!»

«Ja, was?»

«Sie haben mich gefragt, ob ich hier jemanden kenne.»

«Mich kennst du hier, selbstverständlich.»

«Es tut mir leid, ich konnte nicht anders.»

Kaum hatte Nader das Gespräch beendet, klingelte sein Telefon erneut. Diesmal war Nastaran am Apparat. Er holte sie auf dem Weg ins Krankenhaus ab, und gerade, als sie sich an der Rezeption des Krankenhauses einfanden, kam David aus dem Aufzug, in einem Rollstuhl, von einer Krankenschwester geschoben. Nader und Nastaran eilten auf ihn zu. David wiederholte seine Entschuldigung:

«Es tut mir leid, ich konnte nicht anders.»

Es klang fast so, als habe er einen Kloß im Hals. Nastaran beugte sich zu ihm und umarmte ihn.

Nader fuhr David mit den Fingerspitzen durch den kindlichen Haarschopf: «Zerbrich dir deswegen mal nicht den Kopf. Kommt, wir fahren.»

Den großen Mann hatte die Angst gepackt wie ein Kleinkind. Nader wandte sich von David ab und schaute um sich. «Sag, sollten wir mit deinem Arzt sprechen?»

«Ich denke, nein, er hat mir alles gesagt. In zehn Tagen soll ich wiederkommen, zum Röntgen.»

Der Umschlag mit den ersten Röntgenbildern lag auf seinem Schoß. Ebenso eine Plastiktüte mit Medikamenten.

«Tabletten haben sie mir auch gegeben. Falls die Schmerzen zu stark werden.»

Nader bezog hinter dem Rollstuhl Position: «Dann gehen wir!»

Nastaran hielt ihn auf: «Warte, so können wir ihn nicht in die Pension zurückbringen.»

«Natürlich nicht.»

«Doch, ich will in mein Zimmer zurück», sagte David.

«Du wirst mindestens zwei Wochen lang Unterstützung brauchen», sagte Nader.

«Ich bin ja nicht allein in der Pension.»

Nastaran schüttelte den Kopf: «Er kommt mit zu uns nach Hause.»

David widersprach vehement: «Nein! Das ist … mir peinlich, vor Da'i Dschawad und Mama Malli.»

Nader sagte: «Wir bringen ihn zu mir nach Hause.»

Diesmal erhob David keinen so vehementen Einspruch. Im Grunde hatte er keine andere Wahl.

Auf dem Parkplatz des Krankenhauses halfen Nader und Nastaran David, auf dem Rücksitz Platz zu nehmen. Nastaran schob den Rollstuhl zurück ins Krankenhaus. David war sehr missgestimmt.

«Ich hab Mist gebaut, siehst du?»

«Das hätte jedem passieren können.»

«Ich hätte besser aufpassen müssen.»

«Lass das Grübeln sein.»

«Ich kann nicht anders.»

Nastaran kam zurück zum Auto und stieg ein. Sie fuhren los und steckten bald im dichten Verkehr, der auf den vereisten Straßen nur im Schneckentempo voranschlich. Unterdessen dachte Nader am Steuer an die kommenden Tage, an denen David bei ihm zu Gast sein würde. Der Gedanke erfreute ihn zunächst, dann beunruhigte er ihn. Weshalb die Freude, weshalb die Sorge? Er wusste es nicht zu sagen.

8

David saß, nach langem innerem Kampf, endlich bei Nader in einem Sessel am Wohnzimmerfenster und kam zur Ruhe. Die Wintersonne fiel ins Zimmer, ein Lichtkegel machte die Staubpartikel im Raum sichtbar. Nastaran nahm die dünne Karodecke von der Armlehne des Sessels und legte sie sich auf den Schoß. Sofort war klar: Solange David hier bei Nader wohnte, würde dieser Sessel sein Stammplatz sein. Nastaran hatte das Gefühl, mit dieser neuen Situation würden alle ihre Verbindungen zu ihrem früheren Leben gekappt.

Während sie Tee aufsetzte und Nader kurz in sein Arbeitszimmer ging, hatte David den Schock der zurückliegenden Ereignisse noch nicht überwunden. Er lenkte sich ab, indem er die Fotos und Bilder an einer Wand, die Skulpturen in mehreren Ecken des Raums und andere Einrichtungsgegenstände in Naders Wohnung betrachtete. Das Zimmer, mit großen Fenstern zur Straße hin, war sehr ansprechend gestaltet, die Atmosphäre warm und gemütlich. Man fühlte sich wohl hier. Die Einrichtung enthielt viele Dinge, die einem ein angenehmes Gefühl vermittelten, was sein Zimmer in der Pension, mit seinem großen Bett, der unförmigen Kommode, den ockerfarbenen Vorhängen, nicht tat. Im Gegensatz dazu gefiel ihm hier alles. An der Wand gegenüber, neben dem Eingang zur offenen Küche, mit einem schmalen langen Tisch aus Walnussholz und vier hochbeinigen Hockern, hingen drei Gemälde. In der Mitte das Porträt eines jungen Mädchens, blass, hager, zwei schwarze Zöpfe über den Schultern und zwei übergroße Honigaugen, die den Betrachter ansahen. Links daneben die Ansicht einer belebten Straße bei Nacht, Cafés, Kinos, Theaterhäuser. Die dargestellten Personen waren alle schmal wie

Nähnadeln, offenbar den Streichholzmenschen des englischen Malers Lowry nachempfunden. Rechts neben dem Porträt ein Stillleben, ein Korb, randvoll mit Trauben, rubinrot und prall. Unterhalb der Bilder stand ein kleiner Tisch, darauf eine Lampe mit türkisfarbenem Schirm und weißen Quasten. Daneben ein Sessel, dunkelrot gepolstert, mit gedrechselten Füßen. Neben dem Tisch die Bronzeskulptur einer Tanzenden in einem langen, in geometrischen Falten liegenden Rock. Die Beugung ihrer Arme zu beiden Seiten ihres Körpers deutete eine Drehung an. Jenseits des Tischs ein Zweisitzer aus Rattan, darauf viele kleine bunte Satinkissen. Schon diese Ecke des Raums war, für sich genommen, sehr geschmackvoll gestaltet und fand Davids Anerkennung. Er schien einzutauchen in Naders Sinn für Ästhetik. Er konnte hier vollkommen entspannen, nichts fühlte sich fremd an, und plötzlich war er froh, hier zu sein.

Auf der anderen Seite des Zimmers stand eine große Ledercouch, davor ein ovaler, mit Intarsien verzierter Tisch auf kurzen Beinen. An der Wand hinter der Couch ein weiteres Gemälde, ein Mann und eine Frau, karikiert, mit langen Nasen, gespitzten Mündern, kantigem Kinn, am Tresen einer Bar. Die Frau hielt eine brennende Zigarette zwischen den Fingern, der Mann schaute an ihr vorbei ins Leere, ohne ihr Aufmerksamkeit zu schenken. Im Hintergrund waren weitere Frauen und Männer zu sehen, an kleinen runden Tischen sitzend, Zigaretten rauchend oder etwas trinkend. Die im dicht besetzten Café herrschende Wärme schien sich von den Farben des Gemäldes auf den Holzboden der kleinen Wohnung zu übertragen, der aus unterschiedlich großen Baumstammscheiben bestand, deren Zwischenräume eine gummiähnliche braune Masse ausfüllte. Im Übrigen war die Verteilung der Einrichtungsgegenstände im relativ begrenzten Raum des Wohnzimmers, mit passendem Abstand zwischen Möbeln und Accessoires, genau durchdacht. Zum einen ließen sich von jeder Ecke des Raums aus alle Gebrauchsgegenstände gut erreichen und effektiv nutzen, zum andern war der mühelose Zugang zu Küche, Bad, Toilette und zu den Schlafzimmern gewährleistet. Unter dem raumbreiten Fenster mit Gardine standen drei Sessel sowie ein Stuhl mit halbmondförmig gebogenen Beinen, Rücken- und Sitzpolster jeweils aus dunkelbraunem Leder. Davor ebenfalls ein ovaler Tisch mit Intarsienmuster. Zu beiden Seiten je eine Stehlampe mit Lampenschirm aus Bast. Ein gemusterter Kupferkrug und linker Hand ein Esstisch mit sechs Stühlen im Wiener Kaffeehausstil machten die glänzend aufeinander abgestimmte Einrichtung des Wohnzimmers perfekt. Die Wand dieses Raumabschnitts zierten eine alte, stellenweise ausgebesserte Kalligrafie, die Tuschezeichnung einer schmalen, hochgewachsenen Frau mit wehendem Haar sowie zwei afrikanische Masken. Am Boden, mitten im Wohnzimmer, lag ein Täbristeppich mit typischem Mittelmedaillon und floralen Mustern und Farben in einzigartiger Harmonie.

Nastaran stellte einen kleinen Tisch neben Davids Sessel und sein Glas Tee auf den Tisch.

«Ah, danke schön!»

Sie hatte den Eindruck, David wolle ihr etwas mitteilen und warte auf die passende Gelegenheit dazu. Deshalb fragte sie ihn: «Geht's dir gut? Brauchst du irgendwas?»

«Nein, ich brauche nichts, mir geht's gut.»

Nader gesellte sich zu ihnen: «Alles klar?»

David nickte: «Eine schöne Wohnung hast du. So geschmackvoll eingerichtet.»

Nader bedankte sich mit einem Nicken, Nastaran fragte: «Also gefällt's dir hier?»

Für David bestand daran kein Zweifel: «Ja, klar», sagte er und schob eine Frage an Nastaran nach:

«Sag, hast du bei der Auswahl der Möbel und bei der Einrichtung ein Wörtchen mitgeredet?»

Nastaran war bescheiden: «Nicht viel, nein. Ich habe den einen oder anderen Vorschlag gemacht, aber die endgültigen Entscheidungen hat Nader getroffen.»

Nader gab seiner Liebe zu Nastaran Ausdruck. Er legte den Arm um ihre Taille und drückte sie an sich.

«Es ist freundlich, warm und gemütlich.»

«Schön, dass du dich hier wohlfühlst.»

Nastaran hob ihr Glas Tee. David sagte: «Darf ich noch etwas zur Einrichtung der Wohnung sagen? Etwas, das sogar noch wichtiger ist als das, was ich zuerst gesagt habe.»

Nader und Nastaran sahen David reglos und neugierig an. Was wollte er ihnen wohl noch sagen?

«Ihr habt nicht nur guten Geschmack, ihr seid auch empfindsam», sagte David.

Beide hoben verwundert die Schultern, Nader hakte nach: «Empfindsam?»

«Ja, das sagt mir jeder einzelne Gegenstand hier in der Wohnung. Bis hin zur Farbwahl bei den Bildern. Der ockerfarbene Hintergrund auf allen Bildern und Gemälden ist ein Zeichen für Melancholie.»

Nastaran schüttelte irritiert den Kopf, setzte sich auf einen Küchenstuhl, genau David gegenüber. Sie hob ein Knie und umfasste es mit beiden Händen. Sie richtete sich auf, setzte sich kerzengrade hin. Wieder kreuzten sich Blicke, freundschaftliches Lächeln. Nastaran schob den Hausschuh am Fuß des gehobenen Beins bis zur Fußspitze hoch und ließ ihn langsam am großen Zeh baumeln. Dann seufzte sie erleichtert und setzte den ruhelosen Fuß wieder auf den Boden. Sie stützte einen Ellenbogen auf den Küchentisch und ihr Kinn auf die Hand. Nader kam in die Küche und goss sich Tee ein. Es sah ganz danach aus, als hätten die drei sich ohne Weiteres in der neuen Situation eingerichtet.

Wenig später rief David Banu in der Pension an und erklärte ihr, er werde ein paar Tage bei einem Freund verbringen, sie solle nicht auf ihn warten. Doch als er sagte, dass er gestürzt sei, wollte Banu in allen Einzelheiten hören, was ihm widerfahren war.

«Wenn jeder auf dem Gehsteig vor seinem Haus oder seinem Laden Schnee fegen würde, blieben den Leuten solche Missgeschicke erspart.»

Banus Besorgnis steigerte sich von Minute zu Minute und übertrug sich auf David, der plötzlich dachte, es müsse schlimm um ihn bestellt sein. Er bemühte sich nach Kräften, Banus negative Gedanken zu vertreiben. Eine halbe Stunde später rief, offenbar von Banu in Kenntnis gesetzt, Bettina an. Als sie Davids kräftige Stimme hörte, jauchzte sie vor Freude auf: «Dir geht es ja gut! Banu hatte mir einen ziemlichen Schrecken eingejagt!»

Lachend, scherzend, hoffend, er werde bald wieder auf den Beinen sein und dann, wie verabredet, mit ihr den Tochal besteigen, fragte sie David nach seiner Adresse, um ihn unter der Bedingung zu besuchen, dass Nader, sein Gastgeber, damit einverstanden sei. Bettina sprach mit so lauter Stimme, dass Nader und Nastaran deutlich mithören konnten, was sie sagte.

9

Während David seinen ersten Abend bei Nader verbrachte, kam Nader im Halbschlaf seine Mutter in Erinnerung, als Kleinkind, mit ihrem Onkel, dem Bruder des Vaters, der der Mutter aus dem Dorf einen kleinen weißen Hasen mitgebracht hatte, das schönste Häschen auf Erden. Naders Mutter schloss dieses Tier sofort ins Herz. Eines Tages hatte sie ihren geliebten Hasen mit ins Freie genommen, er war ihr vom Arm gehüpft und unter die Räder eines gerade vorbeifahrenden Wagens geraten. An jenem Tag hatte seine Mutter sich den Tod gewünscht. Sie hatte die ganze Nacht hindurch zu Gott gebetet, er möge sie erhören. Doch sie starb nicht und blieb lebend in der Hölle zurück, die er ihr beschert hatte. Schlimmer als diese Hölle aber war der Umstand, dass ihre Mutter die Sache recht schnell vergaß. Wobei Naders Mutter damals noch keine Vorstellung vom Lauf der Zeit hatte. Die reichte nicht weiter als bis zum Anbruch des nächsten Tages. Als Jugendliche wurde Naders Mutter erneut an den Vorfall erinnert, als sie ein Foto von sich und dem kleinen Hasen fand. Ihr schlechtes Gewissen plagte sie. Es kam und ging, wie eine chronische Krankheit. Ihre Mutter hatte ihr von der Fähigkeit des Vergessens erzählt und vom Gefühl der Schuld. Später war Naders Mutter fest überzeugt davon, dass das Häschen aufgrund ihrer eigenen Fahrlässigkeit seinen schrecklichen Tod gefunden hatte. Weshalb hatte sie das Tier überhaupt mit ins Freie genommen? Und weshalb hatte sie nicht gut genug achtgegeben auf ihren Liebling? Sie verfluchte ihre Mutter, die ein so großes Unglück so schnell hatte vergessen können. Sie ahnte, begangenes Unrecht und das damit verbundene Schuldgefühl würden sie immer wieder heimsuchen. Und tatsächlich hatte dieses Schuldgefühl sie auch als Erwachsene eingeholt. Sie hatte von diesem Gefühl als einem ständigen Begleiter, einem ewigen Empfinden gesprochen. In Bezug auf begangenes und auf künftig noch zu begehendes Unrecht. Auch erwähnt hatte sie, dass die Versuchung ein stetiger Begleiter sei. Mit diesen Gedanken im Kopf lag Nader lange wach und wälzte sich im Bett hin und her, bevor er irgendwann endlich einschlief.

Am nächsten Morgen sah er sich mit einer neuen Situation konfrontiert. Nastaran war früher als sonst aufgestanden, hatte ihr Haar zu einem eleganten Knoten hochgesteckt, war leicht geschminkt und sah in ihrer blauen Bluse und dem weißen Rock aus wie für eine Abendgesellschaft zurechtgemacht.

«Gehst du aus?»

Nastaran gab sich kokett und verneinte Naders Frage, langsam den Kopf schüttelnd. Nader sah sie erneut an, ging interessiert schauend in einem Halbkreis um sie herum und pfiff einmal laut und anerkennend. Nastaran schloss die Augen, beugte sich zu Nader hin und bekam einen geräuschvollen Kuss auf den Mund.

Während Nastaran Frühstück machte, wurde David wach. Nader begleitete ihn ins Bad, half ihm beim Zähneputzen und Händewaschen. David bedankte sich unablässig. Nader kümmerte sich um David so liebevoll wie um ein Kleinkind, was David nicht gewohnt war, ihm war die Situation peinlich.

Nader begleitete David zu Tisch, Nastaran goss ihm Kaffee ein und wärmte Fladenbrot für ihn auf. In seiner kurzen Zeit in Iran hatte David eine Vorliebe für das auf kleinen Flusskieseln gebackene Sangakbrot mit Schafskäse entwickelt. Den landesüblichen Kaffee mochte er nicht ganz so gern, er trank meist Tee, begann seinen Tag aber dennoch stets mit einer Tasse Kaffee.

Er hatte sich noch nicht ganz an seine neue Situation gewöhnt. Nastaran teilte Brotfladen in mundgerechte Stücke, reichte David auch den Käse in passenden Portionen – einhändig frühstücken wollte gelernt sein –, und es blieb David nichts anderes übrig, als sich mit seiner Lage abzufinden, denn sie würde aller Voraussicht nach einen ganzen Monat lang andauern.

Nach dem Frühstück starrte David eine Weile vor sich hin, hob dann den Blick und fragte: «Könnt ihr mich nicht zurück ins Krankenhaus bringen?»

«Dafür gibt es doch keinen Grund», wehrte Nader ab.

«Ist denn das Krankenhaus nicht für Leute gedacht, die unfähig sind, für sich selbst zu sorgen?»

«Sie werden dich nicht aufnehmen. Du brauchst keine medizinische Betreuung.»

«Aber so, wie es jetzt ist, mache ich euch Riesenumstände.»

«Ich bitte dich, ein für alle Mal, rede nicht mehr davon.»

David redete nicht mehr davon. Und die drei beschlossen, das Leben zu dritt zu lernen. Nader und Nastaran ließen David allein zurück und verließen das Haus. Nader fuhr zur Pension, um Davids Laptop und Kleider zu holen, und Nastaran fuhr einkaufen.

Nader kam an, als zwei Personen noch beim Frühstück im Speiseraum saßen. Madame Galustian und ein junges Mädchen. Banu gesellte sich zu ihnen und erkundigte sich mit demonstrativer Besorgnis bei Nader nach Davids Befinden: «Sagen Sie ihm, er soll in die Pension zurückkommen. Ich kümmere mich um ihn.»

«Bei uns ist er gut aufgehoben. Seien Sie unbesorgt.»

Madame Galustian schaute betrübt: «Ah! Wie leid mir das Kind tut!», sagte sie mit armenischem Akzent.

«Machen Sie sich keine Gedanken. Er ist wohlauf.»

«Das Handgelenk hat er sich gebrochen, nicht wahr?»

«Ja, aber die Sache ist halb so wild.»

«Grüßen Sie ihn bitte von Madame Galustian.»

Auch das junge Mädchen bat Nader, David zu grüßen.

Nader ging die Treppe hoch, drehte den Zimmerschlüssel im Schloss und betrat den Raum. Er erkannte den Duft von Davids Rasierwasser wieder. Er ging ans Fenster, zog den Vorhang ein Stück zurück und schaute in den Hof der Pension. Weshalb er das tat, wusste er nicht, er war irritiert, fühlte sich unbehaglich, weil er in Davids Privatsphäre eindrang. Er wandte sich um, betrachtete Davids Bett, den kleinen Nachttisch daneben, die Lampe und die Bücher darauf. Die Gegenstände im Raum schienen in Davids Abwesenheit eine neue Bedeutung gewonnen zu haben. Er ging zur Kommode, zog die oberste Schublade auf, sah T-Shirts, Unterwäsche, Strümpfe, ein, zwei Pullover, alle ordentlich zusammengelegt nebeneinander liegen. Er hätte es nicht tun sollen, doch er öffnete auch die mittlere Schublade, schob sie aber wieder zu, ohne genau geschaut zu haben, was sie enthielt, und zog stattdessen die obere Schublade erneut auf. Er entnahm ihr die erforderlichen Sachen, packte sie ordentlich in eine mitgebrachte Tasche, ebenso den Schlafanzug, der auf dem Bett lag, und eine Jeans aus der Kommode. Er vergaß auch die Zahnbürste und die Haarbürste nicht. Dann zog er den Reißverschluss der Tasche zu und machte sich auf den Rückweg.

10

Der nächste Tag verlief ganz ähnlich wie der vorherige. David beim Waschen und Zähneputzen helfen, frühstücken und Gespräche über allerlei, auch zwei, drei Worte über Khayyam, und anschließend zog jeder sich in eine Ecke zurück und ging seiner Arbeit nach. Nader in seinem Arbeitszimmer an seinem Schreibtisch, Nastaran an ihrem Laptop und David mit einem Buch, das Nastaran ihm empfohlen hatte. Die Ähnlichkeit der Tage hatte am Nachmittag ein Ende. Bettina betrat Naders Wohnung mit einem bunten Strauß Blumen und einer Schachtel Gebäck und erfüllte die Wohnung sofort mit ihrem lauten, herzlichen Lachen und ihrem Geplapper. Das süße Gebäck, ein Mitbringsel für Nader und Nastaran, gab sie Nastaran. Dann ging sie direkt auf David zu, küsste ihn auf beide Wangen, legte ihm den Strauß Blumen auf den Schoß. Sie setzte sich neben ihn, hielt seine Hand kurz in ihren beiden Händen fest.

Nastaran stellte die Blumen in eine Kristallvase, füllte sie zur Hälfte mit Wasser und stellte sie auf den Tisch, ohne Bettina auch nur eine Sekunde aus den Augen zu lassen. Sie war schick gekleidet, stark geschminkt und wirkte freundlich, aufgekratzt, guter Laune. Aufgekratzt und freundlich war sie wohl, gut gelaunt aber war sie nicht. Das begriff Nastaran später. Es wurde kurz still im Raum. Bettina beneidete David darum, dass er gute Freunde hatte, die sich in schwierigen Zeiten um ihn kümmerten. Vielleicht versuchte sie, diese negative Regung durch ihr übertrieben lautes Auftreten zu überspielen. Und sie konnte sich die Frage nicht verkneifen: «Was, wenn mir das passiert wäre?»

Sie seufzte tief. Nastaran fragte sie mit leicht vorwurfs-

vollem Unterton: «Weshalb denken Sie, dass Ihnen etwas zu-
stoßen könnte?»

David hatte bisher geschwiegen, dann streckte er seine
Hand aus, drückte Bettinas Hand kurz und sagte versöhnlich:
«Und wozu bin ich hier?»

Bettina lächelte dankbar, schüttelte sich ihr kurzes Haar
mit einer Kopfbewegung aus Stirn und Gesicht und dankte
David. Nastaran, stumme Zeugin dieser Bekenntnisse, ließ
einen Moment der Stille verstreichen und fragte dann: «Tee
oder Kaffee?»

Bettina wollte Kaffee, David Tee.

«Ich mache beides», bot Nader an und ging in die Küche.

Bettina legte ihren Mantel ab, zog ihren Schal aus und
verstaute ihn in einem Ärmel des Mantels. Sie trug eine
cremefarbene Hose und halbhohe braune Stiefel. Über ihrer
caramelfarbenen Bluse trug sie einen breiten Ledergürtel mit
Messingschnalle. Sie war schick gekleidet und hatte eine gute
Figur, wie Nastaran fand.

Man wechselte Blicke, lachte weiter, bis Nastaran sagte:
«Machen Sie sich um Ihren Freund keine Sorgen, bei uns ist
er in guten Händen.»

In Bettinas Augen schien plötzlich Spott zu liegen. Wollte
sie sich lustig machen? Doch sie beteuerte: «Natürlich mache
ich mir keine Sorgen.»

Von der Küche aus sagte Nader: «Leider haben wir kein Ex-
trazimmer für Gäste. David muss also auf dem Sofa schlafen.»

«Total bequem», versicherte David.

Nastaran sagte: «Das Gute daran ist, dass wir ihn tagsüber
immer im Auge haben. Wir sorgen dafür, dass kein Wässerchen in seinem Bauch sich regt.»

Nader reichte Bettina ihre Tasse Kaffee: «Die Redensart bedeutet: ‹Wir haben ein Auge auf ihn.›?»

Bettina lächelte unsicher: «Kein Wässerchen in seinem
Bauch …»

«Ich höre sie zum ersten Mal», sagte David.

Nastaran lieferte die Erklärung: «Wir sorgen dafür, dass ihm nichts passiert.»

So munter wie jemand, der soeben von seinem Lottogewinn erfahren hat, rief Bettina aus: «Die wende ich bestimmt in meinem Unterricht an!»

Woraus Nastaran schloss: «Sie nehmen Persischunterricht?»

«Ihr Persisch ist sehr gut. Seit wann nehmen Sie Unterricht?», fragte Nader.

«Seit ungefähr acht Monaten.»

«Wenn Nader nicht da ist und ich Fragen habe, die mein Persisch betreffen, frage ich Bettina um Rat.»

«Aber dein Persisch ist doch sehr gut», sagte Bettina. «Du liest Hafis und Khayyam, was mir noch schwerfällt.»

David sagte: «Letzte Nacht habe ich geträumt, dass ich vor Publikum Khayyams Gedichte auf Persisch vortrage.»

Nader streckte die Hand aus, fuhr David durchs Haar und sagte: «Du bist verliebt in Khayyam.»

Bettina bestätigte: «Er hat einen Gast in der Pension, eine Dame aus Armenien, die sich für Khayyam interessiert. Die liest jetzt jede Menge Gedichte von ihm.»

«Die Dame legt pausenlos Karten und murmelt dabei seine Verse vor sich hin. Sie ist überzeugt, dass ihr die Karten so immer Gutes voraussagen. Ich glaube, hier kennen viele Leute Khayyam nicht nur, sie können immer auch ein, zwei seiner Verse auswendig aufsagen. Das ist erstaunlich.»

«Was ist daran erstaunlich?», fragte Nastaran.

David antwortete: «Im Westen sind die Leute mit ihren Dichtern nicht so gut vertraut.»

«Auch unsere Dichter bestimmen unser Geistesleben», bekräftigte Nader.

Bettina sagte: «David hat zu den unterschiedlichsten Gelegenheiten so viele Verse von Khayyam zitiert, dass ich jetzt auch ein paar auswendig kann.»

Nastaran fand: «Es ist doch wunderbar, dass Sie einander beim Persischlernen helfen können.»

Bettina erwiderte verschmitzt: «Ich lerne ja gern mit ihm, aber er verbringt lieber Zeit mit einem Sprachlehrer» – sie deutet auf Nader – «statt mit einer Anfängerin.»

In ernstem Ton, vielleicht auch ein wenig betroffen, sagte Nader: «Wir sehen uns nicht oft.»

Woraufhin Bettina erwiderte: «Ich wollte nichts unterstellen. Ich bin wohl nur ein bisschen eifersüchtig auf Sie.»

Wieder ein schalkhafter Blick in Richtung David. Der sagte: «Bettina hat abends Zeit zum gemeinsamen Lernen. Aber ich bin abends oft nicht zu Hause.»

Mit einem leicht vorwurfsvollen Unterton sagte Bettina: «Oft? Du bist abends fast nie in der Pension.»

Nastaran gab sich als Profidetektivin. Mit Zeige- und Mittelfinger formte sie den Doppellauf einer Pistole, richtete sie auf David und fragte misstrauisch: «Raus damit, David, wo gehst du abends hin?»

Dann lachte sie affektiert. Ihre Frage schien etwas zu unterstellen. David, ein wenig aus der Fassung gebracht, wollte etwas entgegnen, überlegte es sich jedoch anders. Beide Frauen wollten wohl Genaueres erfahren, doch er leistete Widerstand. Nader kam ihm zu Hilfe und löste die Spannung: «Es geht keinen von uns etwas an, wo, wie und mit wem David seine Abende verbringt.»

Er bemühte sich, den Gesichtsausdruck beizubehalten, der zum eben Gesagten passte. Bettina und Nastaran mussten ihm nach kurzem Zögern beipflichten. Nastaran gab sich überzeugt: «Natürlich geht uns das nichts an.» Sie rührte ihren Kaffee um. Auch Bettina stimmte zu: «Nein, natürlich nicht.»

Auch sie rührte nun in ihrem Kaffee.

11

Am nächsten Morgen wachte Nastaran früher auf als sonst. Um Nader nicht zu wecken, stand sie geräuschlos aus dem Bett auf, nahm ihren Laptop und ging in Naders Arbeitszimmer. Es war noch so still in der Wohnung, dass sie David im Wohnzimmer atmen hören konnte. Sie las und beantwortete ihre E-Mails und vereinbarte einen Termin mit ihrem Arbeitgeber. Und wie sonst auch überflog sie Tagesberichte im Internet, obwohl Nachrichten ihr bereits seit geraumer Zeit keine Freude mehr machten und schon gar keine Begeisterung weckten. Im Gegenteil, sie machten sie von Tag zu Tag trauriger. Trotzdem mochte sie von dieser Morgenroutine nicht lassen.

Eine Stunde später ging sie, erschöpfter als nach dem Aufwachen, ins Wohnzimmer. Sie stellte die Bücher, die sie am Vortag aus Naders Regalen genommen und David zu lesen gegeben hatte, zurück an ihre Plätze und ging anschließend in die Küche. Sie füllte Wasser in die Herdkanne, Kaffeepulver ins Einsatzsieb und schaltete das Gerät ein. Von den zwei Sorten Marmelade, die sie im Haus hatte, füllte sie jeweils kleine Mengen in Schälchen und deckte sie, zusammen mit Butter und Käse, zum Frühstück. Sie nahm eine Flasche Milch aus dem Kühlschrank, goss Milch in einen Krug, dann fiel ihr ein, dass sie noch keine Eier gekocht hatte.

Eine Viertelstunde später, während Nader David bei der Morgentoilette zur Hand ging, war der Frühstückstisch gedeckt, das Teewasser kochte, und Nastaran wärmte Fladenbrot auf. Jeden Morgen duftete Naders Wohnung nach warmem Brot und Kaffee.

Naders Frühstück bestand aus einer Tasse Kaffee, einem

Stück Fladenbrot mit Butter und einem Glas kalter Milch. Ein bescheidenes Frühstück, das recht schnell eingenommen war. Wenig später knöpfte Nader seine Weste zu, zog seinen Wollmantel an, gab Nastaran einen Kuss auf die Wange, nahm den Autoschlüssel und die kurze Einkaufsliste vom Tisch und verließ die Wohnung. Kaum waren Naders Schritte im Treppenhaus verhallt, wurde Nastaran bewusst: Jetzt sind wir allein. Sie starrte auf den Frühstückstisch, als könne der ihr die wahre Bedeutung dieser Erkenntnis offenbaren, zu der sie bereits vor drei Tagen gelangt war, als sie David zu Nader nach Hause gebracht hatten. Um diesen Gedanken nicht weiter zu verfolgen, fragte sie David: «Ein Glas Tee?»

David hatte fast zu Ende gefrühstückt, schien aber noch nicht ganz wach zu sein und antwortete lustlos: «Jetzt nicht, danke. In einer halben Stunde vielleicht.»

Nastaran goss sich selbst Tee ein und schob anlasslos Geschirr und Gegenstände auf dem Tisch hin und her. Sie war um Worte verlegen, mochte peinliche Stille nicht. «Ich fand Bettina sehr nett. Sie ist ein liebenswerter Mensch.»

«Ja, stimmt.»

Und lächelnd ergänzte David: «Sie zählt zu den Menschen, die ihr Leben in vollen Zügen genießen.»

«Solche Menschen zu kennen und mit ihnen in Kontakt zu sein, ist ein Segen. Aus ihrer Lebensfreude schöpft man die Kraft, die man zur Bewältigung der Sorgen und Probleme im eigenen Alltag braucht.»

«Aber ein bisschen seltsam ist sie auch. Sie hat eine ganz eigene Art. Immer verstehe ich sie nicht.»

«Erschwert das den Austausch mit ihr?»

«Ganz und gar nicht. Was in ihr vorgeht, braucht mich nicht zu kümmern.»

Nastaran nickte zustimmend. Nach relativ langem Zögern sagte sie: «David, ich würde dich gern etwas fragen.»

«Dann frag mich», gestattete David ihr gelassen.

«Verzeih meine Neugier, aber gibt es keine Frau in deinem Leben?»

Davids Antwort fiel kurz und bündig aus: «Nein, zurzeit nicht.»

Nastaran lag die Frage auf der Zunge, ob es je eine gab, doch die behielt sie für sich und folgerte stattdessen: «Das heißt, du kannst mehr Zeit mit Bettina verbringen.»

Sie sah ihn teilnahmsvoll an, hatte ihre Feststellung aber freundlich aufmunternd gemeint. David übersah und überhörte beides. «Wie meinst du das?», wollte er wissen.

«Um deine Einsamkeit zu vertreiben», präzisierte Nastaran.

«Das kann nicht jeder.»

Plötzlich fühlte sie sich zutiefst befreit, sie empfand Freude. Ein erstaunlicher Stimmungsumschwung. Gern hätte sie sich jetzt mit ihm über ihre innere Gelassenheit ausgetauscht, erkannte aber sofort, wie unsinnig dieser Wunsch war. Was ging David ihr Innenleben an?

«Davon abgesehen habe ich vor drei Monaten eine Beziehung beendet. Ich möchte allein sein.»

Weshalb drückte er sich so vage aus? Was genau meinte er mit einer Beziehung? Doch ganz gleich, was er meinte, seine Worte beruhigten Nastaran zusätzlich. Nachdem er nun mehrere Tage in ihrer Obhut verbracht hatte, fühlte sie sich fast verantwortlich für ihn. Besitzanspruch wäre der falsche Begriff. Sie hatte das Gefühl, David vor unangenehmen oder uneindeutigen Situationen bewahren zu müssen.

Auf seine Erwiderung hin hatte sie zunächst verständnisvoll genickt, dann aber gezeigt, dass sie auch boshaft sein konnte. «Wir haben hier ein Sprichwort, das besagt: ‹Einsamkeit passt nur zu Gott.› Soll heißen, der Mensch kann und soll nicht einsam sein.»

«Manchmal muss man einsam sein. Es fördert die Selbsterkenntnis. Zumindest gilt das für mich.»

Nach kurzem Zögern lächelte er unentschlossen und schob

nach: «Zu deiner Beruhigung, was Bettina betrifft, sie ist verheiratet.»

Dieses Detail kam für Nastaran so überraschend, dass sie fast ihren Tee verschüttete. Sie sah David lange und unverwandt an: «Verheiratet?»

David nickte gelassen.

«Mit wem denn?»

«Mit einem Iraner.»

«Und wo ist er?»

«In Berlin.»

«Das versteh ich nicht. Was macht Bettina dann hier?»

«Das war keine Liebesheirat.»

«Warum trennen sie sich dann nicht?»

Mit einer Handbewegung bat David Nastaran um etwas Geduld. «Bettina hat ihren Mann nur ein einziges Mal gesehen. Als sie in Berlin zwecks Eheschließung zusammen zur iranischen Botschaft gegangen sind. Sie sind eine Scheinehe eingegangen.»

«Aber wozu? Wieso hat sie sich darauf eingelassen?»

«Nur, damit sie ohne Weiteres nach Iran reisen kann.»

«Gab's dafür denn einen bestimmten Grund?»

«Sie wollte einfach eine Zeit lang Abstand von ihrer Familie, ihrem Alltag entfliehen.»

«Und wieso ausgerechnet nach Iran?»

«Das hab ich sie auch gefragt. Sie sagte, sie wollte an einen etwas anderen Ort. Außerhalb Europas.»

«Bestätigt Teheran ihre Meinung denn?»

«Ich glaube, nein.»

«Weshalb geht sie dann nicht an einen *ganz* anderen Ort?»

«Sie sagt, Teheran gefalle ihr.»

«Ist sie abenteuerlustig?»

«Ja, das ist sie, und das gefällt mir an ihr.»

«Also besteht für eine Liebesbeziehung mit ihr überhaupt kein Grund», sagte Nastaran augenzwinkernd.

David hob gleichmütig die Schultern und stellte klar: «Es kann gut sein, dass wir Freunde werden. Aber eine Liebesbeziehung wird daraus bestimmt nicht.»

«Sei dir da nur nicht zu sicher», sagte Nastaran ungerührt.

David widersprach: «Wie gesagt, ich habe erst vor drei Monaten mit meiner Freundin Schluss gemacht und möchte jetzt eine Zeit lang allein sein.»

Das Wort «Freundin» beruhigte Nastaran. Nun wagte sie sogar, David aufzumuntern: «Gegen so was ist man machtlos, egal, wie fest man sich vorgenommen hat, standhaft zu bleiben.»

«Ich habe einen starken Willen. Ich setze meine Entscheidungen immer in die Tat um.»

Nastaran lächelte verständnisvoll, doch ihr Blick verriet ihre Skepsis. Die bestand seit dem Moment, in dem David iranischen Boden betreten hatte, und war gewachsen, seit er bei Nader wohnte. Jetzt schob sie ihre Zweifel beiseite und sagte: «Auch du scheinst mir aus Abenteuerlust nach Teheran gereist zu sein.»

«Wie kommst du darauf?»

«Ich fand es etwas abwegig, dass Lyrik jemanden zu einer Fernreise motiviert.»

«Wenn der Urheber solcher Lyrik in seinem Letzten Willen verfügt hat, man möge seinen Leichnam mit Wein waschen und ihn in einen Sarg aus Rebenholz betten, dann ist diese Motivation gar nicht abwegig.»

«Überhöhst du Khayyam da nicht?»

«Ob du's glaubst oder nicht, als ich seine Verse zum ersten Mal gelesen habe, traf ich auf Worte, die so einfach waren wie ‹Guten Morgen!› und so hoch wie der Himmel. Seine Vierzeiler sind wie kleine Wunder. Zudem macht er einen neuen Gedanken auf, der unsere Welt ins Wanken bringt: Wenn eine andere Welt existiert, weshalb dann die Geheimniskrämerei um sie? Weshalb verwehrt man uns den Weg dorthin?»

«Das mag ja alles sein ... aber wenn ich ehrlich bin, frage ich mich: Hat die Tatsache, dass du mit Nader befreundet bist, deine Reiseentscheidung nicht beeinflusst?»

«Meine Entscheidung war schon gefallen, bevor ich Nader kennengelernt habe.»

«Aber er hat dich darin bestärkt.»

«Er wollte, dass ich meine Zweifel und meine Bedenken beiseiteschiebe.»

«Und diesen Rat hat er dir nicht nur einmal gegeben.»

David zögerte jetzt, sah Nastaran aber direkt an: «Ich verstehe nicht, was du damit sagen willst. Verhörst du mich?»

Nastaran, kurz verblüfft, lachte auf, leise zunächst, dann lauthals, während David sie im Blick behielt, bis sie schließlich beteuerte: «Nichts wollte ich damit sagen.»

Sie schenkte David Tee nach, ohne ihn zuvor gefragt zu haben, ob ihm das recht sei.

12

Zwei, drei Tage später kamen Mama Malli und Da'i Dschawad zu Nader nach Hause, um sich nach dem Befinden des
Patienten zu erkundigen. Dem Gastgeber hatten sie ihr An-
sinnen erst eine Stunde zuvor mitgeteilt. Mama Malli hatte
eine Schachtel Süßigkeiten für David, Da'i Dschawad zwei
Flaschen seines berühmten selbst gekelterten Weins dabei.

Als Mama Malli Davids Gipsarm und das geprellte Bein
sah, geschwollen und grün und blau, nahm sie seine unver-
letzte Hand in ihre beiden Hände und sagte: «Wie bist du
denn zugerichtet. Gut, dass deine Mutter nicht hier ist und
dich so nicht sehen muss.»

«Wieso entmutigst du den jungen Mann so?», fragte Da'i
Dschawad. «Ihm ist doch nichts passiert. Ein Glas von die-
sem himmlischen Trank, und schon kommt er wieder auf die
Beine.»

Er nahm die zwei Flaschen aus der Tüte und legte sie David
auf den Schoß. David nahm sie in eine Hand, weil er befürchtete, sie könnten zu Boden fallen. Er betrachtete sie, unschlüssig zunächst, weil er nicht wusste, was mit ihnen anfangen,
dann überrascht wie ein kleiner Junge, dem man ein neues
Spielzeug geschenkt hat. Nastaran kam ihm zu Hilfe. Sie
nahm ihm die beiden Flaschen ab und stellte sie auf den Tisch.

Da'i Dschawad hatte zusätzlich ein Buch für David dabei.
Auch das legte er ihm auf den Schoß. Ein Buch über Orientalismus, vom Geheimdienst herausgegeben. Das Vorwort enthielt nützliche Angaben zur Geschichte des Orientalismus.

«Alle, die sich für den Orient interessieren oder sich dessen
Erforschung widmen, sollten solche Aufzeichnungen kennen.»

«Und daraus lernen», schloss David ironisch.

Da'i Dschawad lachte herzhaft und sagte dann: «Joseph-Arthur de Gobineau, Orientalist, zeitweise auch Leiter der französischen Botschaft in Teheran, hielt den Mittleren Osten für ein schmackhaftes Gericht und Gift für den, der davon kostete.»

Da'i Dschawad ließ sich auf dem ihm am nächsten stehenden Stuhl nieder und bat um Gläser. David aber zuckte ungerührt die Achseln und sagte: «Ich bezweifle, dass mich mein Interesse für Khayyams Verse und für die iranische Literatur allgemein eines Tages zu einem professionellen Orientalisten machen.»

Da'i Dschawad scherzte: «Zumindest die arabische Literatur hat unter den Orientalisten ein Opfer gefordert, nämlich Johann Jacob Reiske, den bedeutendsten deutschen Arabisten des 18. Jahrhunderts, der zu Lebzeiten kaum Anerkennung fand und sich selbst einen ‹Märtyrer der arabischen Literatur› nannte.» David sah Da'i Dschawad direkt an: «Wo genau ist denn der Orient? Von historischen Fakten abgesehen, ist doch jeder Punkt auf dieser Erde sowohl Osten als auch Westen.»

«Der Osten ist eine Erfindung des Westens», sagte Nader.

Und schon war die fröhliche Gesprächsrunde eröffnet. Nastaran stellte Knabbernüsse auf den Tisch, als Beilage zum Wein, Da'i Dschawad entkorkte eine Flasche und zog die bereitstehenden Gläser zu sich heran. Mama Malli nahm ein leeres Glas an sich und sagte: «Für mich nicht.»

Als ihr Bruder sie verblüfft ansah, hielt sie ihm das Glas doch hin: «Na gut, aber nur ein Glas. Auf Davids Gesundheit. Ich muss ja noch fahren.»

«Bis dahin ist noch jede Menge Zeit», fand Da'i Dschawad.

Mama Malli lehnte sich zurück und sagte, mit Sorgenfalten auf der Stirn: «Ja, das stimmt, aber wir wollen ja nicht bis Mitternacht hier sitzen.»

Nader sagte: «Ich koche was, und dann bleibt ihr über Nacht.»

Da'i Dschawad war sofort einverstanden: «Liebend gern.»

Er schenkte Wein ein, und alle tranken ihren ersten Schluck auf David und seine rasche Genesung.

«Du bist jedenfalls wesentlich besser dran als Roger Cooper», wusste Da'i Dschawad. «Dein Kopf steckt in keiner Schlinge.»

Diese Einschätzung ergab sich aus Informationen, die Nader von David erfahren und nicht für sich behalten hatte. Alle sahen David an.

«Das stimmt, eine Zeit lang haben sie den armen Mann im berüchtigten Evin-Gefängnis täglich an eine Mauer gesetzt, wo er zugeben musste, dass er ein Spion ist. Wenn er sich geweigert hat, haben sie ihn mit Fausthieben auf den Kopf traktiert.»

«Wenn er vernünftig gewesen wäre, hätte er gestanden und sich die vielen Prügel erspart», fand Da'i Dschawad.

Mama Malli sagte: «Einfach so? Geständnis ablegen und dann vors Hinrichtungskommando mit ihm.»

Da'i Dschawad gab zu bedenken: «Bis heute wurde in Iran noch kein Ausländer hingerichtet.»

«Denen, die jetzt an der Macht sind, ist alles zuzutrauen», wandte Mama Malli ein.

David sagte: «Cooper hat sich zwar anfangs gesträubt, irgendwann aber doch vor Fernsehkameras gestanden, er sei als Spion tätig gewesen. Aber der britische *Guardian* hat die Sache kompliziert, indem er schrieb, Cooper habe manche seiner Einlassungen mit ‹Ich soll sagen› eingeleitet, was eindeutig belege, dass sein Geständnis unter Folter erzwungen wurde. Daraufhin lassen sie ihn erneut gestehen, wieder vor Fernsehkameras.»

«Schildert das Buch auch den Verlauf seines Prozesses?», fragte Nastaran.

«Lang und breit», sagte David. «Sie stellen ihn zweimal vor Gericht. In der ersten Verhandlung wird er zu zehn Jahren Haft verurteilt.»

«Wollten sie seine Leiche zehn Jahre lang im Knast aufbewahren?», fragte Mama Malli zynisch.

«Das war auch Coopers Sorge. Als er das erste Urteil hört, fragt er den Richter, welches der beiden er zuerst fällen wird. Als der sagt, ‹Zuerst zehn Jahre Haft›, atmet Cooper auf und sagt erleichtert: ‹Bitte die Reihenfolge nicht ändern.›»

Mama Malli erinnerte sich: «Ich weiß noch, in den Zeitungen stand damals auch was von einer nicht statthaften Beziehung.»

«Ja, das wurde vor einem Berufungsgericht verhandelt. Da ist kaum noch die Rede von seiner Spionagetätigkeit. Da geht es vielmehr um eine junge Frau namens Nilufar, der Cooper zu Schah-Zeiten Englischunterricht gegeben hatte.»

Verächtlich warf Da'i Dschawad ein: «Die machen doch aus jeder Angelegenheit eine Bettgeschichte.»

Mama Malli war erstaunt: «War er zur Schah-Zeit auch in Iran?»

«Ja, jahrelang. Das vom Schah verfasste Buch über die *Weiße Revolution* hat er ins Englische übersetzt. Er hat sogar für manche Regierungsvertreter Reden geschrieben.»

Nastaran stellte fest: «Wenn man in Evin verhört wird, reichen solche Dokumente schon aus, um einen Engländer der Spionage zu bezichtigen.»

«Aber die illegitime Beziehung eines nicht muslimischen Engländers mit einer Muslima ist das größere Vergehen.»

Nader, in der offenen Küche mit der Vorbereitung des Abendessens beschäftigt, verfolgte das Gespräch im Wohnzimmer mit und warf ein: «Es ist schon seltsam. Wie haben die überhaupt von der Beziehung Wind bekommen?»

«Sie hatten Coopers Savak-Akte. Der Geheimdienst hat über alle in Teheran lebenden Ausländer Buch geführt.»

«Dann hatten die Leute ihn also schon damals im Visier», stellte Nastaran fest.

«Das könnte all jenen zu denken geben, die glauben, der Schah hätte den Westlern die Zügel überlassen», befand Da'i Dschawad.

Und David ergänzte: «Cooper hatte auch für die Islamische Republik seinen Reiz.»

«Sehr reizvoll, wenn sie ihm unter Folter Geständnisse abtrotzen», bemerkte Mama Malli sarkastisch.

David erläuterte: «Er hat ein posthum in mehreren Zeitschriften erschienenes Gedicht von Imam Khomeini ins Englische übertragen.»

Mama Malli schluckte ihr Lachen und sagte: «In seinen Gedichten kommen Frohsinn, Genuss, Weinschänken, Trunkenheit genauso oft vor wie bei anderen Dichtern.»

«Im Grunde trat Cooper in FitzGeralds Fußstapfen», bemerkte Da'i Dschawad und schob die Frage nach: «Wurde die englische Fassung je veröffentlicht?»

«Ja», wusste David. «Im englischsprachigen *Keyhan*. Allerdings ohne den Übersetzer namentlich zu nennen. Zu Khomeinis Gedicht hatte er, weil er jedes Missverständnis vermeiden wollte, Erläuterungen zur mystischen Bedeutung von Begriffen wie Wein, Mundschenk oder Geliebte mitgeliefert, was FitzGerald bei Khayyams Versen wiederum nicht getan hat.»

Da'i Dschawad sagte: «FitzGerald war von der irdischen Bedeutung der Verse Khayyams begeistert. Er hat gesehen, in diesen Werken ist der Himmel hier auf Erden, und die Erde ist der Himmel.»

Mit dieser Überleitung machte Da'i Dschawad Khayyams Lyrik wieder zum Gesprächsthema. Diesmal standen des Dichters Auflehnung gegen den göttlichen Willen – nicht, was Alltägliches, sondern was die Ewigkeit betraf – und seine Betonung der Vergänglichkeit im Mittelpunkt. Beim Thema

Khayyams Einfluss auf den großen Hafis angelangt, wurde die Viererrunde zu Tisch gebeten.

Nader erklärte: «Hafis sieht die Welt als Drachen, als böse, verschwörerische Hexe, die Menschen in Fallen lockt. Weshalb die Welt für ihn nicht zählt, während Khayyam sagt, die Welt ist das Einzige, was wir haben, und deshalb sollten wir glücklich sein und sie genießen.»

Hafis versucht zu zeigen, dass zwischen konventionell irdischen und göttlichen Angelegenheiten kein Widerspruch besteht, und dass Erstere eine Brücke bilden können, über die man Letztere erreicht. Khayyam aber, der die Zeit im ‹Einatmen› komprimiert, hat das Diesseits im Sinn. Er hält den Gedanken der Wiederkunft und den göttlichen Plan der Auferstehung für Unsinn. Wein ist für ihn etwas käuflich zu Erwerbendes, das einem hilft, Vergangenheit und Zukunft zu vergessen und den Atem bis in die Ewigkeit zu halten. Jenen Atem, über den wir jetzt verfügen und der sich im nächsten Augenblick vielleicht schon unserer Kontrolle entzieht. Jetzt oder nie! Er ist der irdischste aller klassischen iranischen Dichter.

David sagte: «Ich würde gern ergänzen, dass Hafis von einer ‹Wahrheit› spricht, während Khayyam der Auffassung ist, dass Wahrheit grundsätzlich nicht existiert.»

Da'i Dschawad sagte: «Ich kann nur beisteuern, dass die Leute sagen, Hafis' Verse sind Wein, und Khayyams Vierzeiler sind dessen Aroma.»

Nader schloss an: «Der große Unterschied zwischen beiden besteht darin, dass Khayyam gegen die Schöpfung rebellierte, während Hafis sich der göttlichen Vorsehung unterworfen hat.»

Da'i Dschawad blieb in seiner Umlaufbahn: «Hafis besingt die Liebe. Khayyam besingt Freude und Wein.»

Nader stellte einmal mehr seinen Wissensstand unter Beweis: «Hafis thematisiert eine Angst, eine innere Unruhe, die man auch in anderen Religionen und Philosophien findet, zum Beispiel als den Daseinsschmerz im Hinduismus, im Buddhismus oder in Martin Heideggers *Konzept des Nichts*.»

Da'i Dschawad, der kürzlich Dariusch Schayegans Buch über Hafis gelesen hatte, brachte das Gespräch auf die Tatsache, dass man zu Hafis' Zeiten die Weinhäuser schloss, aus Gründen der Hygiene, so hieß es, zur Reduzierung der Zahl der Sünder, zur Erhöhung der Zahl der Büßer. Hafis war überzeugt, diese Maßnahme würde Heuchelei und Doppelmoral Tür und Tor öffnen. Nader sagte: «Für Hafis ist Wein nicht verwerflich, kein Quell der Besudelung, sondern ein Elixier der Erlösung.»

Dann kam man auf die politische Präsenz Khayyams und Hafis' in der Gegenwart der Islamischen Republik zu sprechen. Hafis trat unbeirrt und beispiellos wagemutig Götzenanbetern, heuchlerischen Asketen und falschen Predigern entgegen. Menschen also, durch die der Koran zu einer ‹tückischen Falle› geworden war, und auch mit den Seelenfängern, die die Religion zu einem Geschäft gemacht haben, hat er sich nicht versöhnt. Er sieht die Welt als einen Ort frei von Zwang und Unterdrückung, was Pseudoasketen, die ältesten Geschäftemacher der Welt, für gerechtfertigt halten.

Hafis hält Sünden nicht für moralische Makel oder Verfehlungen, sondern für Prüfungen, auf dem Weg der Wahrheitssuche zu überwindende Hindernisse.

Zum Abendessen waren, nicht üppig, aber bekömmlich, etwas Hühnerfilet, etwas Kartoffelpüree und eine große Schüssel Salat angerichtet. Mama Malli ließ den Blick anerkennend über den gedeckten Tisch schweifen und sagte: «Ihr wisst ja, ich esse abends nur Salat.»

Da'i Dschawad war zwar auf Diät, aber auch bereit, sie nicht streng einzuhalten: «Heute Abend esse ich alles.»

David erhob sein Glas und sagte: «Gestattet, dass wir auf den großen Heiden trinken.»

Niemand setzte das Glas an die Lippen. Alle warteten auf eine Erläuterung.

«Diesen Titel hat Alfred Lord Tennyson, der König der englischen Poesie, Khayyam verliehen.»

Da'i Dschawad wusste: «Khayyams Zeitgenossen sind mit dem englischen Poeten einer Meinung. Ein Historiker schrieb im 13. Jahrhundert christlicher Zeitrechnung: ‹Khayyam ist ein gehasster Mann, denn er gilt weithin als vom Glauben abgefallen, als Abtrünniger.›»

Nastaran füllte ihrer Mutter Salat auf. Auch David beschloss, sein Abendessen mit Salat zu beginnen, und sah sich auf dem Tisch suchend nach Soße um. Nastaran reichte ihm die Schale mit Guacamole. Da David Guacamole noch nicht kannte, erklärte Nastaran: «Aus Avocado und Gewürzen gemacht. Ein mexikanisches Rezept. Probier sie, sie schmeckt lecker.»

Nader ergänzte: «Wir haben das Rezept leicht verändert, indem wir Sumach dazugeben.»

Ein neues Problem ergab sich, weil David auch Sumach nicht kannte. Nastaran holte das Glas mit dem Sumachgewürz aus der Küche und zeigte es ihm. Rund um den Tisch steuerte jeder seine Anmerkungen zu den Eigenschaften von Sumach bei, stellte dann fest, dass Guacamole mit manchen Soßen des Orients vergleichbar war, was wiederum einen Anknüpfungspunkt zum Vergleich zwischen Khayyam und Hafis lieferte, der während des Abendessens Gesprächsthema blieb.

Auch nach dem Essen griff David das Thema wieder auf, sprach über Khayyam, redete sich warm, bis Da'i Dschawad ihn unterbrach: «Die aus früheren Zeiten überlieferte Literatur macht ja nur einen kleinen Teil unseres literarischen Schaffens aus. Wie viele Bücher sind verschwunden, wie viele wurden vernichtet! Nur wenige literarische Schätze religiösen Inhalts aus vorislamischer Zeit blieben vor den Arabern verschont.»

Man kam auf Bücher zu sprechen, welche die Invasoren verbrannt oder in den Tigris geworfen hatten. Nader trug eine Geschichte bei, in der ein betagter Schriftgelehrter, der, als er vom Vorrücken der Araber auf die Stadt Nischapur erfuhr, die Satteltaschen des kräftigsten Pferds seines Sohnes mit Büchern füllte, um sie, via Aschkabad, nach Samarkand und dann weiter ins Reich des chinesischen Kaisers zu bringen und sie so vor der Vernichtung zu retten.

Da'i Dschawad hatte kürzlich einen Zeitungsartikel gelesen, in dem der Bücherfund eines Geschichtsprofessors der Universität Teheran Erwähnung fand. Der Gelehrte war in einer Bibliothek in Ghom per Zufall auf ein Werk aus dem Jahr 1167 christlicher Zeitrechnung gestoßen. In diesem Punkt enthielt die Nachricht nichts Neues. In Bibliotheken im ganzen Land lagern bis heute Manuskripte aus alten Zeiten. Die Neuigkeit bestand in der kurzen Randnotiz auf einer der ersten Seiten des Werks: ‹Ich habe dieses Buch aus dem Tigris gefischt – zu der Zeit, als die Mongolen es in die Fluten geworfen hatten, nämlich im Jahr 656 nach unserer Zeitrechnung, und ich bin Mohammad Ibn Ahmad.› Christlicher Zeitrechnung nach stammte die Notiz aus dem Jahr 1258.

Heute könnten beide, Mohammad Ibn Ahmad und der Geschichtsprofessor, in die Geschichte eingehen. Denn wenn es kein weiteres Exemplar dieser vom Mongolenherrscher Hulagu Khan, Dschingis Khans Enkel, den Fluten anbefohlenen Schrift gäbe, wäre Mohammad Ibn Ahmad ihr Retter, der Professor wäre ihr Entdecker. Doch es gab ein weiteres Exemplar des Werks. Mit dem Ansturm von Hulagu Khans Soldaten auf Bagdad im Jahr 1257 christlicher Zeitrechnung und der Eroberung der Stadt wurde, neben vielen anderen historisch bedeutenden Stätten, Bagdads große Bibliothek geplündert, die, manchen Kreisen zufolge, den größten Bücherschatz des Mittelalters barg. Unzählige Werke, von denen nur jeweils ein Exemplar existierte, wurden durch die Plünderungen unwiederbringlich vernichtet. Die Mongolen warfen, wie damals prominent berichtet wurde, so viele Manuskripte in den Tigris, dass seine Fluten sich tintenschwarz färbten.

«Von den neunundvierzig Büchern des Sufis und Lyrikers al-Haladsch sind nur vier geblieben», sagte Nastaran.

Alle, außer Mama Malli, die die lebhafte Runde aufmerksam im Blick behielt, waren angeheitert und entspannter als zu Beginn des Abends. Khayyam hatte recht. In Iran haben immer die Dichter recht. Da'i Dschawad hob die letzte Flasche Wein hoch, prüfte sie im Gegenlicht und schüttelte sie kurz: «Ich glaube, hier ist für jeden noch ein Schlückchen drin.»

Alle hielten ihm ihre leeren Gläser hin, auf die Da'i Dschawad die letzten Tropfen gleichmäßig verteilte. Dann hob er sein Glas und sagte: «Heute Abend war nur von Omar Khayyam die Rede. Trinken wir das letzte Tröpfchen auf FitzGerald oder, wie David ihn nennt, auf den glücklosen Homosexuellen.»

Sie stießen auf FitzGerald an und tranken aus. Nastaran wollte von David wissen: «Blieb FitzGerald, nachdem sein Freund Braven vom Pferd gestürzt und gestorben war, bis an sein Lebensende allein?»

«Nein, ein junger Seemann, nur halb so alt wie FitzGerald, nahm schon bald Bravens Platz ein.»

«Weshalb nennst du ihn dann glücklos?», fragte Nader. «Er ist nicht unglücklich. Unglücklich sind die, die ihre homosexuelle Neigung ihr Leben lang vor anderen geheim halten müssen!»

Alle Blicke richteten sich auf Nader, der diese Feststellung voller Zorn gemacht hatte. David, erstaunt, blieb kurz stumm. Dann erklärte er: «Es tut mir leid, ich wollte damit nichts Bestimmtes sagen. Aber ich hatte das Gefühl, dass er gelitten hat. Und davon abgesehen ...»

Er unterbrach sich. Schien eine Erinnerungslücke überbrücken zu müssen. Er schüttelte heftig den Kopf, sah Nader um Entschuldigung bittend an, ließ ihm Gelegenheit, sich zu beruhigen. Als allgemeine Stille eingekehrt war, bat Nader um Verzeihung für sein Aufbrausen und erntete ringsum wortloses Kopfschütteln. Vereinzelte Seufzer, müdes Hüsteln, flüchtiges Lächeln, nichtssagend. Es war ganz offenbar Zeit für die Gäste, sich zu verabschieden. Naders nervöse Überreaktion stellte gewiss keinen gelungenen Abschluss eines Abends dar, der mit Wein und Wortkunst begonnen hatte. Da'i Dschawad ging auf Nader zu, um sich von ihm zu verabschieden.

«Ich hab mich wahrlich nicht mit Ruhm bekleckert.»

Statt zu antworten, zwickte Da'i Dschawad ihn kräftig in die Wange. Heftiger konnte er in diesem sensiblen Moment nicht reagieren. Ob Naders Ausbruch ihn verärgert hatte? Von David, den er bat, sitzen zu bleiben, verabschiedete Da'i Dschawad sich jedenfalls freundlicher.

«Vielen Dank für das mitgebrachte Buch. Ich fange gleich morgen an, es zu lesen.»

«Schön. Ich glaube, es liefert interessanten Gesprächsstoff für unsere nächste Runde.»

David nickte bekräftigend: «Ganz bestimmt.»

Da'i Dschawad zauste David das Haar. Die kokette Geste der Sympathie ließ keinen Zweifel: Der Gast war zum Liebling der Familie avanciert.

13

Für David stand heute Duschen auf dem Programm. Eine Stunde nach dem Frühstück wickelte Nastaran eine Plastiktüte um Davids Gipsarm und fixierte sie, zum Schutz gegen Spritzwasser, mit einem starken Gummiband. Dann half sie David, sich zu entkleiden. Mit seinem verletzten Bein, das ihn bei jeder Bewegung vor Schmerz laut aufschreien ließ, und mit seinem Arm in Gips kam er ohne die Hilfe Dritter kaum zurecht. Dessen wurde er sich jetzt erst richtig bewusst. Nader hatte seine Kleider schon vor David abgelegt, legte sich Davids Arm um die Schultern und begleitete ihn in die Dusche. Da Nastaran zuvor das warme Wasser aufgedreht hatte, war bereits viel Dampf im Raum. Nader bat David, auf dem bereitstehenden Kunststoffschemel Platz zu nehmen, und ließ warmes Wasser über seinen Kopf laufen. Davids junge, helle Haut färbte sich langsam rot. Und mit seinen geröteten Wangen und seinen Augen, die unterm laufenden Wasser unentwegt blinzelten, wirkte er wie ein kleiner Junge, der gebadet wird. Eine Anweisung folgte auf die nächste: Dreh dich ein bisschen zu mir ... heb den Arm ... jetzt den anderen ... gut machst du das, ausgezeichnet ... jetzt den Kopf hoch ...

Nader ging um David herum im Versuch, mit einer Hand Wasser auf Davids ganzem Körper zu verteilen. Wiederholt strich er ihm vom Nacken aus über die Schultern, dann über die Wirbelsäule abwärts. Über die gewölbte Brust, die Schultern, die Rückseite der Arme, beide Körperseiten ... Berührungen im feuchtwarmen Raum, rinnendes Wasser und heimliche Wünsche, steigender Pulsschlag, heftigeres Atmen. Wachsendes, im Dunkel schlummerndes Verlangen erwachte, kam ans Licht.

Das stetig über Kopf und Gesicht rinnende Wasser machte David das Atmen schwer, doch in kindlicher Freude und stoßweise atmend, beteuerte er: «Ah, das tut gut.»

Ja, es tat gut. Wie ein großer weißer Fels ragte Davids breiter Rücken vor Nader auf und schwoll mit jeder Bewegung der Rückenmuskeln an. Mit dem feinen blonden Flaum entlang seiner Wirbelsäule spielte das stetig rinnende Wasser wie ein lebendiges Wesen. Am unteren Rücken wurde die Haarlinie breiter und dichter. Nader war fast euphorisch. Mit David bahnte ein in der Dunkelkammer der Verleugnung und des Vergessens eingesperrtes Gefühl sich seinen Weg ins Freie.

Nader wandte sich um, drehte das Wasser stärker auf und ließ es über Davids Beine laufen. Erst über die muskulösen Oberschenkel, dann über Knie, Schienbeine und Waden. Die Blutergüsse und blauen Flecken am verletzten Bein verloren an Farbe, die stellenweise ins Gelbliche überging. Nader drehte das Wasser ab. David wischte sich das Gesicht trocken, hob den Kopf, saß vor Nader wie ein Kind, blinzelte mit feuchten Wimpern und strahlte. Er legte eine Hand auf Naders Unterarm: «Ich danke dir!»

Nader griff zu einem großen Waschhandschuh, rieb ihn mit Seife ein, drückte ihn zusammen, faltete ihn wieder auf, blies hinein wie in einen Luftballon, drückte ihn wieder zusammen, brachte Schaum hervor und wusch David damit Hals und Brust.

«Schon als Kind habe ich unter der Dusche immer gesungen.»

«Warum tust du's jetzt nicht?»

David setzte zu einem kurzen Stück aus einer Verdi-Oper an, doch schon kurz nachdem seine Stimme anschwoll, unterbrach er sich und lachte schallend: «Ich singe schrecklich, stimmt's?»

«Aber keineswegs! Du singst gut.»

David sang weiter. Seine Stimme versetzte den engen Duschraum ebenso in Schwingungen wie die unsichtbaren Saiten von Naders Seele. Zumindest empfand Nader es so. Davids Stimme klang nach Jugend, nach Pubertät und Stimmbruch und war doch erfreulich tief. Wieder unterbrach er sich, wieder lachte er voller Freude auf und zeigte seine perlweißen Zähne. Die hervortretenden Nackenmuskeln, wenn er sich zu Nader umwandte, die triefenden Haarsträhnen und das nasse, sonderbare Freude spiegelnde Jungengesicht weckten ungemeines Verlangen in Nader, unzähmbar, beängstigend. Ein Verlangen aus vergangenen Zeiten, das er schon oft tief und für immer in sich zu begraben versucht hatte, war wieder erwacht. Gern hätte er David jetzt umarmt, versagte sich diesen Wunsch aber. Der Wehrdienst, die Duschen in der Kaserne, Männer im Dampf. Muskeln, die sichtbar wurden, wieder verschwanden, pochend, pulsierend.

14

Seit diesem Ereignis waren zwei Wochen vergangen, alle drei schienen mittlerweile gut und gern miteinander auszukommen. Nastaran und Nader wechselten sich beim Einkaufen und Kochen ab und ließen es auch David an nichts fehlen. Sie waren immer in seiner Nähe und umsorgten ihn nach Kräften. Er mochte bisweilen das Gefühl haben, zu jemand anderem geworden zu sein. Falls es so war, ließ er es sich nicht anmerken. Aus seinem Blick sprachen vielmehr Dankbarkeit und Demut. Er war heilfroh, dass die krankheitsbedingten Einschränkungen sein Leben nicht gänzlich auf den Kopf gestellt hatten. Er aß mit gutem Appetit, machte täglich etwas Gymnastik, schaute Filme, las Bücher, hörte Musik und erlebte uneingeschränkte Zuneigung und Zuwendung. Es fehlte ihm tatsächlich an nichts.

Auch Nader war zufrieden. Sein Leben ließ nichts zu wünschen übrig. Vielleicht war David der kleine Bruder, den er sich oft gewünscht hatte. Zumindest bemühte Nastaran sich, Naders Freude in diesem Sinne zu interpretieren. Auch sie war, zumindest nach außen hin, froh und glücklich, weil Nader und David froh und glücklich waren. Aus diesem Grund hätte auch sie sich zweifellos wohlfühlen sollen. Warum es nicht so war, wusste sie nicht zu sagen. Obwohl sie den regelmäßigen Tagesplan für ihr Leben zu dritt erstellt hatte – Planlosigkeit führte zu Depression und Antriebslosigkeit –, konnte sie ihren Verdruss nicht genau deuten. Weshalb war sie jedes Mal so angespannt, wenn Nader und David zusammen im Bad waren? Und weshalb legte sich diese Anspannung immer erst, wenn beide das Bad wieder verlassen hatten?

Ein Tag zu dritt begann meist mit Aufstehen gegen acht,

und während entweder Nader oder Nastaran David im Bad oder beim Zähneputzen half, richtete der jeweils andere das Frühstück. Um Gesprächsthemen waren sie dabei nie verlegen. Mal unterhielten sie sich stundenlang über Khayyam und FitzGerald, mal über Roger Cooper und Orientalisten, die, auf den ersten Blick betrachtet, Orientfans waren, sich aber, kaum dass sie die jeweiligen Sprachen beherrschten und mit kulturellen Feinheiten vertraut waren, von Geheimdiensten rekrutieren ließen oder anderweitig zu Handlangern westlicher Kolonialmacht wurden. Dafür gab es zahlreiche Beispiele. Edward Palmer war einer der Glücklosesten unter ihnen. Er war Lyriker, verfügte über ein kleines Wörterbuch der persischen Sprache und eine persische Übersetzung des Neuen Testaments. Als in Alexandria die Aufstände gegen die Europäer losbrachen und England und Frankreich befürchteten, ihre Kontrolle über den Suezkanal zu verlieren, entsandten sie ihn, der Arabisch sprach, 1882 in geheimer Mission zu den entlang des Kanals ansässigen Beduinen, die er mit Bestechungsgeldern von Angriffen auf die britischen Streitkräfte abhalten sollte. Doch die Beduinen erschossen ihn und stießen ihn von einem Felsen. Louis Massignon ist ein weiteres Beispiel. Er wurde zwar nicht ermordet, saß aber wegen Spionage eine Zeit lang in Haft. Nach dem Studium der Islamwissenschaften und der arabischen Sprache schickte der französische Militärgouverneur ihn mehrmals nach Marrakesch. In Irak kleidete er sich wie ein Araber, erregte das Misstrauen der osmanischen Polizei, wurde verhaftet, konnte aber fliehen. Der holländische Orientalist Christiaan Snouck Hurgronje war zunächst fürs Ministerium für Kolonialangelegenheiten tätig, wo er die Bediensteten im Umgang mit Muslimen unterwies. Später hatte er den Lehrstuhl für Arabisch an der Universität Leiden inne, wurde aber auch von der Regierung und den Kolonialbehörden als Berater konsultiert. Im Zweiten Weltkrieg arbeitete eine ganze Reihe von Orientalisten für Geheimdienste. Charles Beckingham, der später das Werk des im 14. Jahrhundert lebenden marokkanischen Forschers Ibn Battuta aus dem Arabischen ins Englische übertrug, war im Zweiten Weltkrieg Mitglied des Zentralen Dechiffrierdiensts des britischen Geheimdiensts. Der britische Orientalist Freddy, beziehungsweise Alfred Felix Landon Beeston, war beim militärischen Geheimdienst. Der britisch-amerikanische Historiker Bernard Lewis war in Istanbul für den Geheimdienst tätig und verantwortete im Laufe des Zweiten Weltkriegs Sendungen fürs arabische Programm der BBC. Mit der Zuspitzung der Konflikte in und um Palästina wurde das als Spionagenest berüchtigte Middle East Centre for Arab Studies, MECAS, von Jerusalem nach Beirut in den Libanon verlegt. André Miguel war Dozent für Arabisch in Ägypten und verbrachte wegen Spionageverdachts fünf Monate in Haft. Sämtlich skandalumwitterte Orientalisten, die ihr Können in die Dienste der Kolonialisten stellten.

Natürlich gab es unter Naders Dach kein Thema, das je völlig ausdiskutiert war. Er verstand sich bestens darauf, neue Fragen aufzuwerfen, Debatten aufleben zu lassen, die man kurz zuvor abgeschlossen geglaubt hatte. An solchen Debatten beteiligte Nastaran sich eher selten, immerhin unterhielt sich ein Romanautor hier mit jemandem, der Komparatistik und moderne Literaturkritik studiert hatte. Wenn ein Gespräch also beispielsweise bei Signifikant und Signifikat in Khayyams Vierzeilern begann, und zu Text, Subtext und Hypertext führte, was blieb Nastaran anderes, als schweigend zuzuhören? Tags zuvor hatte man darüber gesprochen, welche Erkenntnis sich aus Khayyams moralischer Stärke ergab, die ihn hat Dinge offen ansprechen lassen, während man Jahrhunderte später in Europa Menschen wie Galileo Galilei wegen dergleichen verurteilt, Giordano Bruno verbrannt, Nikolaus Kopernikus und René Descartes das Fürchten gelehrt hat? Hätte Khayyam sich damals gern noch zu anderen Dingen geäußert, der damals herrschenden strengen Zensur wegen aber davon abgesehen?

Jedenfalls war ihm bewusst, wer nicht an ein Fortleben der Seele glaubte, der untergrub die religiöse Ethik und machte ihr letztendlich den Garaus. Für Khayyam hieß die Durchquerung des Diesseits unterwegs zum Jenseits, dass man sich plötzlich auf ein Nichts zubewegte, losgelöst, Richtung Wahnsinn und Fantasie.

Nader sagte: «Ich glaube, Khayyams Philosophie besagt im Kern, dass man sterben lernen muss, ohne eine Hölle im Jenseits zu fürchten.»

«Sokrates hat vor seinem Tod zu seinen Schülern, die ihn im Gefängnis besucht haben, gesagt: ‹Die Philosophie ist nichts anderes als die Vorbereitung aufs Sterben.›»

Nastaran sagte: «Und trotz allem haben sie Khayyam kein Begräbnis auf dem muslimischen Friedhof gestattet.»

«Man hat ihn, wie Galilei und andere, bestraft, weil er mit dem Teufel im Bunde war.»

«Genau wie Doktor Johann Georg Faust, wandernder Wunderheiler, Alchemist, Magier, Astrologe und Wahrsager, der sich im 16. Jahrhundert, genauer gesagt, im Zeitalter des Übergangs vom Mittelalter zur Neuzeit, einen Namen machte. Bei allem, was er Seltsames gesagt und getan haben mag, hat er ein vergnügliches, genussreiches Leben als Epikureer geführt, ganz in Khayyams Sinn. Der Herr Doktor Faust hat sich, im Schatten seines Pakts mit dem Teufel, mit Helena von Troja eingelassen und auf Traumreisen begeben. Reisen, die ihn von der Hölle ins Paradies und vom Vatikan an den Hof des Sultans von Konstantinopel brachten.»

«Ein sehr interessanter Mann. Sogar über den Aufbau der Hölle und über ein Heer von Dämonen hat er sich Gedanken gemacht. Und man schrieb ihm die medizinische Behandlung mittels Urinanalyse und Weissagungen anhand von Luft und Feuer zu.»

«Welche Verbindung besteht zwischen ihm und Goethes *Faust*?», fragte Nastaran.

«Goethe hat seinen *Faust* an diesem legendären historischen Doktor Johann Faust orientiert, an einer Person, die sich vom weltlichen Vergnügen die Erlösung seiner Seele verspricht.»

David warf ein, dass für Khayyam die menschliche Wiederkunft am Jüngsten Tag in klarem Widerspruch zu unserem Wissen über die materielle Welt stand. Khayyam trat für die Skepsis gegenüber religiösen Wahrheiten, Denk- und Glaubensmustern ein und fand es wichtiger, sich über Sinn und Unsinn des Lebens zu äußern, als sich einer bestimmten Religion anzuschließen. Er hatte eine andere Antwort auf die Frage, was mit uns geschieht, wenn wir sterben.

«Ich hoffe, ich kann meine Forschungsergebnisse über Khayyam eines Tages publizieren.»

Nader machte ihm auf seine Art Mut: «Reich wirst du damit jedenfalls nicht. Thomas Hyde hat die nicht verkauften Exemplare seiner Forschungsberichte über Irans Religionen verfeuert und sich damit sein Kaffeewasser gekocht.»

Khayyam galt als jemand, der Debatten anstieß, die sich mitunter in unerwartete Richtungen entwickelten. Nastaran wusste, sie würde in die Sphäre der beiden Diskutanden nicht vordringen können, und verfolgte das Streitgespräch schweigend, reglos, mit gelegentlichen Blicken auf die sich bewegenden Lippen der beiden Männer. Nastaran staunte über Davids Wissensschatz, gemessen an dem, was Nader, immerhin fünfzehn Jahre älter als David, wusste. Unterschiedliche Betrachtungsweisen belebten die Diskussion und ließen alle drei die Zeit vergessen. Weshalb löste Khayyam sich von herrschenden Auffassungen über die Tradition der klassischen persischen Lyrik? Naturgemäß fanden solche Gespräche kein Ende, kein Thema ließ sich vollends zu Ende diskutieren. Im Austausch mit David war Nader ungemein geduldig. In literarischen Fragen betrachtete er ihn als sich ebenbürtig und war in manchem Streitpunkt sogar bereit zurückzustecken, als genieße er es, David glücklich zu machen.

Manche Gespräche am Frühstückstisch dauerten bis zehn Uhr vormittags, Zeit für Nader, sich zu entschuldigen, vom Tisch aufzustehen, als müsse er dringend etwas erledigen, und sich in sein Arbeitszimmer zurückzuziehen. Wenn er gegangen war, hatten Nastaran und David meist Gelegenheit, begonnene Gespräche zu Ende zu führen oder, was bisher ein-, zweimal vorgekommen war, nebeneinander Platz zu nehmen und auf Nastarans Laptop einen Film anzuschauen. Manchmal plauderten sie aber auch einfach über dies und das, über bestimmte Verhaltensweisen des jeweils anderen, die weder gut noch schlecht waren und nur aufgrund ihres wiederholten Auftretens zum Thema wurden. So etwa die Tatsache, dass Nastaran beim Zähneputzen nicht ruhig vor dem Badezimmerspiegel stehen blieb, sondern immer ins Wohnzimmer kam und dort Zähne putzend auf und ab ging. Oder dass David sich, wenn ein Gedanke ihn beschäftigte, ständig am Hals kratzte. Solche Gespräche führten dann weiter, handelten vom Unterbewusstsein und seinem Einfluss auf individuelles Handeln, von der Kindheit oder auch vom Leben im Mutterleib. David war im Allgemeinen ein sehr wissbegieriger Mensch, doch in Bezug auf Nastaran zügelte er seine Neugier, redete vielmehr so, als stünde sein Leben mit ihrem in Verbindung. Irgendwann erkannten beide, dass sie stundenlang übereinander geredet, einander Ratschläge gegeben, Vorschläge zu bestimmten Sachverhalten gemacht und sie dann gemeinsam erörtert hatten. Beider Verwunderung darüber hielt sie allerdings nicht davon ab, solche Gespräche an Folgetagen fortzuführen. Nastaran fürchtete, sie könnte David zu nahetreten, und vielleicht ging es David umgekehrt ebenso, doch keiner von beiden thematisierte diese leisen Bedenken.

Im Kreis seiner Bekannten galt Nader als angenehmer Gesprächspartner, man konnte sich entspannt mit ihm unterhalten und dabei die Zeit vergessen. Weil David diese Ansicht teilte, fragte er Nader eines Morgens beim Frühstück nach der Stimmung in Teheran während der Anfangsjahre der Revolution. Nader erzählte daraufhin die Geschichte eines jungen Geigers, der in Naders Nachbarschaft wohnte, als Nader fünfzehn, sechzehn Jahre alt war. Wenn er Geige spielte, konnte man das in der gesamten Nachbarschaft hören, weil sein Fenster im zweiten Stock immer einen Spalt weit offen stand. Die Musik begleitete den Alltag der Menschen im Stadtviertel, die sogar mehr oder minder süchtig danach waren. Eine perfekte Symbiose zwischen der Nachbarschaft und ihrem Geiger.

«Das Schicksal aber wollte, dass ein neuer Bewohner ins Viertel zog: ein streng religiöser, pflichtbewusster Mann, der kein einziges Musikinstrument hören mochte. Schon gar nicht, wenn er seinen religiösen Pflichten im Gebet nachkam.»

Der Geiger war zwar weithin bekannt, doch als Berühmtheit hätte man ihn nicht bezeichnet. Aus dem einen oder anderen Anlass stieß man in Zeitschriften auf sein melancholisches Porträt, wenn er eine neue Schallplatte aufgenommen hatte oder wenn er Interviews gab, nach einem erfolgreichen Auftritt im Ausland etwa, gemeinsam mit einem Orchester unter namhafter Leitung. Noch Jahre nach der Revolution lebten in den Nobelvierteln im Norden der Hauptstadt relativ modern denkende Menschen, die einen entsprechenden Lebensstil pflegten. An der Geigenmusik nahm niemand Anstoß. Und damals hätte auch niemand es für möglich gehalten, dass religiöse Menschen, die das einfache Leben propagierten und sich den ärmeren Bevölkerungsschichten verbunden fühlten, auf den Gedanken kommen würden, im Norden der Stadt zu wohnen. Der neue Nachbar aber, dem die Musik missfiel, sprach den Geiger anfangs freundlich an. Doch die Angelegenheit eskalierte sehr schnell, und es entbrannte ein Streit, weil keine der beiden Parteien von ihrer Beschäftigung lassen mochte. Der Geiger musste üben, der religiöse Nachbar musste beten. Der Geiger lebte allein. Hin und wieder besuchte ihn eine ehrwürdige ältere Dame, jedes Mal von einem Chauffeur gebracht, in dessen Wagen ein großer Hund auf die Rückkehr der Dame wartete. Während dieser recht seltenen Besuche spielte der Geiger so gut wie sonst nie. Es hieß, die Dame sei in ihn verliebt. Einem anderen Gerücht zufolge war sie seine Mutter. Welche Bewandtnis es mit der Dame auch haben mochte, jeder ihrer Besuche bescherte dem Stadtviertel den seltenen Genuss hervorragender Geigenklänge.

Nachmittags ging der Musiker entweder aus dem Haus, um im Park des Viertels kurz spazieren zu gehen oder um einzukaufen. Der Metzger erinnerte sich allerdings nicht daran, dass der Geiger je bei ihm eingekauft hätte. Wenn er Vegetarier war, passte das jedenfalls zu seiner melancholischen Art. Manchmal ging er auf Tournee, immer nur für wenige Wochen. Von der Agentur, die ihm seine Tickets buchte, war zu erfahren, dass seine Reisen ihn zumeist nach Rom, Wien und Paris führten. Auch wusste man zu berichten, dass er mit großen internationalen Orchestern auftrat. Weshalb er nach der Revolution, anders als viele seiner Kollegen, nicht das Land verlassen hatte, war so manchem ein Rätsel. Vielleicht sah er gern dabei zu, wie in den frühen Abendstunden über den Ladengeschäften reihum die Neonlampen angingen. Vielleicht hörte er in der morgendlichen Stille gern die Besen der Straßenkehrer rascheln. Vielleicht mochte er den betörenden Duft der Robinien, die frühjahrs und sommers an vielen Hausmauern blühten. Vielleicht mochte er auch nichts von alledem besonders gern, sondern wollte einfach hier in der Stadt leben. Allerdings vermutete niemand, dass er der älteren Dame und ihrer seltenen Besuche wegen dort blieb.

«Ich hatte damals das Gefühl, ohne seine Geigenmusik wird das Viertel zerfallen, und ich bin sicher, den anderen ging es genauso, aber sie konnten es nicht in Worte fassen.»

Eines Tages kamen Revolutionswächter zu dem Mann nach Hause, um ihn zu maßregeln und seine Geige zu beschlagnahmen, weil er die ganze Nacht gefiedelt und das gesamte Viertel um den Schlaf gebracht hatte. Die Botschaft seiner letzten Melodie hat wohl niemand verstanden. Sie warnte nicht nur vor dem Niedergang der Nachbarschaft, nein, sie kündete sogar von ihrem nahen Tod. Am nächsten Morgen haben Beamte seine Geige zerbrochen und sie draußen vor seinem Haus, vor den Augen derer, die das Ereignis mitansahen, verbrannt.

«Sie sind mit Gewalt gegen ihn vorgegangen», sagte David.

«Aus der Sicht des gottesfürchtigen Zeitgenossen haben die Beamten dem Geiger nur eine Lektion erteilt, weiter nichts.»

«Dabei erinnern die Leute im Viertel sich nicht mehr an die Stücke, die der Unglücksrabe gespielt hat, aber die Erinnerung an ihn ist noch wach.»

Nader erhob sich und widersprach: «Seine Geigenstücke wurden buchstäblich ein Bestandteil der Luft im Stadtviertel. Manchmal, wenn sie wie Luftpartikel freigesetzt wurden, konnten alle sie hören.»

Nach kurzem Schweigen fragte David zurückhaltend: «Aber er? Was ist mit ihm passiert?»

Nader antwortete, wie jemand, der vor einer Gefahr warnt: «Er verschwand.»

Er kniff die Augen zusammen, schaute in Davids Richtung. Versuchte, sich zu erinnern. Konnte sich die Ereignisse nicht mehr genau vor Augen führen. Für ihn war das Gespräch über den Geiger mit dem Satz «Er verschwand» beendet, doch David ließ nicht locker. Er wollte ganz offenbar mehr wissen, zögerte zunächst, fragte schließlich doch: «Wie hieß der Mann?»

«Bardia Parsa.»

David geriet ins Grübeln. Er nahm sich vor, im Netz nach dem Namen zu suchen. Er kam ihm bekannt vor.

15

Die Kaserne war ein komplett männlicher Ort, und Nader
verbrachte während seines Wehrdienstes erstmals in seinem
Leben rund um die Uhr Zeit in einer ausschließlich männli-
chen Umgebung. Eine beispiellose Erfahrung. Bei sich zu
Hause, oder mit seiner Mutter und seiner Großmutter, hatte
er in vertrauter Umgebung gelebt. Er war praktisch von zwei
Frauen großgezogen worden, wusste von klein auf um den
physischen Unterschied zwischen ihnen und sich, fühlte sich
aber beiden Frauen emotional sehr verbunden. Sie hatten
manchmal miteinander geflüstert, hinter seinem Rücken. Ihm
hatte das zu schaffen gemacht, weil er vermutet hatte, sie flüs-
terten über ihn, verbargen vielleicht ein Geheimnis vor ihm.
Seine Mutter hatte ihn seiner Neugier wegen gerügt und ihm
erklärt, dass Frauen das Recht haben, sich ungestört über Pri-
vatsachen zu unterhalten. Trotz allem war natürlich der Vater
der Mittelpunkt des Hauses, dessen Energie immer von ihm
ausging. Und am weitesten ausstrahlte. Selbst wenn Naders
Mutter seine Autorität infrage stellte, blieb er fraglos das Zentrum der Macht im Haus, und alles, von der kleinsten bis zur
größten Angelegenheit, stand unter seinem unangefochtenen
Einfluss. Seine Herrschaft war das unerschütterliche Grund-
prinzip. Auch wenn der Sohn den Vater früh verloren hatte.
In der Schule kam er natürlich mit anderen Menschen seines
Geschlechts in Kontakt, doch nur vorübergehend. Sobald er
wieder zu Hause war, wurde er ruhiger, wie eine Raupe in
ihrem Kokon. Die warme, vertraute Umgebung des Hauses,
die Anwesenheit der Mutter, der Großmutter, oder beider zugleich, glich die kalte, düstere Atmosphäre der Schule jedes
Mal rasch wieder aus.

Während seines letzten Schuljahrs hatte er den Schulabschluss herbeigesehnt und es kaum erwarten können, sich zum Wehrdienst zu melden. Der Krieg mit dem Nachbarland war auf seinem Höhepunkt, und Nader wollte Teil dieses Ereignisses sein, das sich direkt vor seinen Augen abspielte. Sein unbedingter Wunsch, an die Front zu gehen, aus nächster Nähe zu erleben, was er bisher nur aus Filmen kannte, ließ ihn nicht mehr zur Ruhe kommen. Er sah sich im Traum in Militäruniform, mit geschultertem Gewehr. Kaum hatte er seinen Schulabschluss in der Tasche, trat er seinen Wehrdienst an. Nur sechs Monate später kam er, nach einer viermonatigen Grundausbildung, an die Front, wo sein naiver Traum auf die raue Wirklichkeit stieß, die zwei Jahre seines Lebens verschlang und seine Welt aus den Angeln hob. Was er gehört hatte, war nichts im Vergleich zu dem, was er sah und am eigenen Leib erlebte. Könnte man die anhaltende Gewalt in ein Raumschiff pressen, so sein Gedanke, würde sie das gesamte Universum mit allen Galaxien vernichten.

An die Atmosphäre beim Militär hatte er sich binnen weniger Tage gewöhnt, sein neues Leben gestaltete sich radikal anders als sein bisheriges. Er befürchtete, der starke Gegensatz könnte ihn in eine Depression stürzen, doch die blieb aus. Menschen lebten auf engem Raum zusammen, heizten durch ihre Körperwärme, gepaart mit geballter männlicher Energie, die Luft auf und sorgten für zum Zerreißen gespannte Atmosphäre, die Nader anregend fand, da sie ihm bisher nie gekannte Erfüllung verschaffte. Die für ihn so eindrückliche, unvergleichliche Erfahrung hielt sogar neue Traumbilder für ihn bereit, neue Träume, neue sündige Genüsse.

Sein Anführer an der Front war ein junger, ihn sehr wohlwollend behandelnder Kommandant. Als sie an einem warmen Sommernachmittag zu zweit allein in einem Schützengraben lagen, jeder in einer Ecke ruhend, versank Nader in den Anblick des Kommandanten – der, sanft atmend, die Augen geschlossen hatte – und erkannte plötzlich, dass der junge Kommandant ihm unbeschreiblich gut gefiel. Das Verlangen, den Mann zu umarmen und sein Gesicht mit Küssen zu bedecken, war kaum zu unterdrücken. Aufwallende Zuneigung, schnellerer Puls. Ein merkwürdiges, aber auch sehr angenehmes Gefühl, das er an jenem Tag erstmals überhaupt empfand. Vielleicht schlief der junge Offizier gar nicht, hielt nur die Augen geschlossen? Wie schön wäre es, wenn er seine Gefühle erwidern würde! Jeder Atemzug des Kommandanten ließ seinen hellen Schnurrbart leicht erzittern. Nader fand den sympathischen jungen Mann unwiderstehlich. Er nahm all seinen Mut zusammen, ging zu ihm hin und legte sich so dicht neben ihn, dass er den warmen Atem des jungen Offiziers sanft auf seinem Gesicht und zugleich tief in sich spüren konnte. Im nächsten Moment – er mochte im Traum, vielleicht in Wirklichkeit verflogen sein – hatte der junge Offizier die Augen aufgeschlagen, hatte, den Anflug eines liebevollen Lächelns auf den Lippen, die Hand gehoben, um Naders Wange zu streicheln. Und alles hatte dort in der Sekunde ein jähes Ende gefunden, als jemand außerhalb des Grabens nach dem Kommandanten gerufen hatte, womit das zarte Band zwischen Nader und dem Kommandanten gekappt war.

Offenbar hatte dieses unverhoffte, flüchtige Erlebnis ausgereicht, um Naders Sehnsüchten aus tiefer Dunkelheit ans Licht zu verhelfen und ihm vor Augen zu führen, wie besonders sie waren. Weil sie ihm Angst gemacht hatten, hatte er beschlossen, sie zu verdrängen, sie in die tiefsten Abgründe seiner Seele zu verbannen. Seinen Mitmenschen war seine besondere Freude verborgen geblieben, und für ihn selbst lag das Ereignis nun so weit hinter ihm, dass er nicht einmal mehr glaubte, es überhaupt erlebt zu haben.

Der Krieg war mittlerweile relativ lange her, und von jener verdrängten Erfahrung abgesehen, hatte Nader nicht die vielen, durch feindliche Bomben verursachten kopflosen Leichen in Erinnerung behalten – ein Anblick, der sich ihm nach einem feindlichen Angriff nur einmal bot –, sondern die Soldaten, die an einem endlos scheinenden Sommernachmittag in einem Schützengraben aufgereiht standen und zum Zeitvertreib gemeinsam masturbierten. Auch dieses Ereignis hatte er noch immer lebendig vor Augen. Es würde ihm nie mehr aus dem Kopf gehen.

Er hatte seinen Wehrdienst absolviert, hatte den Krieg überlebt und war mit einer schweren Last beladen heimgekehrt.

Worin genau bestand diese Last? Aus Bildern von Gefechten, in denen Soldaten ihr Leben ließen? Aus Körpern, von feindlichen Bajonetten verstümmelt? Aus der Entdeckung seiner körperlichen Empfindungen? Aus bitteren Niederlagen oder süßen Siegen?

Sieg oder Niederlage waren im Krieg ohne Bedeutung. Zumindest Naders Auffassung zufolge. Er hatte vor dem Töten ebenso große Angst wie davor, getötet zu werden.

Wenn er nachts Wache schob und Tiere sich im Mondlicht paaren sah, riefen solche vergänglichen Momente ihm den stetigen Fluss des Lebens in Erinnerung, das seinen Lauf ganz unabhängig davon nahm, ob er, in Uniform und mit Nachtsichtgerät versehen, seine Umgebung im Auge behielt oder nicht. Wenn im Mondlicht mitunter ein Bajonett aufblitzte, wenn halb volle Flaschen Wasser glucksten, wenn Insekten durchs Nachtdunkel schwirrten und unsichtbare Tiere heulten, waren nächtliche Wachdienste gruselig, aber auch geheimnisvoll. Diese Einsamkeit passte nicht in Naders achtzehnjähriges Herz. Anders die beständige Angst in seinen Adern, rätselhaft und unbestimmt nahm sie ihm den Atem. Alle Elemente und Geschöpfe der Nacht schienen hellwach, während die gesamte Menschheit im Todesschlaf lag und die Augen vor der Wahrheit des Krieges verschloss. Manchmal hörte er Gewehrkugeln sirren oder ohrenbetäubende Mörsergranaten, fragte sich jedoch in Anbetracht der Tatsache, dass an den Fronten nachts Ruhe herrschte, ob er nicht vielmehr Lärm und Geräusche vom Vortag hörte, die als Teilchen im Weltraum eingeschlossen waren, jetzt freigesetzt wurden, und er sie zum zweiten Mal hörte.

Der Lärm eines Tages! Wenn der Krieg nicht wäre, hätte er vielleicht seine Selbstfindung als die größte Ausbeute seines Militärdiensts bezeichnet, doch vor jedem feindlichen Angriff beherrschte vor allem Angst den Raum, in dem er atmete, und nach jedem feindlichen Angriff fügte das Zählen der Leichen am Ort des Geschehens den Überlebenden tiefe seelische Wunden zu. Die psychischen Wunden heilten bis zum nächsten Angriff nicht, sie wurden tiefer, und mit jedem Mal wuchs auch die Angst. Naders gleichaltriger Kriegskamerad Khosrow litt an nervösen Krämpfen, bisweilen so heftig, dass er seinen Kopf verzweifelt gegen Steine oder Mauern schlug. Khosrow hatte Nader anvertraut, er habe das Gefühl, zwei Wüstenratten säßen in seinen Ohren. «Sie knabbern an meinen Schläfen, wenn der Hunger sie umtreibt.»

Khosrow bekam seinen ersten Krampfanfall eines Sommernachmittags, nach einem feindlichen Luftangriff. Nader hatte so etwas noch nie miterlebt. Khosrow hielt sich plötzlich mit aller Kraft beide Ohren zu, verdrehte die Augen so weit, dass die Pupillen nicht mehr zu sehen waren, und zitterte am ganzen Leib. Nader schlang beide Arme um ihn und stabilisierte seine Schultern, bis er langsam zur Ruhe kam. Sobald ein Anfall vorbei war, legte Nader Khosrow schlafen, wischte ihm mit einem Tuch den Schweiß von Gesicht und Hals, fächelte ihm Luft zu und vertrieb so zugleich lästige Stechmücken und Insekten.

Bis zu seinem Verschwinden hatte Khosrow noch mehrere solcher Krampfanfälle und war danach jedes Mal so kraftlos, dass er eine Stunde lang lethargisch dasaß und so unschuldig aussah, als sei er in ewigen Schlaf gefallen. So kam es Nader zumindest vor.

Khosrow war ein Jahr älter als er, und in seinem Dorf wartete seine siebzehnjährige Verlobte auf seine Rückkehr von der Front. Allabendlich vollzog er ein bestimmtes Ritual, bevor er in seinen Schlafsack kroch. Er holte ein Foto aus seinem Rucksack, zog sich in eine Ecke des Schützengrabens zurück und hielt Zwiesprache mit der Fotografie. Dann legte er sie sich auf die Brust und schlief ein. Seine Verlobte war das schönste Mädchen auf Erden, davon war Khosrow fest überzeugt und darauf mit jedem zu wetten bereit, der sein Bild und sein kleines Geheimnis kannte. Die junge Frau hatte ihr kräftiges schwarzes Haar zu zwei über die Schultern fallenden Zöpfen geflochten. Dazu zwei große, helle Augen und einen linsengroßen Leberfleck rechts über der Oberlippe. So sah sie auf dem Schwarz-Weiß-Foto aus. Khosrow war mit Nader so eng befreundet, dass er nur ihn in sein kleines Geheimnis einweihte. Seiner Krampfanfälle und seines Rituals vor dem Schlafengehen wegen hielten die anderen ihn für einen Sonderling, der an einer rätselhaften Störung litt. Dass er ein stiller Mensch war und sich häufig zurückzog, bestärkte diese Annahme. Kurz nachdem Nader seinen Wehrdienst beendet hatte, verschwand Khosrow plötzlich. Manche Leute vermuteten, er sei eines Abends während seines Wachdiensts zum Feind übergelaufen und habe sich ergeben. Nader hielt das für Spekulation. Khosrow hasste die irakischen Soldaten. Andere Stimmen erwähnten einen Wolf, der in Mondnächten unweit von Khosrows Schützengraben aufgetaucht sei. Angeblich hatte man sogar gesehen, wie Khosrow den Wolf umarmt und Hals und Ohren des Tiers gestreichelt hatte. Der Wolf hatte Khosrow in einer Mondnacht wohl mitgenommen. Ein Soldat gab an, er habe die Geister der beiden während seines Wachdienstes auf einer Hügelkuppe gesehen.

Was Nader kaum glaubhaft fand. Eine Wüstenlandschaft, in der sich Sanddüne an Sanddüne reihte, so weit das Auge reichte, machte die Soldaten, die sich hinziehende Tage an den Fronten des Kriegs verbrachten, schlaflos und melancholisch. Die Melancholie der Soldaten, die während ihrer kurzen Fronturlaube nach Ahwas gingen, wurde stärker. Ein Mann in Ahwas wies den Soldaten auf Kurzurlaub Wege zu Freudenhäusern. Er hieß Ayub. Zwar hatte niemand ihn je gesehen, doch er war allgemein bekannt. Unter den Prostituierten waren viele Frauen, die ihre Angehörigen im Krieg verloren hatten. Sie kamen aus den feindlich besetzten Gebieten und brachten nur wenig Erfahrung in ihrem neuen Beruf mit. Die Soldaten erzählten, eine junge Prostituierte sei mit Maske tätig. Niemand hatte je ihr Gesicht gesehen, doch es wurde sehr viel darüber spekuliert. Manche sagten, es sei so schön, dass jeder, der einen Blick darauf erhaschen könne, auf der Stelle wahnsinnig werde. Die Legenden hatten ihr Gesicht verklärt und so geheimnisvoll gemacht, dass, wer ihre Dienste in Anspruch nehmen wollte, tiefer in die Tasche greifen musste als bei ihren Konkurrentinnen. Angesichts ihres geringen Solds dürfte sich solche Geldverschwendung nur für die wenigsten Soldaten ausgezahlt haben, doch es gab kaum einen unter ihnen, der sich nicht rühmte, wenigstens einmal mit ihr im Bett gewesen zu sein. Zugleich behaupteten sie, es sei ihnen gelungen, eine kleine Unachtsamkeit der Dame auszunutzen und einen Blick auf ihr Gesicht zu erhaschen. Ein Gesicht, das bezaubere und jedem Betrachter unweigerlich den Kopf verdrehe. Ayub versorgte die Soldaten auch mit schwarz gebranntem Alkohol, offiziell «Medizin» genannt. Als Nader eines Abends ein Kampfbataillon hinter der Front erreichte und einer Gruppe unter der Leitung eines kurdischen Majors zugeteilt wurde, hörte er einen seiner Kampfgefährten nach Medizin fragen. Durch diesen schwarz gebrannten kam Nader erstmals mit Alkohol in Berührung.

Über besagte Prostituierte kursierten viele Geschichten, angeblich war sie auch Traumdeuterin. Männer erzählten ihr ihre Träume, sie legte sie aus und rühmte sich weiterer beruflicher Fertigkeiten. Unter anderem führte sie Abtreibungen durch, verkaufte Liebesmedizin, unterwies Interessierte in der Kunst der Erregung des Mannes, verriet Geheimnisse zur raschen Verführung von Frauen und andere Details, sämtlich die Körperregion unterhalb der Gürtellinie betreffend. Über ihr früheres Leben hieß es, sie haben ihrem Ehemann misstraut. Eines Tages folgte sie ihm an den Ort, an dem er mit jemandem verabredet war, kehrte nach Hause zurück und wartete auf seine Rückkehr. Als er zur Tür hereinkam, ging sie ihm entgegen, er vermutete, sie wolle ihn zur Begrüßung küssen, doch sie stieß ihm ein Messer bis zum Heft in den Bauch und floh. Ihre Maske, so heißt es, trage sie aus diesem Grund. Sie wolle unerkannt bleiben. Das heimliche Verlangen nach dem jungen Offizier, die Großaufnahme der an einem heißen Nachmittag gemeinsam masturbierenden Männer in Militäruniform und eine mysteriöse Geschichte über eine Frau – Dinge, die ihm nach dem Ende seines Wehrdienstes über die Runden halfen. Gerettet aber hatte ihn die Tatsache, dass er sich selbst wieder in den Arm nehmen konnte, um seine Einsamkeit zu vergessen. Seine frühen Jugendjahre waren, trotz aller bitteren Erfahrungen, die Zeit, in der er noch hatte glauben können, alle seine Wünsche würden eines Tages in Erfüllung gehen.

16

Vor Tagen hatte Khayyam seinen Platz für den jungen Geiger geräumt. Der Musiker ging David nicht mehr aus dem Kopf. Er war im Internet auf ein Foto und ein Interview mit ihm gestoßen. Mehr hatte er über das Leben des Mannes nicht in Erfahrung bringen können. Auch Nachrichten über ihn schienen plötzlich unauffindbar. Er war also tatsächlich verschwunden. Das Foto aus dem Internet zeigte den Musiker in einem weißen Hemd mit Fliege. Den Steg seiner Geige hielt er in der linken Hand, das Instrument unters Kinn gestützt. Den Bogen hielt er wie zum Aufstrich in der Rechten und schaute dabei fragend in die Kamera, als habe ihn plötzlich jemand gerufen. Nader hatte seinen melancholischen Blick ja erwähnt. Der wurde hiermit bestätigt.

Der Geiger war verschwunden, genau wie Kay Khosrow, der König aus der iranischen Mythologie, der eines frühen Morgens bei Sonnenaufgang verschwand. David hatte die Geschichte vom ‹König mit dem guten Namen› irgendwo gelesen. Ein tapferer, rechtschaffener Herrscher, der Inbegriff des idealen Staatsoberhaupts. Nach sechzig Jahren Herrschaft dankt er ab und macht sich mit einigen Getreuen auf den Weg zu einem Rückzugsort in den Bergen, zur inneren Einkehr. Die Getreuen bezeugen, dass er plötzlich verschwunden sei. Sie setzen ihren Weg fort und verschwinden unverhofft ihrerseits im Schnee. Zoroastrier glauben, Kay Khosrow wird am Jüngsten Tag auf einem Himmelswesen zur Erde schweben und wird, unterstützt vom großen Wohltäter Saoschiant, Gutes bringen. Würde der Geiger gemeinsam mit Saoschiant wiederkehren?

David nahm sich vor, mehr über Bardia Parsa in Erfahrung

zu bringen. Er sah das, vielleicht naiv, als seine moralische Pflicht an. Weshalb hatte sich niemand aus Naders Nachbarschaft im Konflikt mit dem Mann Gottes für den Geiger eingesetzt? Gab es die Möglichkeit zu einer Versöhnung? Weshalb hatte am fraglichen Tag niemand gegen das Vorgehen der Regierungsbeamten protestiert? David schien die Last der großen Ungerechtigkeit auf den eigenen Schultern zu spüren. Und konnte doch nichts ausrichten. Gern hätte er sich jetzt von diesem Thema abgelenkt und sich den Geiger aus dem Kopf geschlagen. Zu seinem Ärger gelang ihm das nicht. Er wünschte, sein Gedächtnis würde sich stattdessen mit den dunklen Ereignissen in seinem eigenen Leben befassen.

Eines Vormittags waren nach dem Frühstück und in Naders Abwesenheit weder Khayyam noch der junge Geiger Gesprächsthema. David, vom Vortag noch immer missgestimmt, erzählte Nastaran, zwischen relativ langen Pausen und vagen Hinweisen auf Personen und Orte, eine Geschichte vom Scheitern und von Enttäuschungen. Von einer intensiven, aber kurzen Liebe während seiner Studienzeit, von einem Sturm, der ihn aus der Bahn warf. Tschaikowskis *Pathétique* im Hintergrund machte ihm die Schilderung nicht leichter. Er fühlte sich von einer unsichtbaren Hand an der Gurgel gepackt. Sie schnürte ihm die Kehle zu.

Nastaran hörte ihm schweigend zu, goss ihm ein Glas Tee ein. Weshalb erzählte David ihr das alles? Wollte er ihr zu verstehen geben, dass er sich, seiner schlechten Erfahrungen wegen, künftig auf kein Liebesabenteuer mehr einlassen würde? Vielleicht wollte er ihr als Freundin einfach sein Herz ausschütten? Zählte er inzwischen nicht zur Familie?

Am nächsten Tag stöberte David so lange im Internet, bis er den Namen Barida Parsa unter den Namen von Menschen fand, die vor Jahren bei einem Flugzeugabsturz in Kuala Lumpur ums Leben gekommen waren. Er tauchte in einem Text auf, der die Angehörigen der Opfer aufforderte, sich zwecks einer Entschädigung an die betroffene Fluggesellschaft zu wenden. Von der hatte David noch nie gehört. Doch seine weitere Recherche ergab, dass sie vor Jahren aufgelöst und ihr Geschäftsführer zu einer Haftstrafe verurteilt worden war.

Weshalb werden Firmen aufgelöst? Weshalb stürzen Flugzeuge ab? Weshalb verschwinden Menschen? Wie entwickelte sich das Stadtviertel aus Naders Jugend ohne die Geigenmusik? Wohin führen heiße Liebesgeschichten aus Studienzeiten? Weshalb hatte ein Freund ihm ausgerechnet ein Buch mit Gedichten eines iranischen Lyrikers zum Geschenk gemacht? Was tat er hier in Teheran, und welcher Fügung hatte er es zu verdanken, dass Nastaran und Nader in sein Leben getreten waren?

Am Ende des Tages, den er nur mit Nachdenken über diese Fragen verbracht hatte, ging er mit Naders Hilfe ins Bad und sah sein verkrampftes Gesicht im Spiegel. So matt und niedergeschlagen sah er sich zum ersten Mal.

17

Die Morgensonne fiel durchs große Fenster ins Wohnzimmer und zeichnete im Zusammenspiel mit den Gegenständen und den Leerstellen im Raum Licht- und Schattenrisse an Fußboden und Wände. Morgens, wenn David wach wurde, beschäftigte er sich meist mit diesen Zeichnungen, während er darauf wartete, dass Nastaran oder Nader aufstand, um ihm im Bad behilflich zu sein. Heute Morgen aber vertiefte er sich wieder in die Bilder in dem Buch, das Bettina ihm am Vortag mitgebracht hatte.

Mit diesem Buch in der Hand hatte sie Nader gestern ihren zweiten Besuch abgestattet. Frisch und guter Dinge. Wie vermutlich immer. Ja, auch bei ihrem ersten Besuch war sie so energiegeladen und gut gelaunt gewesen.

Der gestrige Tag hatte gerade erst begonnen, und Naders Wohnung war noch ganz sonnenerfüllt gewesen. Bettina hatte die Wohnung betreten, hatte Nader und Nastaran kurz begrüßt, war gleich darauf auf David zugegangen, hatte ihm die Wangen geküsst und ihm das Buch überreicht. Er hatte den Titel laut vorgelesen: *Khayyam in der Töpferwerkstatt.*

Mit leuchtenden Augen hatte David von Bettina wissen wollen: «Wo hast du das denn aufgetrieben?»

«In einem Raritätenladen.»

Fast scherzhaft hatte Nastaran festgestellt: «Dass es das Buch in dem Laden gab, zeigt, es ist keine Rarität.»

«Doch, es ist wirklich ein seltenes Buch», hatte Bettina beteuert.

Nader war neugierig auf David zugegangen, der hatte ihm das Buch gereicht. «Davon habe ich noch nie gehört.»

Nader hatte die Titelei aufgeschlagen: «Ich kenne weder

den Autor noch den Verlag. Und ein Erscheinungsjahr kann ich auch nicht finden.»

Bettina hatte so stolz in die Runde geschaut, als hätte sie den Khaiber-Pass bezwungen. Sie rechnete mit allgemeiner Bewunderung für ihren Fund.

«Wie hast du von der Existenz des Werks erfahren?»

«Ich habe dem Verkäufer gesagt, ich suche ein Buch über Khayyam. Er ging in sein Lager und kam mit diesem Buch zurück. ‹Niemand weiß davon›, hat er gesagt.»

Nader hatte David das Buch zurückgegeben, der hatte darin geblättert. Es enthielt auch Bleistiftskizzen eines Mannes im Fellmantel, mit wirrem Haar, in unterschiedlichen Szenen. Oft war er in Gesellschaft einer schlanken, großäugigen Schönheit dargestellt. In einer Zeichnung reichte die Schönheit ihm einen Kelch, während sie einen Tonkrug in der anderen Hand hielt. Eine weitere zeigte die Frau tanzend, mit einer Laute im Arm. David hatte das Buch an sich gedrückt und dabei die Augen geschlossen, als sei es von besonderer Bedeutung für ihn, auf ganz besondere Weise mit seinem Leben verknüpft, jedenfalls schien er tief berührt.

«Von diesem Buch habe ich geträumt. Im Traum zeigte mir jemand diese Skizzen, eine nach der anderen, und wollte wissen, was ich von ihnen halte. Die Stimme der Person klang, als käme sie tief aus einem lang gestreckten Tunnel …» David hatte die Augen lange geschlossen gehalten, hatte sehr nachdenklich gewirkt, hatte wie im Schlaf abgehackt und teilweise unverständlich gesprochen. Man hätte ihn für einen Wahrsager halten können, der die Zukunft enträtselt. Er hatte die Stimme abwechselnd gehoben und gesenkt und für sonderbare Stimmung im Raum gesorgt.

Nader war es irgendwann so vorgekommen, als erlebe er das Licht, den Augenblick, das Zimmer, alles, was geschah, nicht zum ersten Mal. Das Déjà-vu hatte ihn erschaudern lassen.

Am Morgen nach Bettinas Besuch ging er direkt im Anschluss ans Frühstück aus dem Haus. Auch wenn David und Nastaran allein waren, ergab sich meist Gesprächsstoff, und selbst wenn sie schwiegen, überbrückten Wörter und Töne in tiefer Stille die kurzen Pausen, um allmählich aufzutauchen und wieder hörbar hin und her zu wandern. Da der Gedankenaustausch heute jedoch nicht wie sonst in Gang kam, schlug Nastaran vor, einen Film anzuschauen. Er handelte von einem jungen Boxer, der zwar mit großer Leidenschaft kämpfte, aber oft verlor, weshalb er nicht wollte, dass seine Verlobte seine Wettkämpfe verfolgte. Er, von jedem Kampf gezeichnet, schilderte ihr lieber jeden einzelnen, wenn er heimkam. Sie hing an seinen Lippen, verfolgte seine Schilderungen mit vor Staunen weiten Augen und fühlte sich ihm so eng verbunden, dass sie glaubte, aus jedem seiner Atemzüge all ihre Lebensenergie zu beziehen.

«Gibt es so starke Liebe überhaupt?»

David sah Nastaran nur an.

Sie hatte erwartet, er würde in der Zeit, die sie beide gemeinsam verbrachten, pausenlos über sich selbst reden wollen, über seine Kindheit, seine Eltern, seine Liebesgeschichten. Doch er hatte diesen Wunsch nicht oft. In letzter Zeit war er, anders als zu Anfang, sehr schweigsam. Nastaran war sich sicher, ein sympathischer, gut aussehender junger Mann wie er hatte schon so manches Liebesabenteuer hinter sich. Sie betrachtete sein Profil, er saß wieder schweigend da, wie schon vor dem Liebesfilm. Er war sehr wortkarg gewesen. Kurze Sätze, von Nastaran vereinzelt eingeworfen, hatten ihn nicht gesprächiger gemacht. Er hatte sich Nastaran nur dann und wann zugewandt und genickt. Nach dem Liebesfilm änderte sich das allerdings. David wurde redselig. Nun tauschten sich beide rege über ihre Lebenssituationen, ihre Interessen und auch über die Schlüsse aus, die jeder aus den eigenen Erfahrungen gezogen hatte. Sie sprachen über Kunst,

Kindheit, Liebe. Zwischen den Gesprächsfetzen hätte man nur mit Mühe logische Verbindungen herstellen können. David schien der Austausch mit Nastaran wieder Freude zu machen, wobei völlig unerheblich schien, was gesagt wurde. Nach einer guten Stunde allerdings verfiel er wieder in Schweigen. Nastaran suchte nach einem besonderen Thema, das ihn neu begeistern könnte. Und so kam, nach ein, zwei vergeblichen Anläufen, die Gesprächsmühle wieder in Schwung. Nastaran übernahm die Gesprächsführung.

«Nader fühlt sich zutiefst einsam. Ich versuche mein Bestes, um diese Einsamkeit zu vertreiben. Aber bis jetzt habe ich das nicht geschafft.»

«Chronische Einsamkeit hat ihre Wurzeln meist in der Kindheit der Betroffenen. Wie waren seine Kindheit und seine Jugend?»

«Ich glaube, er hatte es schwer. Er spricht nicht oft darüber.»

«Was weißt du über seine Vergangenheit?»

«Mit zehn, elf Jahren hat er seinen Vater verloren. Seine Mutter hat danach ein zweites Mal geheiratet, und Nader ist bei seiner Großmutter geblieben. Doch auch sie verlor er relativ früh, mit siebzehn.»

«Keine fröhliche Kindheit.»

«Über seine Großmutter spricht er oft. Viel seltener über seine Mutter oder seinen Vater. Ich glaube, seine Oma hatte mehr Einfluss auf sein Leben als seine Eltern.»

«Gut, dass du das verstehst. Aber wenn zwei einsame, alleinstehende Menschen einander beistehen möchten, brauchen sie eine gemeinsame Basis.»

«Wir sind uns in vielen Dingen vollkommen einig.»

«Das genügt nicht.»

«Manchmal denke ich, er ist allein, vielleicht einsam, weil er Schriftsteller ist. Er kann nicht anders. Und vielleicht sind seine Romane seine große Liebe.»

«Glaubst du nicht, dass eurer Beziehung etwas fehlt? Ihr geht sehr liebevoll miteinander um, habt Respekt füreinander, und dennoch, so scheint mir, fehlt etwas.»

Nastaran zögerte kurz, sagte dann: «Wir haben sehr viele unterschiedliche Interessen. Vielleicht sollte man an unsere Beziehung keine allgemeinen Maßstäbe anlegen. Wir genießen unser Zusammensein und fühlen uns sicher miteinander. Wir lesen gemeinsam Bücher, schauen uns gemeinsam Filme an, gehen zusammen ins Theater, solche Sachen eben.»

Als spräche er zu sich selbst, fragte David unverblümt: «Liebt Nader dich?»

Diese Frage veränderte die Stimmung im Raum, und beide mussten mit dieser Veränderung umgehen. Nastaran sah David eine Weile an, um zu begreifen, was er soeben von ihr hatte wissen wollen. Sie wusste, David könnte seine Frage mit einem Hintergedanken gestellt haben, doch sie wollte aufrichtig sein. Sie senkte den Blick und gab unentschlossen zurück: «Darauf gibt es keine eindeutige Antwort.»

«Hm, ich habe meine Antwort schon bekommen. Und du, liebst du ihn?»

In der Frage lag ein vorwurfsvoller Unterton, als kenne David die Antwort bereits. Nastaran ließ sich diesmal etwas länger Zeit, bevor sie reagierte. «Du willst eine klare Antwort. Vielleicht, vielleicht aber auch nicht. Wenn du's genau wissen willst, ich weiß es nicht genau.»

Die Antwort beruhigte David. Doch die Ruhe währte nicht lang, weil Nastaran sofort nachschob: «Weil Liebe mir ein unbegreifliches Rätsel ist. Aber ich kann mit Sicherheit sagen, zwischen uns besteht eine tiefe Bindung.»

David tat, als habe er diesen Nachsatz nicht gehört, und konstatierte: «Du liebst ihn also nicht. Welchen Sinn hat es dann, die Beziehung aufrechtzuerhalten? Weshalb beendest du sie nicht?»

«Schluss machen?»

«Ja, leb dein eigenes Leben.»

«Du beurteilst uns nach deiner Art zu leben. Ich sehe für mich aber keine andere Wahl. Ich kann mir ein Leben ohne Nader nicht vorstellen. So wie es ist, ist er meine Zukunft. Vielleicht ist das ja Liebe.»

«Ist es nicht. Es ist das Eingeständnis, dass du mit deinem Leben und mit deiner Beziehung zu Nader vollkommen unzufrieden bist.»

Über dieses Thema schien Nastaran schon ewig nachgedacht zu haben, denn sie erwiderte, ohne zu zögern: «Ehrgeizige Menschen streben danach, glücklich oder zufrieden zu sein. Aber ich weiß, dass man diese Zufriedenheit nie erreicht.»

«Du wähnst dich wunschlos glücklich, weil du dich in dein Schicksal gefügt hast.»

«Ich bewege mich im Rahmen des Möglichen. Ich sagte ja, ich bin kein ehrgeiziger Mensch.»

«Die Suche nach einem besseren Leben hat nichts mit Ehrgeiz zu tun.»

«Nader ist mein Partner, mein Gegenstück, und ich bin überzeugt, anders könnte es nicht sein. Unsere beiden Welten sind längst ineinander verwoben. Die Welt des einen ist Teil der Welt des anderen. Er ist ein erfolgreicher Autor, und ich empfinde Stolz an seiner Seite. Du kennst ihn nicht genau. Er ist kreativ, außergewöhnlich. Er zählt zu den Menschen, deren Leben über sie hinausweist.»

«Ich weiß noch immer nicht genau, ob der Beruf, den ein Mensch ausübt, sich auf sein Gefühlsleben auswirkt oder nicht.»

Ach, was wollte er denn beweisen? Nastaran zuckte ratlos die Achseln und sagte: «Genau da liegt dein Fehler. Er ist weder Arzt noch Lehrer noch Schreiner. Er ist Schriftsteller. Vielleicht heißt schreiben, heißt jede Art künstlerischer Arbeit ja, dass jede neue, jede individuelle Form des Ausdrucks von

Leben ihre Wurzeln im Emotionalen, überhaupt im unbewussten Teil der Persönlichkeit hat.»

«Ich schließe aus deinen Worten, dass Nader sich als Schriftsteller grundsätzlich nicht so verlieben kann wie andere Menschen. Sich nicht verlieben zu können, ist ein Manko.»

«So gesehen, magst du recht haben. Aber sein literarisches Schaffen erwächst aus diesem Manko. Und ich habe das genau so akzeptiert.»

«Das klingt, als hielte Nader Liebesbeziehungen für vergeudet und investiere Gefühle lieber in Literatur.»

«Das habe ich so nicht gesagt.»

«Das bedeuten deine Worte aber. Gut, er liebt dich, weil er gern jemanden um sich hat, ohne tiefe Bindung, jemanden, der ihm Gesellschaft leistet, damit er abends nicht allein ins Bett gehen muss …, entschuldige, dass ich's so profan sage.»

Davids Offenheit stieß Nastaran vor den Kopf, doch sie ließ sich das nicht anmerken. An ihrer Haltung änderte Davids Direktheit nichts. David ließ sich nicht anmerken, wie aufgewühlt er war, vor Zorn. Nastaran entging das nicht. Was ihn so aufgebracht hatte, vermochte sie nicht zu sagen. Sollte sie ihm erlauben, das Gespräch so fortzusetzen? Schnell warf sie ein: «Wie gesagt, er schreibt gern und genießt das Schreiben so, wie andere Menschen ihr Zusammensein mit Freunden genießen.»

«Das ist nicht normal.»

«Es steht dir frei, das so zu sehen.»

«Verletzt es dich nicht, wenn ich so offen und ehrlich mit dir rede?»

Nastaran zuckte gleichmütig die Achseln. David zögerte kurz, lächelte dann, ohne bösartig zu wirken: «Ich erkenne keinerlei Anzeichen emotionaler Abhängigkeit an dir. Nader bedeutet dir nichts. Dir ist der Nutzen wichtig, den du aus dem Zusammensein mit ihm ziehst.»

Nastaran schüttelte energisch den Kopf und widersprach: «Entschuldige, aber du redest Unsinn!»

David war noch nicht fertig: «Du hast dich schlicht an ihn gewöhnt, wahrscheinlich empfindest du auch Respekt für ihn, aber mehr nicht!»

Nastaran schwieg, wobei sie David insgeheim heftig widersprach, sich ihm aber nicht offen entgegenstellen mochte. Sie zeigte sich empathisch: «Du magst ja recht haben. Immerhin ist er fünfzehn Jahre älter als ich.»

Und lebhaft ergänzte sie: «Mit sieben habe ich meinen Vater verloren und fühle mich, als hätte ich nie einen Vater gehabt.»

Von Gefühlen überwältigt, kamen ihr jetzt Tränen. David streckte eine Hand aus und wischte sie ihr mit dem Zeigefinger von den Wangen. Nastaran wich unwillkürlich zurück und sah ihn aus tränenfeuchten Augen an. Nein, nicht nur freundlich und teilnahmsvoll. In ihrem verschwommenen Blick war kurz noch etwas anderes aufgeflackert und wieder erloschen.

Weinend erklärte sie: «In den letzten acht Jahren war ich einerseits glücklich an Naders Seite, andererseits habe ich mir große Sorgen gemacht.»

David nickte verständnisvoll: «Sorgen machen wir uns doch alle im Leben.» Er nahm Nastaran in den Arm und strich ihr über den Rücken. «Du musst mutiger sein.»

«Hier geht es nicht um Mut», schluchzte Nastaran. «Ich bin einfach völlig erschöpft. Und beim Gedanken an diese Erschöpfung wird mir himmelangst.»

«Doch, Nastaran, es geht tatsächlich einzig und allein um Mut. Um den Mut, schwere Entscheidungen zu treffen.»

David drückte Nastaran fester an sich. Sie fühlte sich unwohl und löste sich langsam aus seiner Umarmung. Seine Geste war gewiss nur freundschaftlich gemeint. So wollte Nastaran die Sache zumindest sehen. Trotzdem lief ein sanfter Schauer durch ihren Körper.

David lehnte sich in seinem Stuhl zurück und schüttelte sich kurz. War er zu weit gegangen? Nastaran rückte grundlos die Gegenstände auf dem Tisch hin und her, um sich vom eben Geschehenen abzulenken. Vergebens. Waren da etwa Gefühle im Spiel gewesen? Nastaran ahnte wohl, dass sie von diesem Moment und von den mit ihm verbundenen Emotionen Abstand gewinnen musste. Um sich jetzt davon zu lösen, wandte sie den Kopf Richtung Fenster und schaute nach draußen.

Es schneite wieder, und Naders kleine Wohnung war plötzlich von sanfter Traurigkeit erfüllt. Auf dem Gasherd brodelte der Teekessel leise vor sich hin, und die von ihm aufsteigenden Dampfwolken verpufften in geringer Höhe über ihm. Weshalb aber war der besondere Moment so rasch verflogen? Einer jener reinen Momente, in denen Nastaran ihre Ängste hatte in Worte fassen und David ihre tiefsten Empfindungen hatte anvertrauen können. David verstand sie offenbar, er schien ihre seelischen Schwingungen aufzunehmen, auf kaum beschreibliche Weise mit ihr im Einklang zu sein. In solchen Momenten vergaß David Khayyam völlig.

Vorsicht war klüger als Tapferkeit, und Nastaran beschloss, auf der Hut zu sein. Was wusste sie eigentlich über David? Und über Nader? Sie fühlte sich, als sei sie mit ihm aufgewachsen und auch mit ihm zu geistiger Reife gelangt. Weshalb sie beschloss, ihre neuen Gefühle tief in sich zu begraben.

Als die beiden seit Langem Verlobten sich abends in ihr Schlafzimmer zurückzogen, Nastaran im Nachthemd auf der Bettkante saß und sich vor dem Zubettgehen die Haare kämmte, murmelte sie, ihre Erlebnisse des vergangenen Tages zusammenfassend, vor sich hin und präsentierte Nader schließlich ihr Fazit: «Dass David hier ist, ist ein Segen.»

Was meinte sie damit? Nader sah sie schweigend an. Sie erläuterte: «Er hat uns beide enger zusammengebracht.»

Während sie sich weiter kämmte, sinnierte sie: «Vielleicht ist David das Kind, das ich gern hätte. Ein Wesen, das unsere Beziehung festigt.»

«Unsere Beziehung ist fest genug.»

«Meinst du mit ‹fest genug›, wir brauchen keine noch engere Bindung?»

Nader setzte sich neben Nastaran, küsste die Hand, in der sie die Haarbürste hielt, und sagte: «Natürlich ist es ein Segen, dass David hier ist. Er bringt frische Energie in unsere vier Wände.»

«Er ist ein sensibler junger Mann.»

Ja, vielleicht hatte seine Energie sogar ein Gefühlschaos ausgelöst. Um das nicht ansprechen zu müssen, schlug Nader scherzhaft vor: «Komm, wir adoptieren ihn.»

Nastaran fand diesen Vorschlag nicht lustig. Sie kämmte weiter ihr Haar, wirkte ruhig und gefasst. Und diese Gelassenheit ging mit der Gewissheit einher, dass ein bisschen Glück sie retten könnte.

18

Etwas veränderte sich. Alle drei spürten das, jeder auf seine Weise, und niemand ließ sich etwas anmerken. Wann immer Nastaran David näher kam, beispielsweise, um ihm etwas in die Hand zu geben oder ihm etwas abzunehmen, weckte das ein unbeschreibliches Gefühl in ihr. Als hätte sie etwas Verbotenes getan, ihm Dinge heimlich gereicht, sie heimlich entgegengenommen. Beunruhigende Regungen. David indes wurde immer zurückhaltender. Schlug Nastaran sich in einer Unterhaltung auf seine Seite, mied er beschämt ihren Blick. Vielleicht im Versuch, die verloren gegangene Förmlichkeit im Umgang miteinander wiederherzustellen. Die entstandene Vertrautheit sorgte für unangenehme Spannung. David befürchtete, Grenzen zu überschreiten, unbefugt in andere Welten vorzudringen. Befürchtete, er könnte zum Eindringling werden und den Bruch einer langjährigen Beziehung verursachen. Vielleicht aber bahnte sich hier nur ein vorübergehender Rückzug an, bis sich die Gelegenheit zum nächsten behutsamen Vorstoß böte?

Nader behielt jede Einzelheit im Umgang zwischen David und Nastaran genau im Auge, schob den inneren Drang dazu aber bewusst beiseite, indem er sich einredete, es sei alles normal, keine versteckten Andeutungen, kein Verdacht, keine bedeutungsschweren Blicke, nichts Außergewöhnliches. Und da das so war, gab er sich umso herzlicher. In der Dreierrunde konnte nur er, treffend argumentierend, gesprächig und gut aufgelegt, wie er war, sich so normal verhalten, dass Nastaran und David annehmen konnten, es sei in der Tat alles normal, und sie bildeten nur vorübergehend eine Familie zu dritt. So mit der Sache umzugehen, war das Vernünftigste, und sowohl David als auch Nastaran waren Nader, jeweils auf ihre Weise, dankbar dafür. Naders Erfahrung und Reife in Sachen Sozialverhalten fand beider Bewunderung. Zur Wahrheit zählte allerdings auch, dass Nader, bisweilen arglistig, sich im vorliegenden Fall einbildete, er habe den Plan für dieses Dreiecksverhältnis geschmiedet, er habe dieses Fangnetz ausgelegt, und sein Erfolg bereitete ihm großes Vergnügen.

Wobei die Gefühlslage zwischen Nader und David sich komplizierter gestaltete als die zwischen David und Nastaran. Sie suchte, vergeblich, nach etwas Besonderem in dem, was sie mit David verband, und fragte sich wiederholt, ob diese Verbindung tatsächlich besondere Züge trug. Es freute sie, dass die undefinierbare emotionale Leere, die Nader plagte, ihm offenbar weniger zu schaffen machte, seit David mit hier wohnte. Und sie sah in David jemanden, der Nader über seine Einsamkeit hinweghalf. Dass ihr das bisher nicht gelungen war, hatte sie zutiefst ratlos gemacht. Jetzt, da David, sozusagen als rettender Engel, seinen Weg zu ihnen gefunden hatte, war Nader glücklicher, besser gelaunt, energiegeladener. Woraus Nastaran schloss, dass alle Einsamkeit aus einer bestimmten Quelle herrührte: Kein Mensch konnte sein Leben allein meistern. Doch was tat Nader, was wollte er tun, wenn er damit allein nicht zurechtkam? Diese Frage war Nastaran ein seit acht Jahren ungelöstes Rätsel. Welchen Gefühlsknoten hatte David in ihm gelöst? Müsste Nastaran Nader noch näherkommen? Ginge das überhaupt? Jeder kannte die Gedankenwelt des anderen in- und auswendig. Etwas an Nader aber – es ließ sich nur schwer in Worte fassen – war für Nastaran bisher unerreichbar geblieben. Es schien in der Tiefe seiner Seele zu liegen, so subtil, spezifisch, komplex und in Naders Natur angelegt, dass es bisher unentdeckt geblieben war.

Abends, wenn Nader und Nastaran David gute Nacht gesagt, sich in ihr Schlafzimmer zurückgezogen und die Tür hinter sich geschlossen hatten, verstrichen eigenartige Momente, bevor alle schließlich einschliefen. Nader und Nastaran hatten das Gefühl, die nächtliche Stille gehe von David aus, zumindest von etwas, das sich hinter ihrer geschlossenen Schlafzimmertür befand. Und das jenseits der Tür jedes Geräusch aufzusaugen und für eigene Zwecke zu verstärken schien. Und David richtete sich vermutlich wiederholt auf, reckte den Hals und horchte in Richtung Schlafzimmer, um zu erlauschen, was sich beim nächtlichen Beisammensein im Schlafzimmer tat. Was David durch den Kopf ging, wussten Nader und Nastaran nicht zu sagen. Für sie aber bekam Sex in Hörweite eines Dritten eine neue Qualität. Sie waren beide mit mehr Leidenschaft bei der Sache, und beiden war durchaus bewusst, dass David das mitbekam. Nastarans Lustschreie, Naders sich steigerndes Stöhnen, bis hin zur Ejakulation, waren im Wohnzimmer zweifellos deutlich zu hören, und beide genossen es, dass David, allein, mit der kalten Couch vorliebnehmen musste, während sie, zu zweit, nur wenige Meter von ihm entfernt, eng umschlungen Spaß miteinander hatten. Diese Freude machte den Sex umso genüsslicher. Nader und Nastaran ahnten, dass David mit allen Sinnen aufs Schlafzimmer konzentriert war und mit geschlossenen Augen lauschte. Sie bemühten sich nicht um Zurückhaltung. Und doch verbarg jeder vor dem anderen ein Geheimnis. Während sie miteinander schliefen, räumten beide auch David seinen Platz dabei ein.

Der nächste Tag begann wieder wie gewohnt, ganz unabhängig von den Geschehnissen am Vorabend – dachten zumindest Nader und Nastaran. David sah das unter Umständen anders.

Eines Tages kamen die drei unerwartet auf Davids Mutter zu sprechen, die zuvor noch nie Gesprächsthema war. In Teheran ging man mit Davids Unfall gut um, David war in besten Händen. In London aber sah die Sache anders aus.

Nach seinem Sturz hatte David zweimal mit seiner Mutter telefoniert, ohne jedoch sein Missgeschick zu erwähnen. Danach hatte er sie – Störungen im Mobilfunknetz geschuldet – nicht erneut anrufen können. Weshalb sie sich Sorgen gemacht, in der Pension angerufen und von Banu in gebrochenem Englisch erfahren hatte, dass David nicht in der Pension sei, sondern vorübergehend bei einem Freund wohne. Banu war zwar taktvoll genug gewesen, Davids Unfall nicht zu erwähnen, hatte damit aber die mütterlichen Sorgen nicht zerstreut, sondern noch befeuert. David bei einem Freund? Bei welchem Freund? Er hatte in Iran doch gar keine Freunde. Mit Naders Telefonnummer hatte Banu nicht dienen können, doch sie wusste immerhin, dass Bettina mit David in Kontakt stand, und hatte Davids Mutter gebeten, in ein paar Stunden erneut anzurufen, wenn Bettina wieder in der Pension sein würde.

Stunden später war die Telefonstörung behoben, Davids Mobiltelefon klingelte, und die Mutter konnte, nach Tagen der Sorge, ihren Sohn endlich wieder hören.

Der wählte den besten Weg und erzählte seiner Mutter in allen Einzelheiten, was vorgefallen war. Während des Gesprächs machte er im durchs Fenster einfallenden Licht sogar ein Foto der Röntgenaufnahme seines gebrochenen Handgelenks und schickte es seiner Mutter, damit sie sich mit einem Arzt ihrer Wahl beraten und sich vergewissern konnte, dass es keinen Grund zur Beunruhigung gab und dass weder ihm noch ihr eine schwere Zukunft bevorstand. Doch welche besorgte Mutter war sich je sicher, dass ihrem Kind keine Gefahr drohte? Wer sollte sie davon überzeugen? Das Telefon machte die Runde, Nastaran und Nader sprachen kurz mit der Mutter und versicherten ihr in vollendetem Englisch, dass sie sich um ihren Sohn kümmerten, als sei er ihr Bruder und engster Freund. Doch die Mutter ließ sich nicht beschwichtigen. Sie bestand darauf, in den nächsten Flieger nach Teheran zu steigen. Wer waren diese beiden Fremden? Wenn eine so enge Freundschaft zwischen ihnen und ihrem Sohn bestand, weshalb hatte er sie noch nie erwähnt? Wieso hatte er ihr seinen Sturz verschwiegen?

«Ich wollte nicht, dass du dir grundlos Sorgen machst.»

Auch das überzeugte Davids Mutter nicht. Im Laufe früherer Telefonate hatte David ihr die Wahrheit möglichst lange vorenthalten, hatte ihr erzählt, was er alles unternommen, welche sehenswerten Orte er besucht und wen er kennengelernt hatte.

Nun rief sie ihren Sohn fast täglich an. Jedes Gespräch zog sich länger hin als das vorherige. Wobei Davids Mutter zwar nicht sehr berechnend, unterschwellig aber immer auf Nader bezogen sprach. Sie fragte sich nach wie vor, wie es sein konnte, dass er in Davids Leben getreten war.

Nach einem mehr als einstündigen Telefonat empfing David eines Tages eine E-Mail von seiner Mutter. Die erste ihrer Art, denn bisher hatten Mutter und Sohn über Distanzen hinweg ausschließlich miteinander telefoniert. Schon nach den ersten Zeilen war David klar, seine Mutter hatte ihm die Nachricht geschrieben, um sich noch deutlicher auszudrücken als am Telefon. ‹Du hast gesagt, du wohnst bei Nader, und Nader ist verlobt. Wie ist das möglich?› David hatte umgehend geantwortet. ‹Nader kümmert sich um mich. Er hilft mir beim Duschen und passt auf, dass mir nichts passiert. Weiter nichts.› Seine Mutter hatte auf die prompte Antwort gewartet und erwidert: ‹Das sind zwei unterschiedliche Dinge.›

Am nächsten Tag rief Davids Mutter, von nun an bei ihrem Vornamen Lisa genannt, an und tat kund, sie werde in drei Tagen in Teheran sein. Sie hatte einen Flug gebucht, wollte zwei Wochen in Teheran bleiben und bat David, ihr ein Zimmer in einem Hotel möglichst nahe bei seiner Pension zu buchen.

David versuchte ein weiteres Mal, seine Mutter zu beruhigen: «Glaub mir, Mama, es ist alles in Ordnung. Erspar dir doch die Mühe.»

Für einen Rücktritt war es zu spät. Und Lisas ausgeprägter Mutterinstinkt befahl ihr diese Reise.

Also gab es jetzt auch für David einiges zu tun. Er rief Banu an und bat sie, ihm Hotels im Umkreis der Pension zu nennen. Sie schlug ihm stattdessen ein Zimmer in der Pension vor. Der krebskranke Mann, der zur Chemotherapie nach Teheran gekommen war, würde in drei Tagen, nach Abschluss seiner Behandlung, in sein Dorf zurückkehren. Für Lisas Ankunft in Teheran war also alles vorbereitet. Nastaran erklärte sich bereit, sie vom Flughafen abzuholen und in die Pension zu bringen. Dem geschätzten Gast David zuliebe wollte man weder Kosten noch Mühen scheuen.

Mit einhundertzwanzig Stundenkilometern auf der Autobahn unterwegs zum internationalen Flughafen, befürchtete Nastaran, sie könnte zu spät kommen, und Lisa würde sich auf dem ihr fremden Flughafen verirren. Doch ihre Sorge war unbegründet. Nastaran erreichte die Empfangshalle zwar rund fünfzehn Minuten, nachdem der Flieger gelandet war. Doch man sah gleich, dass die Passagiere ihr Gepäck noch nicht in Empfang genommen hatten. Nastaran ging im fast menschenleeren Terminal auf und ab, rief sich zum Vergleich Istanbuls sehr belebten Flughafen in Erinnerung und wurde traurig. Was hatten die Regierenden davon, dass sie ihr Land isolierten?

Schon wenig später trat Lisa durchs sich öffnende Tor zur Ankunftshalle. Sie und Nastaran hatten sich am Vortag via Skype kennengelernt und erkannten einander jetzt ohne Weiteres.

Lisa, groß gewachsen, wirkte in ihrer schwarzen Bluse und der schwarzen Hose noch größer. Alle Knöpfe des beigefarbenen Mantels über Hose und Bluse waren offen. Ein cremefarbener Schal bedeckte ihren Kopf so lässig, dass er ihr Haar kaum verbarg. An einem Arm trug sie eine kleine Handtasche, und sie zog einen großen braunen Rollkoffer hinter sich her. Ihre schwarze Sonnenbrille hatte zwar dafür gesorgt, dass Nastaran sie nicht auf den ersten Blick erkannte, doch Lisa kam mit großen Schritten direkt auf sie zu und stellte sich ihr großzügig lächelnd vor: «Ich bin Lisa.»

Ihre sanfte Stimme nahm der ersten Begegnung sofort die Spannung. Lisa setzte ihre Brille ab und nahm Nastaran mit aufrichtiger Neugier in Augenschein. Lisa hatte Davids Augen, vertraut und feucht glänzend, die Augenwinkel leicht nach oben weisend. Nastaran umarmte Lisa zur Begrüßung. Da sie in den Tagen vor ihrer Ankunft häufig Gesprächsthema gewesen war, hatte Nastaran nun das Gefühl, Lisa bereits seit Jahren zu kennen. Hilfsbereit nahm sie ihr die kleine Handtasche ab, ließ sie aber ihren großen braunen Koffer selbst ziehen. Unterwegs zum Aufzug plauderten sie über Naheliegendes, den Flug, dessen Dauer, Verzögerungen durch Wartezeiten. Im geräumigen Aufzug, übervoll mit Fahrgästen, musste Nastaran Lisa einmal mehr versichern, dass es David gut ging und dass keinerlei Grund zur Sorge bestand. Lisa wiederholte ihre immer gleiche Antwort: «Das glaube ich erst, wenn ich ihn sehe und in die Arme schließen kann.»

Das war zwar freundlich gemeint und hätte so stehen bleiben können, doch Nastaran reagierte: «So geht es wohl allen Müttern von Einzelkindern.»

«David ist mein Leben.»

«Das kann ich gut verstehen.»

«Während unserer Telefonate in letzter Zeit klang seine Stimme irgendwie beunruhigend.»

Auf Nastarans fragenden Blick hin konnte Lisa nur achselzuckend antworten: «Genau erklären kann ich's nicht.»

Beunruhigende Stimme? Vermutlich, so dachte Nastaran, bildeten Mütter, um ihre meilenweit entfernten Kinder besorgt, sich solche Dinge manchmal auch nur ein.

Gemeinsam hoben sie Lisas großen Koffer in den Kofferraum von Nastarans Wagen, dann nahm Lisa ihre Handtasche an sich und auf dem Beifahrersitz Platz. Sie ließen die langen, breiten Straßen rund um den Flughafen hinter sich und fuhren auf die Autobahn. Durch trockene Landschaft zu beiden Seiten der Fahrbahn, bei deren Anblick Lisa sich fragen mochte, ob es bei so viel Ödland auch Schönes zu sehen gab. Plötzlich kam unangenehmer Geruch auf. «Müllverbrennung, dort drüben», erläuterte Nastaran und deutete in Richtung der schwarzen Rauchsäule zur Linken. Lisa schüttelte den Kopf und kurbelte ihre Scheibe hoch. Nastaran tat das Gleiche auf ihrer Seite.

Zwei Frauen in einem Auto. Auf einer knapp einstündigen Fahrt. Schweigen würde man so lange nicht können, und so kam die Gesprächsmühle in Schwung.

Überwiegend ging es darum, wie David und Nader sich kennengelernt hatten und wie eine so enge Freundschaft zwischen beiden entstehen konnte. Lisa fand Nastarans Antworten nicht überzeugend. Vielleicht, weil Nastaran selbst sich nicht sicher war, ob sie die richtigen Antworten gab. Lisa wiederholte mehrfach, wie eigenartig sie die Sache fand, während David beteuerte, es bestehe kein Anlass zur Sorge, im Gegenteil, die Sache bereite allen Beteiligten Freude. Wobei Nastaran hier leichte Zweifel hegte und Davids Einschätzung nicht uneingeschränkt teilte. Sie fragte Lisa unvermittelt: «Wusstest du, dass dein Sohn in den iranischen Dichter Khayyam verliebt ist?»

Lisa lehnte sich in ihrem Sitz zurück und fragte: «In wen verliebt?»

Das klang so, als habe sie gefragt: «Was hat das mit unserem Gespräch über die Freundschaft zwischen David und Nader zu tun?»

Für Nastaran das Zeichen, dass sie diesen Tatbestand von Anfang an und in allen Einzelheiten würde erläutern müssen.

Wozu ihr jetzt allerdings die Zeit fehlte. Lisa fragte: «Wann hat er diesen Dichter denn kennengelernt?»

«Als er die englische Übersetzung seiner Gedichte gelesen hat.»

«Lebt Khayyam auch in Teheran?»

«Er ist vor ungefähr neunhundert Jahren gestorben.»

Und schon fühlte die Engländerin sich in eine weitere Geschichte hineingezogen. So zumindest deutete Nastaran Lisas Blick. Lisa schüttelte zögernd den Kopf, wandte sich, zum Zeichen ihres Rückzugs aus der Unterhaltung, nach rechts und schaute wieder hinaus in die karge, leere Landschaft. Sie brauchte wohl eine Pause, um ihre Gedanken zu ordnen, und zweifelte trotz allem nicht daran, dass sie sich im Land von *Tausendundeiner Nacht* befand.

19

Am Abend war Lisa zum Essen bei Nader eingeladen. Wer den weiten Weg aus London auf sich genommen hatte, um seinen Sohn zu sehen und sich davon zu überzeugen, dass er wohlauf war, den durfte man einfach nicht länger auf die Folter spannen. Nach ein paar Stunden Ruhe in der Pension war sie jetzt bei Nader zu Hause. Sie hatte eine große Schachtel Pralinen mitgebracht, die sie Nastaran überreichte, bevor sie auf ihren Sohn zuging. Nachdem die beiden sich minutenlang über alles ausgetauscht hatten, was mehr oder auch weniger mit Davids Unfall zu tun hatte, saßen nun alle bei Tisch, zum gemeinsamen Abendessen. Da dem besonderen Gast ein besonderes Gericht gebührte, hatte Nastaran sich für Fessendschan entschieden, Huhn in Walnuss-Granatapfel-Soße, wonach Naders Wohnung nun duftete und dessen Zutaten Nastaran Lisa im Einzelnen beschrieb. Die große Schüssel mit dem Hauptgericht dampfte zwar verlockend, doch noch hatte niemand sie angerührt, denn Nader hatte zunächst seinen beiden geschätzten Gästen, dann Nastaran und sich Suppe serviert. Während alle die Vorspeise aßen, sagte Lisa: «Ich kann mir kaum vorstellen, dass sich aus Walnüssen ein so köstlich duftendes Gericht zaubern lässt!»

«Es besteht ja nicht nur aus Walnüssen», sagte Nastaran. «Auch Fleisch, Zwiebeln, Granatapfelsirup und andere Zutaten haben ihren Anteil daran.»

«Walnüsse sind aber doch die Hauptzutat, oder nicht?»

David richtete sich auf, wohl um seiner Mutter beizupflichten, oder auch, um ihr zu widersprechen, und stieß dabei so heftig an seinen Teller Suppe, dass der ihm auf den Schoß kippte. Sein lautes «Ach!» ließ die anderen ihr Essen unterbrechen. David schaute verstört um sich, war wegen des peinlichen Missgeschicks um Worte verlegen. Lisa erhob sich, hilflos, schob ihren Stuhl beiseite und sagte: «Was machst du bloß?» Nader kam ihr zuvor, stand auf, sagte: «Bitte alle sitzen bleiben. Ich kümmere mich», und ging zu David. Nastaran brachte ihm zwei saubere Tücher aus der Küche. Nader wischte ihm die Suppe von der Hose, dann von seinem Stuhl und vom Teppich und unterstützte ihn beim Aufstehen. Er legte sich Davids gesunden Arm um die Schultern und half ihm, zur Toilette zu humpeln. Die beiden Frauen blieben allein zurück, saßen einander am Tisch gegenüber. Von der Toilette her hörte man Wasser laufen und vereinzelte Worte. Lisa löffelte zwar weiter ihre Suppe, war aber mit ihren Gedanken bei David und Nader. Der kam aus der Toilette, ging an Davids Reisetasche, entnahm ihr eine saubere Hose, ging zurück in die Toilette und begleitete David, umgekleidet, schon kurz darauf wieder zurück an den Tisch. Lisa entging diese Fürsorge nicht: «Wie aufmerksam ihr seid!»

Solches Verhalten war tief in einer Kultur verwurzelt, über die Lisa nichts wusste. Und wie gut, dass es so war. In einer komplexen Gefühlsbeziehung zwischen zwei Männern übernimmt der Ältere die Rolle des Unterstützers oder des Beschützers. Auch die westliche Literatur liefert hier mehrere Beispiele. In Honoré de Balzacs Novelle *Sarrasine* erklärt der Kardinal ... Lisa hatte die Novelle zum Glück nicht gelesen, sonst wäre zum bereits bestehenden wohl noch ein weiteres Rätsel hinzugekommen.

Sobald David wieder am Tisch saß, sagte er, wie zur Bestätigung der Worte seiner Mutter: «Ach, wenn ich Nader nicht hätte», und sah ihn dabei bekräftigend an.

Auch Nader hielt sich für einen wahren Menschenfreund, und dass David diese Eigenschaft hervorhob, ließ ihn, von seiner unvergleichlichen Tugend berauscht, schließen, er müsse eine Flasche Wein aufmachen und diesen Tatbestand angemessen begießen. Und so brachte er eine Flasche besten französischen Weins an den Tisch, schenkte reihum ein, verkündete aber, der Besuch der lieben Lisa sei der Anlass dafür. Lisa ließ das gern gelten und sagte ihrerseits: «Gestattet, dass wir unser erstes Glas auf Davids rasche Genesung erheben.»

David näherte sein Glas dem von Nastaran, stieß aber nicht mir ihr an. Was wollte er damit ausdrücken? Auch wenn er kein Wort sagte, sah Lisa seine leuchtenden Augen sprechen und erschrak. Um ihre Beunruhigung zu überspielen, brachte sie ihr Glas rasch zwischen den Gläsern von David und Nastaran in Position, sodass sie zu dritt anstießen und jeder seinen ersten Schluck auf Davids rasche Genesung trank. Lisa war beunruhigt. Warum, wusste sie nicht genau zu sagen.

Jetzt aber war es Zeit für Fessendschan. Das Tablett mit Reis machte die Runde, dann die Schüssel mit der Soße. Nader riet Lisa, die nach ihrer Gabel gegriffen hatte, lieber mit dem Löffel zu essen.

Sie führte den ersten Bissen zum Mund und war sofort voll des Lobes, in das David einstimmte. «Ihr müsst mir unbedingt zeigen, wie man das kocht», sagte Lisa.

«Alle Zutaten bekommt man auch in London, außer Granatapfelsirup, den gibt's dort nicht, glaube ich.»

David zerstreute ihre Bedenken: «Es gibt iranische Lebensmittelläden. Dort bekommt man ihn.»

«So was gibt es in London?»

«Sogar mehr als einen», wusste David, der Iran-Experte.

Lisa nickte anerkennend und fragte dann, etwas ratlos: «Wann hast du denn deine Liebe für Iran entdeckt?»

David zögerte kurz, sagte dann: «Als ich mich in Khayyam verliebt habe.»

«Davon hast du mir nie erzählt.»

Während David noch nach einer Antwort suchte, sagte

seine Mutter: «Und von deiner Freundschaft mit Nader auch nicht.»

Es entstand eine Pause. Blicke machten die Runde. Nur David sah Nader unverwandt an, als suche er in dessen Gesicht die passende Antwort für seine Mutter. Lisas Feststellung hatte ihn überrascht. Er fing sich und erwiderte: «Es hatte sich keine Gelegenheit ergeben, sie zu erwähnen.» Lisa schüttelte zweifelnd den Kopf, aß weiter, ließ das Thema allerdings nicht ruhen.

«Wenn man so gute Freunde hat, muss man anderen doch davon erzählen. Vor allem der eigenen Mutter.»

Hier schwang zwar kein Vorwurf mit, aber David verstand den leisen Unterton. Er hielt kurz inne, gab Lisa dann recht: «Ja, Mutter, das stimmt.»

Tatsächlich sahen die beiden sich selten, telefonierten zwei-, dreimal pro Woche miteinander, doch es gab Dinge, die ließen sich am Telefon einfach nicht besprechen. Das Thema Freundschaften hatte David in Gesprächen mit seiner Mutter überdies intuitiv gemieden.

Um Lisa davon abzubringen, wandte Nader sich an sie: «Wenn ich fragen darf, Lisa, bist du pensioniert oder noch berufstätig?»

«Nach dem Tod meines Mannes habe ich aufgehört zu arbeiten. David war damals noch klein, und ich wollte ganz für ihn da sein.»

«Dann ist David also ein verwöhntes Muttersöhnchen!»

Nastaran nahm ein Stück Fleisch aus dem Topf mit Fessendschan, gab es auf Davids Teller und sagte: «Hier, für den verwöhnten Fratz.»

David erhob zum Dank sein Glas, stieß mit Nastaran an. Dass er's erneut mit leuchtenden Augen tat, entging seiner Mutter auch diesmal nicht. Und ihre Auslegung dieses Leuchtens machte ihr auch diesmal Angst.

20

Die folgenden Tage verliefen ereignislos. Lisa besuchte David zwar nicht täglich, aber doch jeden zweiten Tag. An den anderen Tagen leistete Bettina ihr Gesellschaft. Sie zeigte Lisa die Stadt. Den Basar an einem Tag, das Teppichmuseum an einem anderen und an einem dritten eine weitere Sehenswürdigkeit. Davids Bein verursachte ihm mittlerweile deutlich weniger Schmerzen, er konnte, langsam zwar, aber durchaus ohne Krücken gehen. Außerdem sollte der Gips um sein Handgelenk in Kürze abgenommen werden, und David hatte das Gefühl, es sei schon wieder ganz in Ordnung. Zumindest schrie er nicht mehr bei jeder noch so kleinen Handbewegung auf.

Am vereinbarten Tag fuhr er, zwecks Kontrolluntersuchung und einer weiteren Röntgenaufnahme, ins Krankenhaus. Anhand des aktuellen Bilds entschied der Arzt, der Gips sei entbehrlich. Jetzt ging David wieder ohne Naders Hilfe auf die Toilette, duschte sich auch allein und überzeugte alle davon, dass er in sein Zimmer in der Pension zurückkehren konnte.

Seine Genesung und seinen letzten Abend bei Nader wollte man mit einem kleinen Fest gebührend begehen und bei der Gelegenheit auch Mama Malli und Da'i Dschawad mit Lisa bekannt machen, wobei Nader und Nastaran bei Bedarf als Englischdolmetscher einspringen würden. Da'i Dschawad hatte, wie üblich, zwei Flaschen seines selbst gekelterten Weins dabei, Nader hatte für relativ viel Geld auf dem Schwarzmarkt zwei Flaschen französischen Weins auftreiben können. Da'i Dschawad, der nach dem ersten Glas Wein meist mit jedem seiner Mitmenschen vertrauliche Töne anschlug, wollte von Lisa wissen: «Sagen Sie, Madam, Sie sind nicht so vernarrt in den Orient und die Orientforschung wie Ihr Sohn?»

Lisa, zunächst verblüfft, fasste sich rasch und antwortete: «Also, wir haben in der Schule gelernt, der Osten ist die Wiege der Zivilisation.»

«Madam, Sie können die Höflichkeiten getrost beiseitelassen. Das Kind ist der Wiege längst entwachsen und hat sich nicht im Osten, sondern im Westen zu einem stattlichen Mann gemausert. So sehr, dass er die ganze Welt in der Hand hat.»

Lisa, solche Worte nicht gewohnt, schaute erstaunt in die Runde. Nader musste erklären: «Ich glaube, Da'i Dschawad redet von der kulturellen Dominanz des Westens, der es durch seinen Reichtum und seinen technischen Fortschritt geschafft hat, auf andere Kulturen Einfluss zu nehmen.»

Naders Klarstellung schien Lisas Wissen zu übersteigen. Sie wirkte verwunderter als zuvor, nickte indes bekräftigend.

Mama Malli bat ihren Bruder: «Verdirb uns mit so was doch nicht den Abend.»

Sie erhob ihr Glas, prostete der Runde zu und trank einen Schluck.

Da'i Dschawad widersprach ihr: «Was ich sage, verdirbt die gute Stimmung nicht. Ost und West liegen noch immer in heftigem Streit miteinander, schau dich doch um. Heute sind's die Taliban, morgen al-Qaida, dann ISIS, und zurzeit sind's sogar alle zusammen.»

«Trotzdem sollten wir uns von diesen Streitigkeiten nicht den Abend verderben lassen», fand Mama Malli.

«Die verderben ihn schon nicht, Schwesterherz. Wir streiten uns doch gar nicht. Im Gegenteil, wir haben sogar einen leibhaftigen Orientliebhaber in unserer Mitte.»

Mit diesen Worten wandte er sich David zu.

Der rechtfertigte sich: «Ich kenne den Orient eigentlich gar nicht. Ich habe mich nur in die poetischen Worte verliebt, mit denen bestimmte Konzepte so offen zum Ausdruck kamen wie nie zuvor.»

«David, du übertreibst», fand Da'i Dschawad. «Stammt

denn die Zeile *Sieh Segen im Atem* nicht aus einem Gedicht von Horaz? Wann hat er das verfasst?»

«Das stimmt schon, doch Khayyam wendet sich direkt an Gott und stellt die Schöpfung insgesamt infrage.»

Nader sagte: «Man sollte auch bedenken, dass Khayyam so manche Religion, die im Leid den Weg zur Erlösung sieht, ins Lächerliche zieht und die Menschen auffordert, das Leben zu genießen.»

David erläuterte: «Ataraxie, den Begriff der Seelenruhe und Gelassenheit, haben die Stoiker von den Epikureern übernommen. Die Vergangenheit zu vergessen und ans Heute zu denken, auf das wir Einfluss haben, dem Zyklus der Langeweile, dem ewigen Kreislauf aus Bedürfnissen und ihrer Befriedigung zu entkommen. Im Erreichen der Ataraxie sahen die Stoiker ihr großes Ziel, und sobald man diesen Zustand erreicht hatte, galt es, ihn aufrechtzuerhalten.»

Woraufhin Da'i Dschawad feststellte: «Dass Khayyam Glück und Lebensfreude so stark betont, zeigt doch, wir sind kein glückliches Volk. Wieso nicht?»

Nader antwortete: «Religiöse Lehren sagen uns, Freude und Glück sind nutzloser Luxus, schädlich, schlecht, während das Leid den Weg zur Erlösung weist und wir deshalb bewusst asketisch leben sollen.»

Da'i Dschawad pflichtete Nader bei: «Khayyam hat erkannt, Aberglaube setzt Menschen unter unerträglichen Druck, er führt zu Lebensunlust und Erschöpfung. Deshalb hat er dessen Schwachpunkte ins Visier genommen, nämlich das Überleben der Seele und das Weiterleben nach dem Tod. Er wollte in den Köpfen derer die Saat des Zweifels säen, denen die quälende Angst vor einem Leben nach dem Tod den Schlaf geraubt hat.»

An dieser Stelle fand Da'i Dschawad es angebracht, vom Propheten Hiob zu erzählen, der all seine Zeit mit Gebeten für den Herrn verbrachte.

«Hiob war reich, und es erging ihm und seinen zehn Kindern, die er sehr liebte, wohl. Er verfügte über tausend Schafherden, von denen eine jede aus tausend Tieren bestand. Viele Bauern waren ihm zu Diensten, bestellten seine Felder. Kein Diener unter allen Dienern des Herrn, so hieß es, erwies sich dem Herrn dankbarer als Hiob. Und doch schien das dem Schöpfer noch nicht zu gefallen. Der Teufel aber beneidete Hiob. Er trat vor den Herrn und sprach: ‹Hiob betet fleißig, weil du ihn so reich gesegnet hast. Lass mich über sein Leben, seinen Reichtum und seine Kinder herrschen, dann sehen wir, wie schnell er dich vergessen und vom Glauben abfallen wird.› Der Herr aber war überzeugt, Hiob würde ihm unter keinen Umständen untreu werden. ‹Ich habe dich besiegt›, sprach er, um den Teufel zu beschämen.

Der aber begab sich zu Hiobs Schafen und spie Feuer, das alle Schafe, Hirten und Bauern auf der Stelle zu Asche verbrannte. Dann ging er zu Hiob nach Hause, machte die Erde beben und begrub alle Kinder Hiobs unter den Trümmern seines Hauses. Schließlich ging er zu Hiob selbst, hauchte ihm durch die Nase seinen teuflischen Atem ein, woraufhin Hiobs Leib von blutigen Eiterblasen übersät, wenig später von Würmern befallen wurde und Hiob bald nur noch aus Haut und Knochen bestand. Jahrelang plagten ihn Armut, Unglück und Siechtum. Er aber dankte Gott trotz alledem unverzagt und wandte sich, engelsgeduldig und leidgeprüft, nicht ab von ihm. Bis zu dem Tag, an dem ein Wurm aus einer seiner zahlreichen Wunden zu Boden fiel und Hiob seine Frau bat, das Tier zurück an seinen angestammten Platz zu setzen, damit es von dem leben könne, was Gott ihm beschieden hatte. Hiob hatte weder Geld noch Kinder noch Gesundheit. Außer seiner Ehre war ihm nichts geblieben. Seine Frau verließ täglich das Haus, ging einer Arbeit nach, verdiente etwas Geld, von dem sie Brot für ihren kranken Mann kaufte. Eines Tages wandte sie sich, nach vergeblicher Arbeitssuche verzweifelt, an eine

Frau, der sie in früheren Tagen bereits gelegentlich zur Hand gegangen war: ‹Gib mir heute Arbeit, damit ich Brot für meinen kranken Mann kaufen kann.›

‹Arbeit habe ich nicht für dich›, sagte die Frau, ‹aber wenn du mir deine beiden langen Zöpfe gibst, gebe ich dir Brot für deinen Mann.›

‹Bitte mich nicht um meine Zöpfe›, flehte Hiobs Frau. ‹Mein Mann zieht sich an ihnen hoch und richtet sich auf, wenn er beten will.›

Da die Frau sich nicht erweichen ließ, sah Hiobs Frau keinen anderen Weg, als sich die Zöpfe abzuschneiden und sie ihrer einstigen Herrin zu überlassen.

Woraufhin der Teufel eilig Menschengestalt annahm, vor Hiob hintrat und sagte: ‹Deine Frau hat Ehebruch begangen. Man hat ihr das Haupthaar genommen.› Kaum war der Satz gesagt, kam Hiobs Frau nach Hause, mit kurzen Haaren. Hiob, der sich nun auch seiner Ehre noch beraubt sah, vergoss Tränen. Da erschien eine Wolke am Himmel, aus der eine Stimme sprach und eine frohe Botschaft überbrachte. Nach achtzehn Jahren in Armut und Leid erhielt Hiob seine Gesundheit, seine Güter und seine Kinder zurück.»

Mama Malli schien diese Geschichte noch nie gehört zu haben. Offenbar gerührt, verzog sie das Gesicht, als sei sie den Tränen nahe.

«Leide, auf dass du erlöst werdest», bilanzierte Nader.

Nastaran sagte: «David erkennt, von alledem abgesehen, die lyrische Qualität dieser Geschichten.»

Da'i Dschawad fragte sich und die Runde: «Wie kann lyrische Qualität in einer Übersetzung erhalten bleiben?»

David, ernster als zuvor, erklärte: «Das ist ja das Wunderbare an FitzGeralds Arbeit.»

«Genau. Deshalb gehören die Gedichte auch ihm.»

David schüttelte den Kopf. Er wollte heftig widersprechen, doch Nastaran legte ihre Hand auf seinen Unterarm und flüsterte ihm zu: «Nimm ihn nicht allzu ernst. Er nimmt dich auf den Arm.»

Woran der Wein nicht unerheblich Anteil hatte.

Lisa war zwar nicht bewandert in literarischen Debatten, aber lebenserfahren genug, um das Gesprächsthema zu wechseln. Sie wandte sich an Da'i Dschawad: «Und Sie haben diesen Wein wirklich selbst gekeltert.»

«Glauben Sie das etwa nicht?», fragte Da'i Dschawad zurück.

«Aber natürlich, doch», sagte Lisa entschuldigend. «Ich frage mich nur, wie einem im eigenen Heim und mit einfachen Mitteln solcher Wein gelingt.»

«In diesem Produkt schlummern immerhin dreißig Jahre Erfahrung», wusste Mama Malli.

Da'i Dschawad goss vom französischen Wein in ein leeres Glas, reichte es Lisa und sagte: «Vergleichen Sie meinen mit diesem französischen, für den Nader jede Menge Geld hingeblättert hat.»

Lisa nahm das Glas entgegen, trank einen Schluck und stellte fest: «Auch nicht schlecht.»

«Das gebe ich gern zu, aber sagen Sie bitte, welcher der bessere ist.»

Nastaran sprang Lisa bei: «Beide sind gut, jeder auf seine Weise.»

«Ich wüsste gern, welchen Sie bevorzugen.»

Lisa fühlte sich sichtlich überfragt, sie konnte kein eindeutiges Urteil fällen.

Mama Malli fand: «Das ist einfach Geschmackssache.»

Und um die Sache abzuschließen, erhob Nader sein Glas mit französischem Wein und sagte: «Auf Da'i Dschawads Selbstgekelterten!»

David erhob sein Glas mit einem verliebten Blick Richtung Nastaran. Sie zwinkerte ihm fröhlich zu und führte ihr Glas an die Lippen. Gesten und Blicke, die Lisa nicht entgingen.

Dann wurde zu Tisch gebeten. Heute reichten Nastaran und Nader ein Auberginengericht. In Erinnerung an Lisas Begeisterung für das Abendessen vom letzten Mal hatte Mama Malli Fessendschan gekocht und steuerte es heute zur Tafelrunde bei.

Der Alkohol auf nüchternen Magen hatte äußerst anregend gewirkt. Die Männer aßen mit großem Appetit und sprachen auch dem Wein weiterhin zu. David unterbrach sein Essen, wischte sich den Mund ab, erhob sein Glas und sagte, an Nastaran gewandt: «‹Trink Wein, denn bald wirst du unter der Erde sein – ohne Gefährten, ohne Freund noch Kumpan, allein.›»

Nader, mittlerweile stark angetrunken, legte David den Arm um die Schultern und rieb seine an Davids Nasenspitze. Während beider Atem sich vermischte, flüsterte Nader: «Dein Gefährte, Freund und Kumpan bin ich.»

Naders Trunkenheit schien ansteckend, denn den beim Weinkonsum wesentlich zurückhaltenderen Frauen war Naders anstößiges, zumindest seltsames Gebaren nicht aufgefallen. Oder aber sie hatten es bemerkt und unkommentiert gelassen.

Bald war es Zeit für die Gäste, sich zu verabschieden. Lisa umarmte Mama Malli und befand: «Wir müssen einander näher kennenlernen.»

«Ja, natürlich», sagte Mama Malli, durch Lisas unerwarteten Vorstoß verblüfft.

«Bei einem Kaffee in einem gemütlichen Café vielleicht?»

«Einverstanden.» Mama Malli war erfreut.

«Ich fliege in drei Tagen zurück.»

Mama Malli überlegte kurz und bot dann an: «Wie wär's mit morgen Nachmittag?»

«Bestens!»

Sie zwinkerte den anderen fröhlich zu und erklärte: «Auch Frauen mittleren Alters möchten manchmal unter sich sein.»

21

Als die Tür zu Nastarans Zimmer aufging und ihre Schritte oben auf der Treppe zu hören waren, unterbrachen Mama Malli und Da'i Dschawad ihre offenbar kurz zuvor lebhaft geführte Debatte und sahen Nastaran, nun am Fuß der Treppe angekommen, schweigend an. Nastaran ließ sich nichts anmerken. Sie fragte: «Alles klar bei euch?»

Es war alles klar, doch Nastaran traute dieser Behauptung nicht. «Du hast uns gar nichts von deinem Treffen mit Lisa erzählt», sagte sie, an ihre Mutter gewandt.

Ihr siebter Sinn sagte ihr, Mama Malli und Da'i Dschawad hatten eben noch über diese Begegnung gesprochen.

«Wenn zwei Frauen in ihren mittleren Jahren einander ihre Herzen ausschütten, gibt's nichts zu berichten.»

Nastaran fand diese Antwort natürlich nicht überzeugend.

«Bei all den uninteressanten Nachrichten, die du aus der Nachbarschaft mit heimbringst, kann man sich unschwer denken, dass uns das, was gestern zwischen euch gelaufen ist, hellhörig gemacht hat», warf Da'i Dschawad ein.

Missgestimmt sah Mama Malli ihren Bruder an: «Europäerinnen haben einfach ein seltsames Bild von Musliminnen. Lisa wollte ihr Wissen überprüfen.»

Auch als sie gestern Abend nach Hause gekommen war, hatte Mama Malli kein Wort über ihr Treffen mit Lisa verloren, hatte Kopfschmerzen vorgegeben und versprochen, am nächsten Tag haarklein zu berichten. Jetzt war der nächste Tag, von ihrem Versprechen aber keine Rede mehr.

«Je länger du schweigst, desto neugieriger werden wir.»

«Sie hat ein bisschen was aus Davids Kindheit erzählt, von

den Unstimmigkeiten mit ihrem Mann, von ihrer komplizierten Scheidung in England ..., solche Sachen eben.»

«Und das war alles?»

Mama Malli unterbrach ihre Arbeit in der Küche, ging zur Küchentür, blieb an der Schwelle stehen. Das Gespräch mit Lisa war wohl doch mehr als eine belanglose Plauderei gewesen. «Sag mal, Nastaran, woher wusste Lisa, dass Nader sich ziert, dich zu heiraten?»

Nastaran erschrak, hob aber gleichgültig die Schultern. «Kann sein, dass David ihr was in der Richtung gesagt hat.»

«Und weshalb musste David so genau über dein Privatleben ins Bild gesetzt werden?»

«Ich bitte dich, Mama, mach keinen Elefanten aus der Sache. Wir haben uns darüber unterhalten, dass ich Kinder liebe und dass es hierzulande unüblich ist, unverheiratet Kinder zu bekommen, und dass Nader die Ehe für kleinbürgerlich hält und sich an diesen Brauch nicht halten mag.»

Entnervt, aber resolut schüttelte Mama Malli den Kopf, ging zurück in die Küche und gab damit auch zu verstehen, dass nun genug zum Thema gesagt sei. Nastaran nahm ihren Laptop auf den Schoß und klappte ihn auf.

Die angespannte Atmosphäre im Raum war Nastaran unbehaglich. Einiges ließ darauf schließen, dass sie und Nader das Hauptgesprächsthema zwischen Lisa und Mama Malli gewesen waren, was Mama Mallis Herzenswunsch neuen Auftrieb gegeben hatte. Nastaran musste darauf gefasst sein, dass das Thema Hochzeit bald erneut alle Debatten im Haus beherrschen würde, tagelang. Eine Sache machte Nastaran Angst, seit ihre Mutter sie zu heiraten gedrängt und Nader sich dagegen ausgesprochen hatte. Nastaran befürchtete, die Ungeduld ihrer Mutter könnte sie bald so stark unter Druck setzen, dass sie sich zu einer Entscheidung gezwungen sehen würde. Zur schmerzlichen Entscheidung zwischen Nader und ihrer Mutter. Und die stand im Grunde bereits fest. Jedes

Mal, wenn Nastaran das Drängen der Mutter zu anstrengend wurde, packte sie ihre Koffer und zog für immer zu Nader.

Sobald ihre Mutter nachgab, vergaß Nastaran die Sache wieder. Sie lebte mit Nader zusammen und war sich sicher, mehr hielt das Leben für sie nicht bereit, sie musste damit vorliebnehmen, sich damit einrichten. Davon abgesehen, hielt die schlechte wirtschaftliche Lage im Land ohnehin immer mehr Paare davon ab, für Nachwuchs zu sorgen.

«Darf ich dir einen frischen Tee kredenzen?»

Nastaran antwortete nicht sofort, dann sagte sie, etwas unentschlossen: «Ja, warum nicht.»

Mama Malli reichte ihr ein Glas Tee und fragte: «Ist David wieder in der Pension?»

«Ja, aber er hat eine große Lücke hinterlassen.»

«Du und Nader, ihr seid ihm zu nahegekommen.»

Nastaran überhörte die leise Besorgnis in Mama Mallis Feststellung. «Ja, das stimmt.»

«Das kann doch nicht gut sein.»

«Wie meinst du das?», fragte Nastaran gefasst.

«Ein junger Mann unter eurem Dach, noch dazu Tag und Nacht, hätte euer beider Privatleben auf die Dauer nicht gutgetan.»

«Das sehe ich anders. Wir lieben ihn beide.»

Nastaran spürte, ihre Mutter hätte gern erwidert, dass sie das befürchte, doch sie verkniff sich eine Bemerkung und ging zurück in die Küche.

Da'i Dschawad war gerade vom Einkaufen zurückgekommen, er hatte seine Jacke noch an, den vollen Einkaufskorb in der Küchentür abgestellt, saß bequem auf einem Stuhl und schlürfte, Schluck für Schluck, ein Glas von Mama Mallis frisch aufgebrühtem heißen Tee. «Genau solche Sachen bringen mich an den Rand der Verzweiflung», seufzte Mama Malli, wohl wissend, dass sie mehr als nur eine Sorge hatte.

Das Gespräch mit Nastaran hatte ihr ganz offenbar nicht gutgetan. Da'i Dschawad entging das nicht. In vorwurfsvollem Ton fragte er seine Schwester: «Wieso lässt du das so nah an dich ran? Die Sache betrifft zwei andere Menschen, ist dir das klar? Zwei andere. Dich geht das gar nichts an.»

«Es geht mich sehr wohl was an, weil nämlich ich diejenige bin, die anderen Leuten ständig erklären muss, was Sache ist.»

«Dann sag den Leuten klipp und klar: ‹Das geht weder Sie noch euch noch mich irgendwas an.› Schluss, aus, Punkt.»

Mama Malli kam wieder an die Schwelle zur Küchentür: «Wir haben darüber gesprochen, wie's mit dir und Nader weitergeht.»

Nastaran schaute kurz von ihrem Laptop auf: «Ja, das hab ich mitbekommen.»

An sie gewandt, sagte Da'i Dschawad: «Sie weiß selbst, dass solches Reden nirgendwohin führt.»

«Zumindest kann ich mir meinen Kummer von der Seele reden», seufzte Mama Malli.

Nastaran mochte sich nicht weiter einmischen und schwieg. Mama Malli wollte wissen: «Was habt ihr heute Abend vor? Gehst du zu Nader, oder kommt er her?»

Nastaran, den Blick auf den Bildschirm ihres Rechners gerichtet, erwiderte: «Weiß ich nicht, wir haben heute noch nicht miteinander gesprochen.»

Da'i Dschawad betrachtete Nastaran eine Weile, zuckte dann gleichgültig die Achseln. Er war kurz davor, eine Bemerkung zu machen, verkniff sie sich aber in letzter Sekunde. Nastaran fragte sich im Stillen, wie lange sie dem Druck noch würde standhalten können. Sie befürchtete zudem, der Schwebezustand, die Unentschlossenheit könnten sie irgendwann so wütend machen, dass ihre Beziehung zu Nader darunter leiden würde. Das machte ihr Angst, große Angst.

Mama Malli ließ Nastaran schließlich doch noch das Neueste in Sachen Lisa wissen. «Ach, das hätte ich fast vergessen: Lisa hat ihre Abreise um ein paar Tage verschoben.»

Nastaran schaute von ihrem Laptop auf: «Wieso das?»

Mama Malli zuckte die Achseln: «Anscheinend gefällt's ihr hier in Teheran.»

22

Am nächsten Tag stand ein Besuch im Basar auf dem Programm. Nastaran begleitete Lisa, damit die vor ihrer Rückkehr nach London noch Souvenirs für zwei enge Freundinnen kaufen könnte. Weil im Stadtzentrum private Pkws zu bestimmten Zeiten nicht verkehren durften, brach Nastaran nicht mit dem eigenen Auto auf, sondern bestellte ein Taxi und holte Lisa zwei Stunden vor Mittag an der Pension ab. Lisa war kaum zugestiegen, da verkündete sie bereits: «Heute muss ich jede Menge mit dir bereden.»

Nastaran nahm das zwar mit einem Lächeln zur Kenntnis, spürte aber auch ein leises Unbehagen, das bestehen blieb, während sie Lisa Gesellschaft leistete. Was hatten sie miteinander gemein, über das «jede Menge zu bereden» wäre? Ging es um David? Um seinen Unfall? Mutter und Sohn hatten bereits lang und breit darüber gesprochen. Es war doch nichts ungeklärt oder verheimlicht geblieben?

Der Taxifahrer bahnte seinem Fahrzeug einen Weg durch den dichten Verkehr, zwischen scheinbar nach Gutdünken kreuz und quer umherfahrenden Wagen, während Nastaran das Gewimmel gedankenverloren durchs Taxifenster betrachtete. Lisas Worte hatten ihr zu denken gegeben.

Und jetzt waren sie im Großen Basar. Lisa schaute und staunte, fand alles interessant. Die unglaubliche Fülle, die Anordnung der Ladengeschäfte, die vielen Menschen und das Warenangebot. Hier und da blieb sie stehen, betrachtete etwas, fragte Nastaran, was es sei, oder was zwei Personen miteinander beredeten, oder weshalb sie dieses oder jenes taten. Sie kaufte eine kleine Menge Safran, mehrere Kilo Pistazien und etwas Tee. Auch dem Teppichbasar statteten sie einen kurzen Besuch ab, drehten und wendeten ein paar Teppiche, unschlüssig. Lisa war nicht mit der Absicht hergekommen, einen Teppich zu kaufen. Obwohl ein Exemplar ihr besonders gut gefiel. Sie strich über die Haarseite des schönen Stücks mit türkisfarbener Grundfläche und sagte: «David mag diese Farbe sehr.»

Der Tonfall, in dem die Engländerin den Namen ihres Sohnes gesagt hatte, war unbeschreiblich.

«Worauf wartest du dann?», fragte Nastaran. «Kauf ihn, für David.»

Lisa hob den Kopf: «Du hast recht.»

Es ergab sich ein kurzes, unkompliziertes Handelsgeschäft. Der Teppich, klein und leicht, wurde Lisa in einer Tragetüte überreicht. «David freut sich sicher sehr darüber», sagte Nastaran. «Ich sehe, du liebst ihn.»

Lisa seufzte: «Mutter zu sein, ist ein einzigartiges Gefühl. Vielleicht beschreibt nicht einmal das Wort Liebe diese Empfindung genau.»

«Das kann ich nachfühlen», sagte Nastaran mit leisem Bedauern in der Stimme.

Lisa widersprach ihr sofort. «Das bezweifle ich. Das Muttergefühl gehört zu den Gefühlen, die man nur begreift, wenn man sie wirklich erlebt hat. Wobei manche Frauen Mütter werden möchten, andere nicht.»

Nastaran nickte: «Ich gehöre zu Ersteren.»

«Weshalb macht ihr euch dann nicht ans Werk?», fragte Lisa verwundert. «Worauf wartet ihr noch?»

«Nicht vor der Ehe. Hierzulande gelten nach wie vor bestimmte soziale Maßstäbe. Uneheliche Kinder sind hier nicht üblich, nicht Tradition. Noch nicht.»

«Dann sorgt ihr eben dafür.»

«Das ist gefährlich.»

Und als sei es die naheliegendste Sache der Welt, schlug Lisa vor: «Dann heiratet doch einfach.»

«Nader möchte das nicht.»

«Also liebt er dich nicht», sagte Lisa unumwunden.

Dass Lisas Direktheit sie verblüffte, ließ Nastaran sich nicht anmerken. «Wieso sagst du das?»

Lisas Antwort war unmissverständlich: «Weil deine Wünsche ihm nichts bedeuten.»

«Du urteilst vorschnell. Das ist unfair.»

«Du verteidigst ihn?», fragte Lisa, irritiert.

«Selbstverständlich.»

«Gott bewahre mich vor diesen orientalischen Frauen», murmelte Lisa.

Ernster als zuvor sagte Nastaran: «Ich kann dich beruhigen, Lisa, wir lieben einander. Diese Liebe bestand vielleicht nicht von Anfang an. Aber ich konnte sie mit der Zeit erschaffen.»

Jetzt schien Nastaran unwillkürlich allem widersprechen zu wollen, was Lisa vorbrachte. In Lisas Antwort lag eine Spur Trotz. Mit einem kurzen Kopfschütteln deutete sie an, wie wenig überzeugend sie Nastarans Worte fand, und sagte dann: «Fürs Zusammenleben zweier Menschen reicht Liebe nicht. Man muss einander auch wirklich verstehen. Jeder muss die Bedürfnisse des anderen kennen.»

Ach, warum war diese Frau heute so bösartig? Nastaran schoss die Vermutung durch den Kopf, dass Mutter und Sohn sich zusammengetan haben könnten, um sie zur Verzweiflung zu bringen, und weigerte sich ostentativ, diese Diskussion fortzusetzen.

«Er liebt dich nicht.» Wie ein Vorschlaghammer war dieser Satz kürzlich auf sie niedergegangen. Und während er jetzt nachhallte, barst plötzlich ihr innerer Schutzpanzer, ihre Gefühle stiegen ungehindert in ihr hoch. Vor Wut wäre sie fast aus der Haut gefahren, hielt ihren Zorn inmitten der Flut von Emotionen nur mit Mühe im Zaum.

In Wahrheit hatte sie sich diese verfluchte Frage ja längst selbst gestellt. Liebte Nader sie wirklich aufrichtig? Bereits kurz nachdem sie beide sich kennengelernt hatten, war die Frage aufgekommen, ihr seitdem nicht mehr aus dem Kopf gegangen und, im Gegenteil, immer drängender geworden. Insbesondere während der vergangenen ein, zwei Monate hatte sie sich mehr als sonst gewünscht, Gewissheit zu erlangen, was Nader und seine Gefühle für sie betraf. Das war keine Lappalie. Sie stand seelisch und mental unter großem Druck.

Die Engländerin sagte noch andere Dinge, über Opfer, zu denen wahre Liebe bereit sei, und Ähnliches mehr. Durchaus provozierend. Dann schwieg sie, vermutlich in Erwartung von Nastarans Reaktion. Es dauerte ein paar Sekunden, dann fing Nastaran sich und wehrte Lisas lästige, beleidigende Angriffe ab. Lisa zählte fraglos zu den Menschen, die in Naders ausweichender, ablehnender Haltung gegenüber der Ehe mangelnde Liebe für die Partnerin sahen. Nastaran spürte, Lisa hatte die Unterhaltung bewusst in eine bestimmte Richtung gelenkt, um bestimmte Schlüsse daraus ziehen zu können. Was hatte Lisa davon? War das das intensive Gespräch, das Lisa zu Beginn ihres Ausflugs angekündigt und zu dem Nastaran selbst Anlass gegeben hatte?

Lisa unternahm einen weiteren Versuch, Nastaran in ihrem Widerstand gegen Nader zu bestärken: «Ich kann mir vorstellen, dass Naders Verhalten deiner Familie missfällt.»

«Diese Sache müssen ich und Nader unter uns klären.»

«Dass du das sagst, zeigt, sie sind Nader wirklich böse.»

Nastaran schwieg lieber. Lisa aber hatte die Hoffnung noch nicht aufgegeben: «In Liebesbeziehungen darf und kann man die Familie nicht komplett ausblenden.»

«Ich habe Nader so akzeptiert, wie er ist. Mit diesem Umstand muss meine Familie sich eben einrichten.»

«Der Punkt hier ist, dass die eine Seite einer gleichberechtigten Beziehung ihren eigenen Vorstellungen Vorrang einräumt. Solche Beziehungen halten nicht lange.»

Lisa schloss tatsächlich von sich auf andere. Ah, wieso erlaubte Nastaran ihr überhaupt, sich in ihre intimsten Angelegenheiten einzumischen? Sie, Nastaran, wollte mit Naders Stimmungen und mit seiner Gedankenwelt in Einklang kommen, sie war immer mutig bemüht, die Unterschiede zwischen ihnen beiden hinzunehmen, und wollte keinen Versuch machen, auch nur eine von Naders Eigenschaften zu ändern. Und zu denen zählte seine Ablehnung der offiziellen Ehe. Auch damit hatte Nastaran sich abgefunden. Mit dieser vielleicht sogar besser als mit all seinen anderen Eigenarten. Dinge, die Dritte nichts angingen, was Nastaran Lisa nun durch ihr Schweigen zu vermitteln suchte.

Sie steuerten ein Restaurant im Zentrum des Basars an, um Abguscht zu essen, den traditionellen Eintopf aus Schmorfleisch, Hülsenfrüchten und Gemüse. Lisa hatte während ihres kurzen Aufenthalts von diesem Gericht zwar schon gehört, es aber noch nicht probiert.

Wieder ging Nastaran Lisas Satz durch den Kopf: «Er liebt dich nicht.» Lisas Schlussfolgerung erinnerte Nastaran an David, der in einer ganz ähnlichen Situation auch diesen Schluss gezogen hatte. Hatten Mutter und Sohn sich über dieses Thema ausgetauscht? Weshalb interessierten sie beide sich überhaupt dafür?

Um auf andere Gedanken zu kommen, sagte Nastaran, während sie den Eintopf mit dem dafür vorgesehenen Stößel in der Servierschüssel zerstampfte: «Lisa, wolltest du nicht etwas Bestimmtes mit mir bereden?»

Lisa zögerte kurz, nickte dann und sagte: «Um ehrlich zu sein, ich weiß gar nicht, wo ich anfangen soll.»

Auf ihre humorvolle Art schlug Nastaran vor: «Spuck's einfach aus.»

«Das täte ich ja gern, aber so einfach ist das nicht.»

Wieder trat Stille ein. Dann, in dem Moment, in dem Nastaran nachhaken und Lisa fragen wollte, um was es ihr ging, sagte die: «Es geht um David.»

Wieder Stille, bevor Nastaran sagte: «Na also, nur raus damit.»

«Er ist ganz anders als andere Menschen. Er lebt sein Leben auf seine ganz eigene Art, frei von banalen, veralteten Vorstellungen. Er passt in kein Schema. Freundinnen von mir haben Söhne in seinem Alter, die sind alle gleich. Sie haben studiert, haben gute Berufe ergriffen, haben geheiratet oder leben mit Partnerinnen in eheähnlichen Gemeinschaften und müssen mit Dingen wie Fehlgeburten umgehen oder machen ihre jährlichen Urlaubspläne. Alles scheint vorhersehbar. Keiner macht irgendwas Seltsames oder Abwegiges, keiner hegt abwegige Gelüste. Sie sind alle überzeugt von dem Leben, das sie führen, von dem, was sie erreicht haben. Sie sind weder romantisch noch modern. David aber schwankt ständig zwischen diesen beiden Polen hin und her. Er kommt nicht zur Ruhe. Manchmal geht er zur realen Welt auf Abstand, dann mache ich mir Sorgen. Jüngstes Beispiel: seine plötzliche Liebe zu einem Dichter, der vor Jahrhunderten gelebt hat. Dann wieder verhält er sich total vernünftig, trifft logische Entscheidungen, fast wie ein programmierter Roboter. Auch dieses berechnende, strategische Verhalten macht mir Sorgen. Letztendlich aber ist er ein Mann der Tat, und wenn er sich etwas in den Kopf gesetzt hat, räumt er alle Hindernisse unterwegs zu seinem Ziel aus dem Weg, koste es, was es wolle. Manche würden ihn wohl eigensinnig nennen, einen Starrkopf, aber ... weit ist er damit nicht gekommen. Im Grunde ist er mir sehr ähnlich. Ich hatte in jungen Jahren auch andere Bedürfnisse als meine Altersgenossinnen. All das bringt mich ganz durcheinander, es beunruhigt mich tief.»

Dabei sollte sie es jetzt vielleicht belassen, dachte Lisa und wartete auf Nastarans Reaktion, doch Nastaran schwieg und nickte nur zustimmend. Ein Zeichen von Empathie. Lisas Worte wirkten fast einschüchternd. Jetzt fragte sie: «Sag, Nastaran, was hältst du von David?»

Nastaran sah Lisa überrascht an. Was wollte Lisa mit der Frage sagen? Sie ergänzte: «Ich finde es erstaunlich, wie nahe David euch gekommen ist. Sieht er Seelenverwandte in euch? Oder hat das einen anderen Grund? David ist nämlich kein sehr geselliger Mensch. Wenn zu viele Leute versammelt sind, zieht er sich in seine eigene Welt zurück.»

«Diese Charakterzüge passen doch zu seinen spirituellen Interessen, zu seinem Interesse für Lyrik, für Kunst im Allgemeinen.»

«Das mag ja sein, aber für diese neue Situation, für sein jüngstes Verhalten muss es doch Gründe geben.»

Nastaran lehnte sich in ihrem Stuhl zurück und fragte verwundert: «Welche Situation, welches Verhalten?»

«Dass er so vertraut mit euch ist … Sei ehrlich, Nastaran.»

Um Lisa diesbezüglich zu beruhigen, schüttelte Nastaran zunächst wortlos den Kopf, dann sagte sie: «Ich denke, David ist einfach …» Sie ließ ihren Satz unvollendet.

«Was ist er einfach?», hakte Lisa nach.

«Er ist ein außergewöhnlicher junger Mann, intelligent, gebildet, begabt.»

«Und ein heilloser Romantiker», fügte Lisa Nastarans Attributen hinzu.

Nastaran zögerte, bevor sie erwiderte: «Er ist jedenfalls ein sehr begabter Mensch, das steht außer Frage.»

«Was noch?», fragte Lisa sofort.

«Was soll ich sonst noch sagen?»

Lisa lehnte sich zurück, um etwas Abstand von Nastaran zu gewinnen: «Hör mir doch genau zu, Nastaran. Glaubst du, die Beziehung, die zwischen euch entstanden ist, bleibt auf eine konventionelle Freundschaft beschränkt?»

Diese Frage kam völlig unerwartet. Und sie ließ sich nicht auf Anhieb beantworten.

Doch Nastaran blieb unbeeindruckt, wie ein Soldat, der

sich innerlich für die Blitzattacke eines Gegners rüstet. In aller Gelassenheit gab sie zurück: «Ich glaube, ja.»

Dann setzte sie, ebenso gelassen, eine unterschwellig arglistige Frage hinzu: «Sehen Sie das etwa anders?»

Lisa schüttelte den Kopf, Nastaran recht gebend, und schwieg. Kurz darauf aber sagte sie: «Ich habe den Jungen doch großgezogen, ich kenne ihn in- und auswendig. Ich irre mich nicht.»

Wovon redete sie? Nastaran fiel es zunehmend schwerer, die Fassung zu wahren. Lisas Worte hatten sie verletzt. Als das Essen serviert wurde, sorgte das für eine Pause, in der beide ihre Gedanken ordnen konnten. Nastaran füllte das Gericht auf zwei tiefe Teller und sagte: «Ich hoffe, es schmeckt Ihnen.»

Lisa dankte Nastaran und bewegte ihre Gabel wählerisch auf dem zerstoßenen Fleisch hin und her. Dann führte sie einen kleinen Bissen zum Mund und kaute ihn zaghaft. «Du bist intelligent und attraktiv», sagte sie dann, «und freundlich obendrein. Ich kann mit Sicherheit sagen, du zählst zu den jungen Frauen, die Davids Typ sind.»

Wie durchschaubar Lisas Versuch war, die Sache anders anzugehen! Nastaran zeigte sich geduldig. Sie antwortete mit einem Lächeln.

«So lebensfroh wie jetzt war er seit Jahren nicht. Ich erlebe ihn hier erstaunlich gut aufgelegt.»

«Wie schön für Sie.»

«Ja, da gebe ich dir recht. Aber woran liegt das?»

«Am Tapetenwechsel. Zu dem viele Psychologen raten, wenn man Depressionen überwinden möchte.»

«Das stimmt wohl, aber ganz so naiv bin ich nicht. Seine radikale Veränderung muss eine grundlegendere Ursache haben.»

Worauf wollte diese Frau nur hinaus? Um das herauszufinden, fragte man wohl am besten direkt: «Was kann sie sein, diese grundlegendere Ursache, Ihrer Meinung nach?»

«Liebe!», erwiderte Lisa ohne jedes Zögern.

Vor Minuten erst hatte Nastarans Anspannung sich gelegt. Jetzt war sie schlagartig wieder da. Trotzdem brachte Nastaran ein unbekümmertes Lachen zustande, bevor sie fragte: «Soll das heißen, David hat sich in Teheran verliebt?»

Lisa nickte, gelassen und so überzeugt wie nie zuvor in ihren Gesprächen mit Nastaran. Unverwandt sah Lisa sie an, beharrlich, in der Hoffnung, Nastaran möge ihren direkten Blick erwidern. Vielleicht gehörte Lisa ja zu den Menschen, die glaubten, ihren Mitmenschen selbst die geheimsten Gedanken von den Augen ablesen zu können. Doch Nastaran gab sich ahnungslos. Sie widmete Lisa nur flüchtige Blicke und hoffte, ein Themenwechsel könnte das Dilemma lösen: «Schmeckt Ihnen das Essen?»

Die Frage passte nicht in Lisas Plan. Sie nickte nur kurz und kam auf ihr ursprüngliches Thema zurück: «Ihm ist die Sache sehr ernst.»

Nastaran erkannte, dass ihr nichts anderes übrig blieb, als Lisas Position einzunehmen, zumindest vorübergehend. «Ich sehe darin nichts Ungewöhnliches. David hat sich hier in ein Mädchen verliebt, und die Kraft der Liebe hat ihn von seiner Traurigkeit befreit.»

Lisa seufzte: «Wenn das so einfach wäre!»

«Man muss ihm wünschen, dass er die Hindernisse ausräumen kann, die ihm im Weg stehen. Wie können wir beide ihm dabei helfen?»

Mit leise ironischem Unterton sagte Lisa: «Ich kann da wirklich gar nichts machen, mir sind die Hände gebunden.»

Damit war eine neue Situation geschaffen, mit der Nastaran nicht umgehen konnte. Einerseits hätte sie diese offenbar rat- und hilflose Frau gern verstanden. Andererseits machte ihr dieser Wunsch Angst. Stand sie etwa unter dem Einfluss dieser Engländerin? Nastaran war plötzlich wütend auf sich selbst. Um dem abzuhelfen, legte sie beide Hände auf den

Tisch und sagte, ernster als zuvor: «Weder stecke ich meine Nase gern in die Privatangelegenheiten anderer Leute, noch sehe ich es als meine Aufgabe an, herauszufinden, was andere Leute empfinden oder welche emotionalen Neigungen sie haben ... Entschuldigen Sie, ich bin gleich wieder da.»

Lisa schnaubte laut aus, erwiderte jedoch nichts. Nastaran nahm ihre Handtasche und ging Richtung Toilette. Weder sie noch Lisa hatten ihr Essen angerührt.

Nastaran brachte Lisa in die Pension zurück. Unterwegs kam kein Gespräch in Gang, es fielen nur vereinzelte Wörter. Lisa machte ein, zwei Anläufe, um wieder auf David zu sprechen zu kommen. Ohne Erfolg. Jetzt blieb ihr nur noch, Nastaran auf ein Glas Tee in die Pension einzuladen.

David, der ja vor Tagen in das Gästehaus zurückgekehrt war, gesellte sich im Speiseraum zu den beiden. Lisa nahm den kleinen Teppich aus der Tragetasche und breitete ihn vor David am Boden aus. David strahlte. «Den hab ich für dich gekauft», sagte Lisa und ergänzte: «Nastaran hat ihn ausgesucht.»

Dabei zwinkerte sie Nastaran kameradschaftlich zu.

Nastaran gab sich solidarisch: «Ich hoffe, er gefällt dir.»

«Woher kennst du meinen Geschmack?»

«Wir haben immerhin fast einen Monat lang Tag und Nacht unter einem Dach verbracht, schon vergessen?»

Lisa sagte: «Manchmal kennt man Menschen auch schon nach der ersten Begegnung in- und auswendig und weiß sogar, wie sie denken.»

David sah Nastaran an und nickte zur Bestätigung der Worte seiner Mutter. Die Atmosphäre entspannte sich, als Lisa David zwei Begebenheiten auf dem Basar schilderte und ihn herzhaft zum Lachen brachte. Nastaran lachte mit, obwohl ihr nicht danach zumute war. Bevor Nastaran sich verabschieden würde, ging David zur Teetheke. Das Wasser im

Kessel brodelte bereits, er gab zwei Teebeutel in eine Kanne und goss heißes Wasser dazu.

«Unterwegs haben wir nur von dir gesprochen.»

Die Frau ließ einfach nicht locker. «Von mir?» David war verblüfft.

«Darüber, dass du eindeutig anders bist als deine Altersgenossen.»

David widersprach: «So sehe ich das natürlich nicht.»

«Menschen beurteilen sich selbst nicht neutral ... Neben deinen guten Seiten habe ich auch die schlechten erwähnt. Gern hätte ich auch erfahren, was Nastaran darüber denkt, aber sie hat lieber geschwiegen.»

«Und jetzt wollt ihr mich für meine schlechten Seiten verurteilen?»

Lisa lachte auf: «Nicht verurteilen, nein, aber es wäre wohl keine schlechte Idee, wenn du dich auch mal zu ihnen bekennen würdest.»

«Ich habe sicher mehr Fehler als Vorzüge.»

Diese Sorge nahm seine Mutter ihm: «Natürlich nicht ... Ich habe zu Nastaran gesagt: Wenn David sich verliebt, dann bleibt er treu.»

«Das zeichnet doch jede wahre Liebe aus», sagte David.

«Darum geht es ja. Wahre Liebe zu finden, ist heutzutage schwer.»

Dann trat Stille ein. Vielleicht nahm Lisa an, sie habe in dieser Sache ihre Pflicht getan, ihre Rolle zu Ende gespielt und könne David nun alles Weitere überlassen. Vielleicht war sie nach wie vor darauf aus, David in Nastarans Beisein dazu zu bewegen, über seine Liebe zu sprechen. Doch um das zu verhindern, brach Nastaran eilig auf.

Während ihrer Heimfahrt überschlugen sich ihre Gedanken.

23

Lisa war sorgenvoll nach Teheran gekommen. Zumindest, was die Gesundheit ihres Sohnes betraf, waren ihre Bedenken ausgeräumt. Doch nun verließ sie Teheran noch sorgenvoller als zuvor. Wohin würde Davids Liebe zu Nastaran führen? Diese Sorge war plötzlich gewachsen, während Lisa im Foyer der Pension auf Nader wartete, der sie zum Flughafen bringen würde. Mit ihrem ausgeprägten weiblichen Instinkt, und weil sie ihren Sohn gut kannte, hatte sie Davids Gefühle erahnt. Allerdings war sie auch der Ansicht, jeder, der David etwas aufmerksamer beobachtete, könne unschwer erkennen, was in ihm vorging. Es war Lisa kaum begreiflich, dass sowohl Nastaran als auch Nader sich David gegenüber so verhielten, als sei nichts vorgefallen. Ein albernes Spiel, aus dem Lisa nicht schlau wurde.

Besorgt, wie sie war, fühlte sie sich jetzt, da sie Teheran verließ, nicht wohler als bei ihrer Herreise. Hatte das Schicksal es tatsächlich so gefügt, dass ihr Sohn, von einem vor tausend Jahren lebenden Dichter neugierig gemacht, Tausende von Kilometern zurücklegte, um die Geheimnisse seiner Kultur zu enträtseln und sich dabei in eine bereits verlobte Frau zu verlieben? Wobei deren Verlobter wiederum ihrem Sohn gegenüber ein seltsames Verhalten an den Tag legte, auf das Lisa sich keinen Reim machen konnte.

War Nastaran die junge Frau, die ihr Enkel schenken könnte? Lisa wusste nicht das Geringste über die Frau, die ihre Schwiegertochter werden könnte, auch das war ein Grund zur Sorge. Immerhin hatte Nastaran gute Umgangsformen und war liebenswert. Und sie war schlank und sah gut aus, ganz anders als die sich an Schokolade und Süßigkeiten überfressenden Mädchen in England, die aus nichts als Fett zu bestehen schienen. Doch selbst dieser Vergleich trug nicht zu Lisas Beruhigung bei. In der vergangenen Nacht hatte sie kaum geschlafen, ihre wirren Gedanken hatten ihr keine Ruhe gelassen.

Als Nader die Pension betrat, erhob sie sich, nachdem sie mit gepacktem Koffer nahe der Rezeption gesessen und auf ihn gewartet hatte. Sobald Nader ihr Gepäck im Kofferraum verstaut hatte, brachen sie zum Flughafen auf.

Im dichten Stadtverkehr blieben beide wortkarg, sprachen über Belanglosigkeiten. Sobald sie die Autobahn erreicht hatten, wurde Nader gesprächiger: «Jetzt können Sie Teheran unbesorgt verlassen. Sie haben gesehen, dass wir für David sorgen.»

Lisa hatte die Lehne des Beifahrersitzes für mehr Sitzkomfort leicht rückwärts geneigt, seufzte tief und sagte in überaus freundlichem Ton: «Lieber Nader.»

So hatte sie ihn bisher noch nie angeredet: «Ich mache mir trotzdem noch Sorgen.»

Das war zwar nicht zu überhören, veranlasste Nader aber nicht dazu, sich nun seinerseits Sorgen zu machen. Nach kurzem Zögern sagte er: «Ich glaube, ich weiß, was Sie meinen, auch wenn ich mir nicht ganz sicher bin.»

«Sei dir nie sicher», reagierte Lisa lachend.

«Ich weiß, Mütter machen sich immer Sorgen. Aber Ihre Sorgen sind wirklich unbegründet. Davids Handgelenkbruch ist vollständig ausgeheilt. Ein paarmal Physiotherapie, dann ist alles wieder wie früher.»

Wieder seufzte Lisa und sagte: «Etwas anderes macht mir viel mehr Sorgen. David hat jahrelang an Depressionen gelitten.»

«Dafür sehe ich in ihm keinerlei Anzeichen», entgegnete Nader.

Ihre Blicke trafen sich. «Jetzt geht es ihm gut, sehr gut sogar, aber vielleicht ist das nur ein vorübergehender Zustand, eine gute Phase.»

Natürlich bedurfte diese Behauptung der Erläuterung.

«In Davids Leben ist eine Leere, die nur jemand füllen kann, den er liebt.»

Lisa erzählte Nader vom schmerzhaften Ende einer Liebesbeziehung, die ihr Sohn mit zweiundzwanzig durchgemacht hatte. Auch von Davids chronischer Depression und davon, dass in seinen späteren Beziehungen nie Liebe gewesen sei.

So war zwischen Nader und Lisa ein gewisses, für beide spürbares, Einvernehmen entstanden. «Ich weiß, David ist ein ungemein empfindsamer junger Mann», sagte Nader.

«So empfindsam, dass er bisweilen sogar melancholisch wird.»

«Ohne diese Empfindsamkeit hätten die Werke dieses Dichters ihn nicht so bezaubern können.»

Was David betraf, waren sich beide bis hierhin einig. Diese vollkommene Übereinstimmung erschwerte die Klärung eines bestimmten Sachverhalts. «Heute sehe ich David zum ersten Mal seit Jahren wieder gut gelaunt, fröhlich, energiegeladen. Was mich dabei besonders erstaunt, sind seine Augen. Sie waren noch nie so strahlend, so voller Lebensfreude wie heute.»

Wovon redete diese Frau, und wie sollte man ihre Worte überhaupt verstehen? Nader gab sich naiv, als er sagte: «Selbst mich, als Literaturliebhaber, verblüfft Davids außergewöhnliche Liebe zu Khayyam.»

Lisa überhörte Naders Bemerkung und verfolgte weiter ihr Ziel: «David hat eine gescheiterte Liebesbeziehung hinter sich. Ich befürchte, wenn ihm das noch mal passiert, wird er die Liebe, wichtiger noch, Frauen, das weibliche Geschlecht insgesamt hassen, sich vielleicht sogar umbringen. So weit darf es nicht kommen. Wir dürfen nicht zulassen, dass er sich und sein Leben zerstört.»

«David ist ein vernünftiger junger Mann.»

«Aber er hat auch einen Hang zum Wahnsinn.»

Nader wusste nicht, was von so viel Gegenwind zu halten war, und sagte schließlich: «Auf jeden Fall ist doch die Tatsache, dass ein junger Mensch seine Lebensfreude wiedergefunden hat, für eine Mutter Grund zur Freude.»

Lisa befand Naders Fazit keiner Antwort für würdig. Sie wandte sich ihm zu, schüttelte verwundert den Kopf und fragte: «Nader, weißt du wirklich nicht, was passiert ist?»

Sie wartete nicht auf eine Antwort, sondern ließ, den Blick starr auf die Fahrbahn gerichtet und unmissverständlich, ihre Forderung folgen: «Mach den Weg für David frei.»

Nader sah Lisa kurz an, wortlos, sie abschätzend, nach einer Antwort suchend. Lisas Satz hatte ihn völlig unvorbereitet getroffen. Ihm fast die Sinne genommen. Wieder wandte er den Blick kurz von der Fahrbahn ab und sah Lisa an. Sie wirkte nach wie vor sehr gefasst, doch in ihrem Blick hatte sich etwas verändert. Sie ergänzte ihre ungeheuerliche Forderung: «Gib Nastaran frei für ihn. Deine Beziehung zu ihr ist nicht so eng, als dass dir das unmöglich wäre.»

Das war weder ein Befehl noch eine Bitte. Doch Lisa hatte mit diesen Worten auch alle ihre Gefühle in die Waagschale geworfen. Die Empfindungen einer Mutter, die ihr einziges Kind am Rande eines Abgrunds sah. Was hatte diese Frau soeben genau gesagt? Und was verlangte sie wirklich von ihm?

«Er ist verrückt, schier blind vor Liebe. Das macht ihn vielleicht unberechenbar. Und wenn er das alles nicht bewältigt, dann bringt die Depression ihn um.»

«Was meinen Sie damit? Was wollen Sie mir sagen? Machen Sie sich etwa über mich lustig ... ja?»

«In meinem Leben gibt es nur wenig, über das man sich lustig machen kann. Ich rede davon, dass David verrückt werden könnte. Eine Neigung, von der nur ich weiß, weshalb ich ja selbst schier verrückt werde vor Sorge.»

Lisas Aufrichtigkeit erstaunte Nader. Träumte er? Lisas Besorgnis übertrug sich auf ihn, das gesamte Wageninnere schien voller Sorgen. Was hieß das, ‹David könnte verrückt werden›? Könnte er Nastaran entführen und mit nach London nehmen? Bei diesem Gedanken musste Nader lächeln, was die unglaubliche Situation, die hier entstanden war, für wenige Augenblicke halbwegs erträglich machte. Dann kam die Panik zurück, Nader nahm wieder die Fahrbahn in den Blick und trat fester aufs Gaspedal, als könnte er dieser schrecklichen Situation dadurch entkommen.

Mit gedämpfter Stimme sagte Lisa: «Die Zukunft meines Sohnes hängt von deiner Entscheidung ab, und auch die Nastarans.»

Nader rückte den Innenspiegel zurecht, eine unwillkürliche Geste, ein Ruhemoment, vor einem weiteren Sturm. Was verlangte Lisa da von ihm? Nader hielt eine solche Forderung keinesfalls für verhandelbar. Also schwieg er. Auch, weil er, wie benommen, kaum einen klaren Gedanken fassen konnte. Nicht, dass er nicht begriffen hätte, worum sie ihn bat. Er war gefühllos geworden, leer.

Den Rest der Strecke legten sie schweigend zurück. Jeder war in die eigenen Gedanken versunken, und keiner von beiden unternahm einen weiteren Versuch, ein neues Gespräch in Gang zu bringen. Und irgendwann hielt Nader schließlich vor der Abflughalle. Er stieg aus dem Wagen, öffnete den Kofferraum und gab Lisa ihr Gepäckstück. Die Verabschiedung verlief kürzer als ursprünglich vorgesehen, wie zwischen zwei Menschen, die nur sehr oberflächlich Bekanntschaft gemacht hatten. Letzte flüchtige Blicke, dann gab Nader der Engländerin zum Abschied die Hand und empfand plötzlich Mitleid mit ihr, denn er hatte sie mit seiner Reaktion enttäuscht.

Weshalb hatte er ihr nicht dargelegt, wie unverschämt und unvernünftig ihr Wunsch war? Hatte er sie mit seinem Schweigen gedemütigt? Auf der Rückfahrt brach ein Gedankensturm über ihm los. Erst jetzt wurde ihm bewusst, wie wichtig Nastaran ihm war, wie sehr er an ihr hing. Unerträglich die Vorstellung, er könnte sie verlieren. Während der gesamten Rückfahrt hatte er sie und ihr gewinnendes Lächeln vor Augen.

24

Er hatte also einen starken Rivalen in Sachen Liebe. Nicht erst seit seinem Abschied von Lisa, nein, bereits während ihrer fünf Tage in Teheran hatte diese Wahrheit ihm einen leicht bitteren Geschmack auf der Zunge beschert, der jetzt so heftig wurde, dass er versuchte, ihn mit einem Getränk hinunterzuspülen. Ohne Erfolg. Nach dem letzten Schluck kehrte dieser bittere Geschmack umso widerlicher wieder. Da zur Bitternis die Vorstellung hinzukam, er könnte Nastaran verlieren, packte ihn blankes, bisher ungekanntes Entsetzen.

An eine Rückkehr in den normalen Alltag war nicht zu denken. Nader schrieb keine Zeile mehr und dachte auch nicht mehr ans Schreiben. Er besuchte niemanden mehr, und niemand kam ihn mehr besuchen. Selbst die Vorstellung, Nastaran gegenüberzutreten, machte ihm Angst. Während der vergangenen fünf Tage hatten sie beide nur einmal kurz miteinander telefoniert. Abgesehen von einem Mal, um ganz in der Nähe Brot zu kaufen, war Nader nicht mehr aus dem Haus gegangen. Er stand stundenlang reglos am Fenster und starrte nach draußen ins Leere. Fünf Nächte lang hatte er kein Auge mehr zugetan. Jedes Mal, wenn ihm die Lider schwer wurden, tauchte Nastaran im dichten, dunklen Nebel seines Dämmerzustands auf. Als Romanautor verstand er es eigentlich meisterhaft, seine Fantasien und Illusionen zu lenken, doch in diesem Fall fühlte er sich machtlos.

Was dachte Nastaran? Und wie stand sie zu David? Er rief sich jede Situation, in der er die beiden zusammen gesehen hatte, in Erinnerung und durchforstete sie nach verdächtigen Elementen. Er fand keinen Blick, keine Geste, kein Lächeln, das sexuelle Anziehung verraten hätte. Seines Wissens war

Nastaran ihm immer treu gewesen. ‹Nastaran ist ein gutes Mädchen. Ich liebe sie›, sagte er sich.

Ja, er liebte sie, aufrichtig. Jede Faser ihres Wesens, ihre Blicke, ihr Lächeln, ihre Art, sich zu bewegen, und sogar ihre finstere Miene, wenn sie ungehalten war. Sie hatte etwas Geheimnisvolles, das ihm heilig war, heiliger als alles andere, das Bedeutung hatte in seinem Leben. Von Hingabe übermannt, kamen ihm die Tränen. Noch nie hatte er eine Trennung von Nastaran erwogen. Er sah sie als Teil seiner Familie, wie seine Mutter und sein Vater es einst waren, und daran würde sich auch nichts ändern. Hatte er sie etwa vernachlässigt? Sie zu wenig wertgeschätzt, an seiner Seite einfach als selbstverständlich erachtet? Ein Versäumnis, das ihn jetzt tief beschämte. Wie könnte er das und vielleicht Weiteres nachholen?

Nur langsam wurde ihm klar, dass seine Bindung zu Nastaran ihm erst jetzt, da er sie mit anderen Augen sah, Tore zu einer neuen Welt eröffnete. Er spürte ein neues Gefühl, so intensiv jetzt, dass er es wohl Liebe nennen musste, Liebe, die sich ihm nach acht Jahren endlich offenbarte oder sich ihm zumindest in neuer Ausdrucksform präsentierte. Vielleicht, so dachte er, war diese plötzliche Gefühlsaufwallung das Zeichen dafür, dass er für Nastaran seit jeher tiefe Liebe empfunden hatte. Er erinnerte sich an einen Nachmittag vor wenigen Monaten, an dem er und Nastaran in seiner Wohnung seinen Geburtstag gefeiert hatten. Nastaran hatte einen großen Strauß Rosen gekauft, hatte ringsum im Wohnzimmer Kerzen angezündet, und einen Kuchen hatte sie auch gebacken. Da'i Dschawad hatte aus diesem Anlass zwei Flaschen Wein beigesteuert. Nastaran war schöner und liebevoller denn je gewesen. Beide hatten dem Wein zugesprochen, sich gut unterhalten, ohne betrunken zu sein. Doch nachdem sie auch die zweite Flasche Wein geöffnet und fast vollständig geleert hatten, war Nader in Tränen ausgebrochen. Nastaran hatte ihn in den Arm genommen, hatte ihn zärtlich geküsst, doch er war nicht zur Ruhe gekommen. Sie hatte ihm das Haar aus der Stirn gestrichen, hatte ihn erneut geküsst, Nader hatte umso heftiger geweint, woraufhin Nastaran ihn fester umarmt und abermals mit Küssen zu trösten versucht hatte. Nach dem Grund für seine Tränen hatte sie ihn nicht gefragt. Kannte er selbst ihn denn? Er hatte Tränen vergossen wie eine Regenwolke, und Nastaran war nichts anderes übrig geblieben, als ihm tröstend übers Haar zu streichen und sein Gesicht mit Küssen zu bedecken.

Wochen später – Nastaran war für ein, zwei Tage zu ihrer Mutter gefahren – war Nader dort zum Abendessen eingeladen. Während er hin und her überlegte, ob er unter einem Vorwand absagen sollte, kam ihm ein Gedanke, ganz ohne Bezug zum Sekunden zuvor Gedachten. Der Gedanke machte ihm große Angst. Um sie in den Griff zu bekommen, rief er Nastaran an. Kaum hatte sie mit ihrer angenehmen sanften Stimme «Ja bitte» gesagt, war seine Angst verflogen.

«Wann soll ich heute Abend bei euch sein?»

«Nicht später als sieben, wenn's geht.»

«Sag mal, Nastaran ...»

«Was denn?»

«Was ist in diesem Moment dein größter Wunsch auf Erden?»

Nastaran lachte sehr einnehmend: «Das weißt du doch.»

«Die Frage war ernst gemeint.»

«Meine Antwort auch.»

«Ich fürchte, ich könnte falschliegen.»

«Wenn du falschliegst, heißt das, du kennst mich nicht gut genug.»

«Das kann tatsächlich sein.»

«Aber es ist nicht so.»

Nader hatte überaus gefühlvoll erwidert: «Sei innig geküsst, und heute Abend habe ich eine Überraschung für dich.»

Noch ein einnehmendes Lachen: «Du bist verrückt!»

Das Gespräch war beendet, Nader, bebend vor Aufregung, hielt sein Telefon noch minutenlang fest in der Hand. Dann zog er sich rasch an und ging aus dem Haus.

25

Am frühen Abend, gegen sechs Uhr, kam er zurück nach Hause. Er duschte, gönnte sich eine kurze Ruhepause, dann war es Zeit, sich ausgehfertig zu machen. Er verharrte einen Moment vor seinem offenen Kleiderschrank, angespannt, vor Aufregung und in Gedanken an seine Kindheit und an die Tage, an denen er mit seiner Mutter oder seiner Großmutter ins Kino ging. Schick machen wollte er sich, ja, seinen besten Anzug wollte er tragen, den schönen grünen, den er erst kürzlich vom Schneider abgeholt hatte, und die Krawatte, die Nastaran so gut gefiel. Und zum Abschluss der Herrenduft, den Nastaran gern roch. Auf seinen Krawattenknoten hatte er noch nie so viel Zeit verwandt wie jetzt. Er trat vor seinen großen Spiegel und begutachtete sich. Er wollte perfekt aussehen. Ja, David war jünger als er, aber er, Nader, konnte es locker mit ihm aufnehmen. Er beschloss, zu Fuß zu gehen, bis zu Nastaran war es nicht weit. Er mochte heute weder das Auto noch ein Taxi nehmen. Abends schlenderte er gern über die betriebsamen Gehwege, und bis zu Mama Malli nach Hause würde er diesbezüglich voll auf seine Kosten kommen. Durchs Gedränge aus fliegenden Händlern und ihrer potenziellen Kundschaft, vorbei an Menschen mit Einkaufskörben, an Menschen mit leeren Händen, an Menschen, die in kurze Gespräche vertieft beisammen standen, während andere, Nader schwer bepackt ausweichend, nach Hause eilten.

Nader indes hatte keine Eile, er war guter Dinge, um nicht zu sagen, in seltener Hochstimmung. Froh, denn er hatte die schwerste Entscheidung seines Lebens getroffen. Jetzt fiel ihm auf, dass es hier im Viertel viel lebhafter zuging als in seiner Kindheit. Der Stadtteil hatte sich, so fand Nader, zu seinem

Vorteil verändert. Alles schien zwar drunter und drüber zu gehen und keiner Ordnung zu gehorchen, aber das Viertel war aufgeblüht, war bunt und lebendig geworden, hatte Energie wie ein Vulkan, der nur vorübergehend ruhte. Wer älter war als Nader, der beurteilte die Veränderung anders, beklagte vielmehr den Zuwachs an Menschen, an Verkehrsaufkommen und Luftverschmutzung. Nader wechselte die Straßenseite. Fast am Tadschrisch-Platz angelangt und nach einem Blick auf die beleuchteten Schaufenster der gut besuchten Ladengeschäfte entlang der Straße, beschloss er, den Weg durch den kleinen Basar zu nehmen. Vorbei an einem Heiligengrab – und an einem Areal, in dessen Mitte buntes Gemüse angepflanzt worden war, das zu kaufen mehrere Männer und Frauen nun anstanden –, betrat er die Markthalle, und jetzt fiel ihm ein, dass er Blumen kaufen musste. Unter den Augen des gut aufgelegten Blumenverkäufers begutachtete er das breite Sortiment in allen Formen und Farben und entschied sich schließlich für Rosen.

Wie gewohnt öffnete Nastaran ihm auch diesmal die Tür, sah sich, anders als sonst, einem großen Strauß roter Rosen gegenüber und fragte als Erstes: «Für wen sind die denn, und aus welchem Anlass?»

Nader schloss Nastarans Mund formvollendet mit einem Kuss und beantwortete danach ihre Frage: «Die sind für dich.»

Das war wohl die angekündigte Überraschung. «Vielen Dank, mein Lieber, heute so schick», freute Nastaran sich, überlegte zugleich, weshalb ihr wohl heute ein Strauß geschenkt wurde, fand aber keinen besonderen Grund.

«Was verschafft mir denn diese Ehre?»

Nader umarmte sie: «Keine Eile, du erfährst es noch früh genug.»

Er trat einen Schritt zurück und nahm sie in Augenschein: perlmuttfarbene Satinbluse, hochgeschlossen, mit Tüllstickerei,

Perlenohrringe, farblich passend zur Bluse, sowie ein breites Haarband derselben Farbe, das ihr dichtes schwarzes Haar im Zaum hielt. Nader nahm sie ein zweites Mal in den Arm und flüsterte ihr ins Ohr: «Du hast mir gefehlt. Sehr sogar.»

«Wir waren doch nur fünf Tage voneinander getrennt!», reagierte Nastaran gelassen.

«Glaubst du mir etwa nicht? Ich habe dich wirklich vermisst. Nicht wegen der Sachen, die man abends und nachts so macht, nein, um deiner selbst willen, dich habe ich vermisst.»

Er löste sich von Nastaran, legte seinen blauen Wollschal und den Mantel ab. Nader war so aufgeregt wie nie zuvor in seinem Leben, jede Faser seines Wesens schien wie Feuer zu lodern. Ohne weitere Worte nahm er, zielstrebig wie jemand, der großen Hunger hat, Kurs auf den gedeckten Esstisch. Nader bezog daneben Position und fragte laut und vernehmlich: «Wo bleibt denn unser Wein?»

Mama Malli lächelte ihren Bruder an. Da'i Dschawad fragte Nader: «Willst du wirklich welchen? Ich dachte, in letzter Zeit war's vielleicht etwas zu viel …»

«Natürlich trink ich einen Schluck mit. Nicht viel, diesmal, aber heute Abend gibt's Grund zu feiern.»

Mama Malli kniff die Augen zusammen und lachte aus vollem Herzen. Sie hatte die letzte Schüssel Essen zu Tisch gebracht und ihre Küchenschürze noch um. Ahnte sie etwas?

Da'i Dschawad ließ sich nicht zweimal bitten und brachte brav eine Flasche Wein herbei. Teller und Gläser wurden gefüllt, man aß und trank.

«Hast du Lisa wohlbehalten zum Flughafen gebracht?», fragte Da'i Dschawad.

Nader ließ keinen Zweifel: «Gesund und munter.»

«Auf mich hat sie eher schlicht gewirkt, eine einfache Frau.»

Nicht alle teilten diese Einschätzung. «Ich halte sie für hochintelligent», sagte Nader.

Nastaran pflichtete ihm bei: «Ich auch.»

«Ich fand, sie war einfach eine ganz normale Frau», sagte Mama Malli, und auch sie erntete Widerspruch. Nader und Nastaran schüttelten die Köpfe und schauten einander an. Teilten sie etwa ein Geheimnis?

«Weshalb nimmt jemand eine so weite Reise auf sich?», wunderte sich Da'i Dschawad.

Während Mama Malli noch immer Schüsseln und Schalen auf dem Tisch so zurechtrückte, dass möglichst alle in Naders Reichweite standen, sagte sie: «Wenn du Mutter wärst, wüsstest du, was Mütter für ihre Kinder empfinden. Außerdem ist man nicht unbedarft, bloß weil man sich um sein Kind Sorgen macht.»

Nader bat: «Könnten wir bitte aufhören, über Lisa zu reden. Heute Abend soll etwas Bedeutendes passieren.»

Alle schauten von ihren Tellern auf. Nader griff in seine Tasche, holte eine mit blauem Samt bezogene kleine Schachtel hervor und klappte sie auf. Er nahm Nastarans Hand in eine Hand, hielt ihr mit der anderen die kleine Schachtel hin, schaute ihr kurz in die Augen und fragte sie dann:

«Nastaran, willst du mich heiraten?»

Eine Szene, wie man sie aus Filmen und Romanen kannte, mochten Da'i Dschawad und Mama Malli denken. Und genau wie in Filmen und Romanen stiegen Nastaran Tränen in die Augen. Nader verstand ihre Antwort und schob ihr den Diamantring an den Finger.

Zur allgemeinen Verblüffung. Etwas, worauf alle scheinbar ewig gewartet hatten, geschah nun scheinbar aus heiterem Himmel, einfach so. Da'i Dschawad erholte sich rascher als die anderen von diesem Schrecken: «Hat's euch allen etwa die Sprache verschlagen? Auf das Hochzeitspaar!»

Alle erhoben ihre Gläser, Mama Malli spülte ihren Kloß im Hals mit einem Schluck Wein hinunter, legte sich die Hand auf die Brust und holte tief Luft. Sie brachte keinen Ton heraus. Da'i Dschawad sah sie an und sagte: «Siehst du, du hast dir viel zu oft umsonst den Kopf zerbrochen.»

Mama Malli konnte noch immer kein Wort sagen, registrierte zumindest aber, dass Nader und Nastaran sich küssten. Und das erstmals innig vor den Augen anderer.

26

Nader wollte die Hochzeit möglichst rasch in die Wege leiten, da war keine Spur mehr von seinem jahrelangen Zaudern. Nastaran und ihrer Mutter ging das etwas zu schnell. Sie wünschten sich eine große, ganz klassische Hochzeit. Predigt und Trauung durch einen Imam und ein angemessenes Fest im Anschluss, in einem Garten im Umkreis von Karadsch, außerhalb Teherans, wo Frauen und Männer gemeinsam und von der Polizei unbehelligt würden feiern können. Nastaran war eine einfache Feier lieber, ein kleines Fest im Kreise der Verwandten ersten Grades und engster Freunde, zur Schonung des Budgets, in wirtschaftlich angespannten Zeiten. Nader ließ sich von seinem Plan nicht abbringen. «Wie oft heiratet man im Leben?», fragte er. Mama Malli machte einen bemerkenswerten Vorschlag: «Wie wär's, wenn ihr euch das Chaos in eurer jetzigen Wohnung künftig erspart und euch eine größere Wohnung nehmt?»

«Ich hatte das bereits in Betracht gezogen», beruhigte Nader sie.

Jetzt hatte das Projekt sich sogar vergrößert. Nun hieß es nicht nur, eine große Hochzeit vorbereiten, nein, jetzt musste eine Wohnung verkauft und eine neue, größere gekauft werden. Also machten alle vier sich an die Arbeit, kontaktierten Makler, Hochzeitsveranstalter, und mit dem Entwurf des Brautkleids betrauten sie Nastarans Cousine, die versierte Modedesignerin.

«Ich will Nägel mit Köpfen machen», sagte Nader.

Es folgte ein kurzer Meinungsaustausch darüber, in welchem Stadtteil Teherans die eheliche Wohnung liegen sollte.

«Am besten in meiner Nähe», sagte Mama Malli und

meinte damit die Umgebung von Dozaschib, im Nordosten der Stadt. Nastaran hielt das Viertel, in dem Naders jetzige Wohnung lag, für die bessere Wahl, weil Nader hier mit allem vertraut war. Doch Nader war anderer Ansicht: «Ich will näher ans Stadtzentrum.» Wo genau aber lag das Zentrum einer Fünfzehn-Millionen-Stadt? Teheran hatte mehrere Zentren. Nader zog das Universitätsviertel vor, genauer, dessen Norden, etwa bis zur Karim-Khan-Straße, wo die meisten Buchläden ihren Sitz hatten. Von dort aus war es zum einen nicht weit bis nach Saadatabad, ins Viertel mit den vielen gemütlichen Cafés, zum anderen gelangte man ohne viel Mühe auf die Schnellstraßen, die alle anderen Teile Teherans miteinander verbanden. Da'i Dschawad fand, man sollte die Wohnungssuche nicht durch die Festlegung auf ein bestimmtes Viertel erschweren. Tage später waren alle vier zu dem Ergebnis gekommen, dass es besser war, den Wohnungswechsel auf die Zeit nach der Hochzeit zu verschieben, da die Aufgabe Aufmerksamkeit, Geduld und ausreichend Zeit verlangte.

Der Erste, der von der bevorstehenden Hochzeit erfuhr, war David. Er reagierte relativ normal, gratulierte beiden und wünschte ihnen alles Gute. Noch lebten die künftigen Ehepartner getrennt voneinander, Nader in seiner Wohnung, Nastaran bei Mama Malli. Die sagte: «Eine Hochzeit muss regelkonform ablaufen. Die Braut muss am Hochzeitsabend zu ihrem Mann ziehen, sonst verliert doch alles seinen Sinn und Geschmack.»

Nader und Nastaran verhielten sich jetzt auch wie zwei Verlobte. Stundenlange Telefonate, Bedauern über die räumliche Trennung, Beteuerungen der Sehnsucht nacheinander und dass man bis zur Hochzeitsnacht die Sekunden zähle. Als hätten sie nicht schon jahrelang gemeinsam unter einem Dach gelebt.

Bedingt durch die Hochzeitsvorbereitungen, hatten beide nun weniger Zeit für David, der ihrer Hilfe ja nicht mehr bedurfte, weil er wieder bestens allein zurechtkam. So wurden Verabredungen immer wieder verschoben, bis eines Morgens Naders Telefon klingelte, David sich meldete und ohne Vorrede sagte: «Ich möchte dich sehen.»

«Ist irgendwas vorgefallen?», fragte Nader.

«Ja.»

Davids klare Stimme klang bittend, aber vollkommen unverfänglich, und Nader willigte ein: «Also gut, wann?»

«Je schneller, desto besser.»

«Das klingt, als müsste ich mir Sorgen um dich machen, David. Sag mir wenigstens kurz, worum's geht.»

«Das wirst du sehen, wenn wir uns treffen.»

Nader zögerte kurz, sagte dann: «Heute Nachmittag um drei. Passt dir das?»

«Ja, ich erwarte dich ... Aber ...»

Er unterbrach sich. Als Nader etwas sagen wollte, fuhr David fort: «Bitte sag Nastaran nicht, dass wir uns treffen.»

Nader zögerte wieder, entsprach Davids Wunsch dann aber. Sofort nach dem Telefonat fühlte er sich unbehaglich. Ein dringendes Treffen, noch dazu geheim! Er mochte negative, wirre Gedanken nicht aufkommen lassen. Weshalb sich in den schönsten Tagen seines Lebens damit abgeben?

Am Nachmittag betrat Nader um Punkt fünfzehn Uhr die Pension. Es war ungewöhnlich still ringsum, und auf dem Weg zu Davids Zimmer begegnete er niemandem. Vor Davids Zimmertür angelangt, hielt er inne. Was erwartete ihn? War er grundlos besorgt? Für den Bruchteil einer Sekunde bereute er fast, den Weg hierher gemacht zu haben. Weshalb war er Davids Wunsch nachgekommen, ohne ihn nach dem Grund zu fragen?

Er klopfte an, und David bat ihn rasch ins Zimmer. Nader sah David erst, nachdem er die Tür hinter sich geschlossen hatte. Er stand vor seinem Bett, mit entblößtem Oberkörper. Leise und unsicher sagte er: «Bitte, schließ ab.»

Auch ohne das leise Flehen in Davids Stimme war unmissverständlich, was er sagen wollte. Und als habe Nader seit Jahren auf diesen Augenblick gewartet, wandte er sich wortlos um und schloss die Tür ab. Er ignorierte sein heftiges Herzklopfen, ging einen Schritt auf David zu, blieb dann stehen, reglos. Aus Davids Blick sprach ungezügelte Erregung, er schien Nader zu fragen: ‹Worauf wartest du? Hast du diesem Moment nicht seit Wochen entgegengefiebert?› Nader machte weitere Schritte auf David zu, rasch diesmal. Wieder zögerte er, als er so dicht vor ihm stand, dass er seinen Atem spüren konnte, dann umarmte er ihn heftig. Sein Körper stand in Flammen.

Leicht wie ein Halm Stroh stieg er auf, in wohligem Nebel, gewann erstaunlich schnell Abstand von der Erde und allem Irdischen. Das nach seiner Pubertät schwersten Herzens verdrängte Gefühl überkam ihn jetzt mit so ungeheurer Kraft, dass er sich, wieder mit beiden Beinen auf dem Boden der Tatsachen angelangt, an diesen Höhenflug – die Augenblicke höchsten Genusses – nicht mehr erinnerte. So fühlte es sich also an, das Einswerden mit dem Menschen, den man aus tiefstem Herzen begehrte. Er war plötzlich zu dem Menschen geworden, nach dem er sich seit Jahren gesehnt hatte.

Wieder zu sich gekommen, zog er sich an und verließ Davids Zimmer schweigend, hastig, ohne einen Blick zurück. Nur so war zu verhindern, dass David seine tränenfeuchten Augen sah.

27

Tage später klingelte Nastarans Telefon.

«Weißt du, dass wir uns seit mehr als zwei Wochen nicht gesehen haben?»

«Ach, du bist's, David. Es tut mir wirklich leid. Bei uns ging es in letzter Zeit ziemlich hektisch zu. Wir heiraten ja in ein paar Tagen.»

«Das verstehe ich durchaus, aber Zeit für ein kurzes Treffen mit einem guten Freund müsste doch drin sein.»

Man hörte, dass er gekränkt war, Nastaran aber auch vermisste. Sie beschwichtigte ihn. «Du hast ja recht. Du hast uns auch gefehlt, wenn ich ehrlich bin. Gestern Abend habe ich Nader nach dir gefragt. Er hat gesagt, er hat nichts von dir gehört in letzter Zeit.»

«Ich muss dich unbedingt sehen.»

«Unbedingt?», lachte Nastaran.

«Ich meine ...»

«Schon in Ordnung. Wann passt es dir denn?»

«Ich richte mich nach dir.»

«Wie wär's morgen Nachmittag, um vier?»

«Bestens. Und wo?»

«In der Valiasr-Straße. Gleich am Anfang einer schmalen Straße direkt gegenüber vom Stadttheater ist ein gemütliches Café.»

«Gut. Dann sehe ich dich morgen Nachmittag.»

«Ja, gut, bis morgen.»

«Aber, Nastaran, sag Nader nichts von unserem Treffen.»

Nastaran lachte wieder: «Nicht, dass er eifersüchtig wird?»

«Nein, den Grund sage ich dir morgen.»

Das Gespräch war zu Ende, Nastaran behielt ihr Telefon

noch in der Hand. Ein heimliches Treffen. Hatte das etwas Besonderes zu bedeuten? Sie erinnerte sich an einen eher belanglosen Vorfall vor wenigen Tagen. Nader hatte sie angerufen und war im Gespräch über Dinge wie den Ablauf der Hochzeit, die Wahl der Garderobe und dergleichen plötzlich in Tränen ausgebrochen. ‹Ich liebe dich!, ich liebe dich!›, hatte er dabei unentwegt beteuert. Naders Tränen hatten Nastaran ein Wechselbad aus Freude und Traurigkeit beschert. So heftige Gefühlsausbrüche hatte Nader nur selten. Hier war … wieder einer. Nastaran legte ihr Telefon auf den Tisch. Doch sie wollte sich ihre Vorfreude nicht durch Grübeleien verderben, also ließ sie das Nachdenken sein. Es blieben nur noch wenige Stunden bis zum morgigen Tag.

Als Nastaran wie verabredet um vier Uhr nachmittags das Café betrat, sah sie David sofort, der sie im hintersten Winkel des kleinen Lokals erwartete. Er war ungekämmt, es schien ihm nicht besonders gut zu gehen. Er sah erschöpft aus, hatte offenbar kaum geschlafen.

«Du warst schon vor mir hier.»

«Nur ein paar Minuten. Nimm Platz.»

David rauchte, inhalierte tief, machte Lungenzüge, anders als sonst. Nastaran setzte sich, stützte ihre Ellenbogen auf den Tisch und fragte David in ernstem Ton: «Willst du dich umbringen?»

«Zurzeit habe ich nicht die Absicht», antwortete David und lächelte.

«Dann mach bitte deine Zigarette aus.»

David entsprach Nastarans Bitte wortlos, ließ sich allerdings Zeit, als er die Zigarette auf dem Rand einer Untertasse löschte. Um die Gesprächsatmosphäre zu beleben, plauderte Nastaran über die nicht enden wollende Kälte, die schlechte Luft in Teheran und sah David erwartungsvoll an. Was sollte sie noch sagen?

Sie wechselten Blicke. Dann wurde der bestellte Kaffee ge-

bracht, und beide tranken sofort schweigend die ersten Schlucke, befanden das Getränk für wohlschmeckend, lächelten
freundlich, wiederholt. Als plötzlich ein paar junge Leute
lachend das kleine Lokal betraten, wurde es lebhaft. Während Nastaran und David einander weiterhin nur wortlos ansahen.

Lag hier etwas in der Raumluft, das Abstand zwischen ihnen schaffte? Bei Nader zu Hause hatten sie tagelang Gespräche geführt. Jetzt war durch die bevorstehende Hochzeit eine
ganz neue Situation entstanden, und alles schien gesagt zu
sein. David zog Nastarans leere Tasse zu sich hin, drehte sie
auf der Untertasse um und lächelte vielsagend: «Jetzt sage ich
dir dein Schicksal voraus.»

Nastaran schauderte plötzlich. Sie ließ sich nichts anmerken, sagte ungerührt: «An so was glaube ich nicht.»

«Keine Angst. Ich prophezeie nur Gutes.»

Während David die Tasse in Position brachte, faltete Nastaran die Hände und sagte: «Also?»

David nahm das als Aufforderung, griff nach der CD in
seiner Tasche und legte sie wortlos vor Nastaran auf den
Tisch.

«Was ist das?»

«Schau's dir zu Hause an.»

«Du kannst mir doch sagen, was es ist.»

«Das geht jetzt nicht. Aber später, wenn du's dir angeschaut hast, können wir darüber reden, wenn du willst.»

Nastaran, unentschlossen, verstaute die CD in ihrer Handtasche: «Seit wann bist du so ein Heimlichtuer?»

David hob gleichgültig die Schultern und sagte dann:
«Eins noch: Rede mit niemandem über die CD, bevor du dir
den Film nicht angesehen hast, rede mit niemandem drüber.»

Nastaran runzelte unschlüssig die Stirn, sagte dann: «Ich
und Nader haben eigentlich keine Geheimnisse voreinander.»

«Sei dir bei Nader mal nicht so sicher», lächelte David.

«Ich meine das ernst.»

David starrte eine Weile auf den Tisch, hob dann den Kopf und sagte: «Ich auch.»

«Aber ...!»

«Halte dich an meine Anweisung», sagte David mit Nachdruck.

Er gab sich alle Mühe, gefasst zu wirken, schien es aber nicht zu sein. Zumindest deutete Nastaran seinen Blick so. Er saß vor der umgestülpten Kaffeetasse, hob sie, nach einigem Zögern, von der Untertasse und deutete die Formen, die der am Tassenboden haftende Kaffeesatz angenommen hatte: «Hier sehe ich ein Ungeheuer! ... Auf der anderen Seite ein junges Mädchen.»

Nastaran lehnte sich in ihrem Stuhl zurück. Ihr saß nicht der David gegenüber, den sie kannte. Da saß ein ganz anderer Mensch. Förmlicher, ernster, sogar düsterer als früher.

«Das Monster überreicht dem jungen Mädchen einen Strauß Blumen ...»

Nastaran streckte ihren Arm aus, bedeckte die Tasse mit ihrer flachen Hand und befand: «Das reicht jetzt.»

David lachte laut auf.

Eine Stunde später, wieder zu Hause, fühlte Nastaran sich erschöpft und zugleich aufgewühlt. Sie begrüßte weder Da'i Dschawad noch Mama Malli richtig, fragte sie, anders als sonst, nicht, ob es ihnen gut ging, machte, bevor sie sich umzog, einen kurzen Abstecher ins Wohnzimmer, stieg dann die Treppe hinauf und schloss ihre Zimmertür mit einem unüberhörbaren Knall hinter sich.

Kurz darauf rief Mama Malli: «Wenn du dich umgezogen hast, komm schnell wieder nach unten. Das Abendessen ist fertig.»

Hinter ihrer geschlossenen Tür rief Nastaran: «Ich habe jetzt keinen Hunger. Muss noch ein paar Sachen erledigen!»

Welche Sachen? Rasch nahm sie die CD aus ihrer Handtasche, warf die Tasche auf ihr Bett, schaltete ihren Laptop an und legte die CD ein.

Ein Zimmer bei Tageslicht, offenbar Davids Zimmer in der Pension, das nicht so aussah, als würde dort gleich etwas Dramatisches passieren. Weshalb wurde es plötzlich stockdunkel in ihr? Nastaran wusste es nicht zu sagen. Dann tauchte David auf, halb nackt und mit einem seltsamen Ausdruck in den Augen stand er vor seinem Bett. Jetzt kam auch Nader ins Bild, ging zaghaft erst, dann mit festen Schritten auf David zu und schloss ihn in die Arme, innig.

Wer – außer übermäßig neugierigen Menschen oder Voyeuren – würde sich einen solchen Film bis zum Schluss anschauen können? Nastaran wandte den Blick vom Laptop ab und starrte ins Leere. Wut war nicht ihre erste Reaktion auf das eben Gesehene. Nein, sie war nicht wütend, sie war verzweifelt, enttäuscht. Und sie fühlte sich einsam und schutzlos. Wie vor den Kopf gestoßen stand sie von ihrem Stuhl auf, schwankte aber und sank, von einem schweren imaginären Boxhieb getroffen, auf den Stuhl zurück. Ihre Benommenheit war ein Schutzschild, der dafür sorgte, dass sie sich ihrer verzweifelten Lage möglichst nicht bewusst wurde.

Die Welt um sie herum hatte ihre Farbe verloren. In ihrem vollkommen leeren Kopf machte sich ein Riesenmonster breit. Nastaran erhob sich erneut, stand auf kraftlosen, unkontrollierbaren Beinen und ging ein paar Schritte. Sie schaute kurz hinaus auf die Straße, eine Frau und ein Mann traten aus dem Lichtkreis einer Straßenlaterne heraus. Alles schien ganz unabhängig von ihr und unabhängig vom Rest ihres Lebens weiterzugehen. Apathisch trat sie vor ihren Spiegel und erschrak keineswegs, als sie ihr Spiegelbild erstmals in ihrem Leben nicht wiedererkannte. Ihr Körper, ihr Gesicht, ihr ganzes Wesen schienen von ihr getrennt, waren ihr völlig fremd, und plötzlich spürte sie Hass in sich aufsteigen, plötzlich war ihr alles zuwider.

Sie tastete sich, wie blind, zurück zu ihrem Stuhl, setzte sich wieder an ihren Schreibtisch, starrte ihren Laptop an. Was war hier passiert? Noch hatte sie es nicht vollends begriffen. Zumindest aber sah sie, klar und deutlich, die Kluft, die sich vor ihr aufgetan hatte, breit und tief.

Sie musste wachsam bleiben, wusste instinktiv, wenn sie nicht mehr wachsam wäre, würde sie schwach. Und aus ihrer Entscheidung, wachsam zu bleiben, erwuchs ihr plötzlich die Kraft, alle ihre Empfindungen einer irren Wut unterzuordnen. Und in diesem rasenden Zorn nahm sie die CD aus dem Laptop, zerbrach sie mit zitternden Händen in mehrere Stücke und warf sie in den Papierkorb unterm Schreibtisch. Dann sprang sie auf, hielt sich mit beiden Händen den Kopf, ging, wie von Sinnen, im Zimmer auf und ab. Ihr Kopf fühlte sich an, als sei er voller offener Wunden, Nastaran sah chaotische Bilder, in wirrer Folge und rasendem Tempo, und ihr wurde schwindelig. Jetzt übernahm eine fremde Kraft das Kommando über sie. Diese Kraft lenkte sie nun zu ihrer Schreibtischschublade hin, hieß sie die Lade öffnen, ihr das Röhrchen Schlaftabletten entnehmen, den gesamten Inhalt schlucken, dann auf ihr Bett sinken.

Wieder zogen sehr rasch Bilder aus vergangenen Zeiten an ihrem geistigen Auge vorüber, als betrachte sie ein Fotoalbum im Zeitraffer. Alle Bilder zeigten Nader, der immer eine seiner Westen trug, Teil seiner üblichen Garderobe, unterschiedlich geschnitten, in verschiedenen Farben, und Nastaran wunderte sich, dass sie ihn nicht hasste, ihm nicht einmal Vorwürfe machte. Sie sah ihn, wie er ihr vor drei Wochen den großen Strauß Rosen überreichte, sah, wie er die kleine samtene Schachtel aus der Tasche nahm und ihr den Ring mit den kleinen Brillanten an den Finger schob, sah, wie er ihre Hand hielt, beim gemeinsamen Spaziergang am Fluss durchs Darake-Tal in Nordteheran. Ihr fiel ein, dass der Winter zu Ende ging und die Bergbäche viel Wasser führten und dass es bis zur Mitte des Frühlings so sein würde, da der Schnee in den Bergen schmolz. Und wieder sah sie Nader, während er und sie sich in seiner kleinen Wohnung ausgehfertig machten, für ein Konzert, eine Ausstellung, fürs Theater, sie sah ihn schreibend, lesend, einfach dasitzend, tief in Gedanken oder … in Augenblicken tiefster Traurigkeit und Verzweiflung. Weshalb sah sie solche Bilder, Beweise für schöne, unbeschwerte Zeiten? Fehlte ihr zur Erinnerung an Konflikte, Wutausbrüche, Streitereien schon die nötige Vorstellungskraft? Während der Nebel, der alles Sichtbare umhüllte, allmählich dichter wurde, wollte sie aufstehen, doch ihr fehlte die Kraft dazu. Kurz flackerte ein Lebenswille auf, in ihren letzten Minuten, und erlosch.

Als Mama Malli an ihre Tür klopfte und sie erneut zum Abendessen rief, war Nastaran noch bei Bewusstsein, sie hörte den Ruf noch und antwortete: «Ich habe keinen Hunger, bis morgen.»

Warum fiel der unglückseligen Mutter nicht auf, wie schwach Nastarans Stimme war, wie schmerzvoll sie flehte, und warum wusste sie nicht, dass sie die Stimme ihrer Tochter in diesem Moment zum letzten Mal hörte?

28

2022 – London

Als David seine fünfjährige Tochter an einem Frühlingsmorgen wie üblich in den Kindergarten brachte, sah er im Schaufenster eines Buchladens zufällig die Ankündigung der Lesung eines iranischen Autors für den Abend des nächsten Tages. Die erste Lesung, die der Buchladen – nach den strengen Einschränkungen infolge der Corona-Pandemie – wieder vor Ort stattfinden ließ.

Der geladene Autor hieß Nader Mohadscher, sein jüngster Roman, *Die Rose von Nischapur*, war soeben in englischer Übersetzung erschienen. David fand sich am nächsten Tag eine Stunde nach Beginn der Veranstaltung im Buchladen ein, auch wenn er den Roman in der kurzen Zeit nicht hatte lesen können. Seit seiner überstürzten Abreise aus Teheran vor sieben Jahren hatte er mit Nader keinen Kontakt mehr gehabt. Daran wollte er auch jetzt nichts ändern. Er blieb nah am Ladeneingang stehen, sodass er nicht in Naders Blickfeld geriet. Wie stark er gealtert war!

Die Lesung war zu Ende. Nun bekam das Publikum Gelegenheit, Fragen an den Autor zu richten und direkt mit ihm ins Gespräch zu kommen.

Eine Frau fragte: «Kann man Omar Khayyam als eine Romanfigur betrachten, weil er im Buch eine so große Rolle spielt?»

«Der Ansicht bin ich nicht», erwiderte Nader. «Der Dichter motiviert den jungen Engländer zwar stark zu seiner Reise nach Teheran, aber auf das Romangeschehen nimmt er keinen Einfluss.»

Eine junge Frau, offenbar Studentin, fragte: «Halten Sie

Nastarans Selbstmord nicht für ein Zeichen der Schwäche, einen Indikator dafür, dass sie mit ihren Problemen überfordert war?»

Nader sagte: «Man kann es so sehen, dass das Problem, mit dem sie sich konfrontiert sah, die Grenzen des ihr Erträglichen überstieg.»

Ein junger Mann wollte wissen: «Kann man den Roman als autobiografisch betrachten, weil eine der Hauptfiguren denselben Vornamen hat wie Sie?»

Nader schüttelte den Kopf. «Zwischen den Ereignissen im Roman und meinem eigenen Leben bestehen keine Parallelen. Die Wahl desselben Vornamens ist ein Stilmittel.»

Eine Frau in den mittleren Jahren fragte: «Wer ist schuld an Nastarans Tod?»

Nader überlegte kurz, erwiderte dann: «Die Antwort auf diese Frage muss man im Roman suchen.»

«Im Buch findet man keine Angaben dazu.»

«Das sehe ich anders.»

«Wen halten Sie für schuldig?»

«Alle sind schuld, und zugleich ist es wohl niemand.»

Ein Herr mit Brille fragte: «Welcher Romanfigur fühlen Sie sich am nächsten?»

«Allen.»

«Ich hätte gern eine aufrichtige Antwort.»

Nader lächelte betrübt, erwiderte dann, bedächtig: «Während ich den Roman schrieb, dachte ich, ich sei Nastaran.»

Eine weitere Frage aus dem Publikum lautete: «Hat der Roman Sie tatsächlich auf dem Postweg erreicht?»

«Die Rahmenhandlung ist Teil des Romans, sie ist frei erfunden.»

Woraufhin die Person, die die Frage gestellt hatte, spitzfindig nachhakte: «Und Nader Mohadscher? Ist der auch frei erfunden?»

«Das mag sein, ja.»